DEWEY

"Me enamoré de esta enternecedora historia, digna de cinco pañuelos,
que no sólo es sobre un gato extraordinario, sino sobre la fuerza
y humanidad de la gente de Iowa y de Spencer en particular."

—W. P. Kinsella, autor de Shoeless Joe

"La historia de DEWEY es encantadora, adorable y conmovedora.
Es sobre la vida y la muerte y los valores de un pequeño pueblo y,
sobre todo, el amor. A Norton le hubiera encantado Dewey
—el gato y el libro— inmensamente."

—Peter Gethers, autor de The Cat Who Went to Paris

"Iowa ha producido un felino digno del Salón de la Fama,
una adorable celebridad de biblioteca llamado Dewey, que puso
a Spencer, Iowa, en el mapa internacional. Este libro es un
prrrrlacer, seas un amante de los gatos o no."

—Jim Fanning, antiguo jugador y entrenador
de béisbol de Grandes Ligas

"A través de este valiente gato llegamos a conocer y a amar
al pueblo de Spencer, Iowa, y aprendemos lecciones sobre
la valentía, la generosidad y el poder de las relaciones.
Dewey es un héroe. Ojalá existieran más personas como él."

—Toni Raiten-D'Antonio, autora de
The Velveteen Principles

"La historia de Dewey captura aquello que es valioso
de la vida en un pequeño pueblo: el sentido de comunidad.
DEWEY reaviva mi creencia de que una persona (junto con un gato)
puede cambiar la vida de otros. Vicki Myron le otorga una décima
vida al famoso gato de la biblioteca de Spencer al escribir esta
encantadora biografía."

—Christie Vilsack, antigua Primera Dama de Iowa

Dewey

VICKI MYRON

Dewey

SUMA
de letras

Título original: DEWEY. The Small-Town Library Cat Who Touched the World
© 2008, Vicky Myron
© De la traducción: 2008, Isabel Murillo Fort
© De esta edición: 2009, Santillana USA Publishing Company
2023 N.W. 84th Ave
Miami, FL 33122
Teléfono: 305-591-9522
www.sumadeletras.com

Diseño de cubierta: Diane Luger
Diseño de interiores: Le&G McRee
Fotografía de portada: Rick Krebsbach
Fotografía de la autora: Tim Hynds
Fotografías de DEWEY: Vicky Myron

DEWEY. El gatito de biblioteca que conquistó el mundo
ISBN 10: 1-60396-648-x
ISBN 13: 978-1-60396-648-1

Capítulo 14: La editorial agradece a W.P. Kinsella por permitir el uso
de una cita de su obra *Shoeless Joe* (Boston: Houghton Mifflin, 1982)

Published in the United States of America

Printed in Colombia by D'vinni S.A.

12 11 10 09   1 2 3 4 5 6 7 8 9 10

ÍNDICE

BIENVENIDOS A IOWA

En el centro de los Estados Unidos, entre el río Misisipi al este y los desiertos al oeste, existe una meseta de más de tres mil kilómetros cuadrados de extensión, con ondulantes colinas pero sin montañas. Hay ríos y arroyos, aunque pocos lagos. El viento ha erosionado los salientes rocosos, convirtiéndolos primero en polvo, luego en tierra, después en arenilla y, finalmente, en oscuro suelo de cultivo. Por aquí, las carreteras son rectas y se pierden en el horizonte en forma de líneas interminables e ininterrumpidas. No hay curvas, sólo algún que otro giro ocasional, casi imperceptible. El territorio fue medido y parcelado para crear granjas, y los giros no son más que correcciones en el alzado de los planos. Exactamente cada kilómetro, cada carretera queda cruzada por otra carretera de casi perfecta línea recta. En su interior, más de un kilómetro cuadrado de tierra de cultivo. Tome usted un millón de esos kilómetros cuadrados, únalos y obtendrá como resultado una de las regiones agrícolas más importantes del mundo. Las Grandes Llanuras. La «cesta del pan». El corazón del país. O, como mucha gente lo considera, el lugar que se sobrevuela de camino a cualquier otra parte. Que los demás se queden con los mares y las montañas, con sus playas y sus estaciones de esquí. Yo me quedo con Iowa.

En el norte de Iowa, en invierno, el cielo engulle las granjas. En un día frío, los nubarrones oscuros que barren las llanuras parecen remover la tierra como un arado. En primavera, el mundo es plano y vacío, lleno de tierra de color marrón y tallos de maíz cortados a la espera de ser arados, el cielo y la tierra en perfecto equilibrio, como un platillo girando sobre un palo. Pero si te acercas por aquí a finales de verano, jurarías que el suelo empuja hacia arriba y casi llega a eliminar el cielo. El maíz alcanza los tres metros de altura, sus brillantes hojas verdes coronadas por luminosos penachos amarillos. La mayoría de las veces te sientes como enterrado en él, perdido entre paredes de maíz, pero en cuanto asciendes cualquier pequeño promontorio de la carretera, aunque no sean más que unos escasos metros de elevación, ves campos interminables de oro sobre verde, hilos de seda brillando a la luz del sol. Estos hilos de seda son los órganos sexuales del maíz, que retienen el polen, que ondean con su amarillo dorado durante un mes, y que luego, bajo el riguroso calor del verano, van secándose lentamente y adquiriendo un tono pardusco.

Eso es lo que me gusta del norte de Iowa: que siempre está cambiando. No como cambian las afueras cuando un establecimiento de una determinada cadena de restaurantes reemplaza al anterior, ni como cambian las ciudades cuando los edificios compiten para ser cada vez más altos, sino como cambia el campo, en su ir y venir lento, con un movimiento delicado que avanza constantemente, aunque nunca a gran velocidad. Por aquí no hay muchos establecimientos junto a las carreteras. Ni tiendas de artesanía. Ni mercadillos de productos agrícolas. Las granjas, que son menos cada año que pasa, están pegadas a la carretera. Las ciudades aparecen de repente, con carteles que anuncian: «La joya de la corona de Iowa» o «La hebilla dorada del cinturón del maíz», y desaparecen con la misma rapidez. Dos minutos, y se han esfumado. Un silo o una planta procesadora, tal vez una zona del centro de alguna ciudad con un pequeño supermercado, algún establecimiento de comidas. Cada quince kilómetros, aproximadamente, hay un cementerio junto a la carretera, sencillas losas detrás de muros bajos de piedra. Son parcelas de pioneros que crecieron hasta convertirse en propiedades familiares y finalmente en cementerios de ciudad. Nadie quiere ser enterrado lejos de casa, y nadie quiere desperdiciar mucha cantidad de terreno. Utiliza lo que tienes. Una cosa sencilla. Y local.

Entonces, justo cuando empiezas a dejarte ir, cuando te dejas arrastrar hacia la satisfacción, como las hileras de maíz avanzando cuesta abajo después de un pequeño promontorio, la carretera se ensancha y pasas junto a una serie de negocios: Muebles Matt, el Iron Horse Hotel, el restaurante The Prime Rib, pero también un Wal-mart, un McDonald's, un Motel 6. Das un giro en dirección norte al llegar al semáforo, el primer giro en ochenta kilómetros, vengas de donde vengas, eso sin olvidar que se trata también del primer semáforo, y en menos de un minuto has dejado atrás los establecimientos de las cadenas comerciales y te encuentras cruzando un precioso puentecito sobre el río Little Sioux, en el corazón de Spencer, Iowa, una ciudad que ha cambiado muy poco desde 1931.

El centro de Spencer es la típica ciudad de postal norteamericana: hileras de escaparates enlazando edificios de dos y tres pisos donde la gente aparca el coche junto a la acera, sale y pasea. La farmacia White Drug, la tienda de ropa masculina Eddie Quinn's y Muebles Steffen llevan décadas allí. En The Hen House venden objetos de decoración para las esposas de los granjeros y para el turista ocasional que pasa por allí de camino al Iowa Lake Country, a treinta kilómetros en dirección norte. Hay una tienda de modelismo especializada en maquetas de aviones, otra donde venden tarjetas de felicitación y un establecimiento donde alquilan bombonas de oxígeno y sillas de ruedas. La Vacuum Cleaner Store, todo para su aspiradora. Productos de bellas artes en Grand. El antiguo cine sigue en funcionamiento aunque, desde que al sur del puente se inauguró un complejo de multicines con siete salas, sólo proyectan películas de reestreno.

El centro de la ciudad termina en El Hotel, a ocho manzanas del puente. El Hotel. Así se llama. A finales de la década de 1920, cuando era el mejor alojamiento de la zona, además de terminal de autobuses, estación de tren y el único restaurante donde se podía comer sentado, se le conocía como el Tagney. Después de la Gran Depresión se convirtió en una pensión de mala muerte y, según la leyenda, en el burdel de la ciudad. El edificio de cinco plantas, de sencillo ladrillo rojo y construido para durar toda la vida, acabó abandonado y fue rehabilitado en la década de los setenta, pero para aquel entonces la actividad se había trasladado a cinco manzanas de Grand Avenue, al Sister's Café de Main Street, un restaurante sin florituras con mesas de formica, café aguado y cubículos llenos de humo. Cada mañana se reunían en Sister's tres grupos distintos de hombres: los viejos, los más viejos y los viejos de verdad. Y todos unidos, han hecho funcionar Spencer durante los últimos sesenta años.

En la esquina del Sister's Café, al otro lado de un aparcamiento y sólo a media manzana de Grand Avenue, hay un edificio bajo de hormigón gris: la Biblioteca Pública de Spencer. Me llamo Vicki Myron y llevo veinticinco años trabajando en esa biblioteca, los últimos veinte como su directora. He supervisado la llegada del primer ordenador y la ampliación de la sala de lectura. He visto a niños crecer y marcharse, y volver a cruzar las puertas diez años después con sus propios hijos. La Biblioteca Pública de Spencer tal vez no tenga el aspecto de otras bibliotecas, al menos no de entrada, pero es la pieza central, el moderador, el núcleo de esta historia en el corazón del país. Todo lo que voy a contarles sobre Spencer —y sobre las granjas que lo rodean, la iglesia católica de Hartley, la escuela de Moneta, la fábrica de cajas y la maravillosa y vieja noria blanca de Arnold's Park— acaba volviendo siempre a este pequeño edificio gris y al gato que vivió aquí durante más de diecinueve años.

¿Qué impacto puede tener un animal? ¿Cuántas vidas puede llegar a conmover un gato? ¿Cómo es posible que un gatito abandonado transforme una pequeña biblioteca en un punto de encuentro y en una atracción turística, inspire a una típica ciudad norteamericana, sirva de vínculo de unión a toda una región, y acabe haciéndose famoso en el mundo entero? No podrá empezar a responder a estas preguntas hasta que no conozca la historia de Dewey Lee Más Libros, el querido gato de biblioteca de Spencer, Iowa.

Capítulo 1
LA MAÑANA MÁS FRÍA

El 18 de enero de 1988 fue un gélido lunes de Iowa. La noche anterior, la temperatura había llegado a veintiséis grados bajo cero, y eso sin tener en cuenta nuestro viento, que traspasa abrigos y cala los huesos. Era una helada matadora, de las que hacen que respirar resulte casi doloroso. El problema de las llanuras, como todo Iowa sabe muy bien, es que no hay nada que pueda detener la climatología. Viene de Canadá, cruza los dos Estados de Dakota y llega directamente a la ciudad. El primer puente de Spencer sobre el Little Sioux, construido a finales del siglo XIX, tuvo que ser desmontado porque el río se llenó de hielo de tal modo que todo el mundo empezó a temer que los pilares se derrumbaran. Cuando el depósito de agua se incendió en 1893 —el fuego prendió en los fardos de paja que se utilizaban para que no se helara la tubería ascendente y todas las bocas de incendio cercanas estaban congeladas—, un bloque de hielo en forma de círculo de sesenta centímetros de grosor y tres metros de diámetro acabó deslizándose desde la parte superior del tanque, aplastó el centro recreativo de la comunidad y reventó el suelo de Grand Avenue. Así son los inviernos en Spencer.

Nunca he sido una persona de mañanas, sobre todo ante un día oscuro y frío de enero, pero siempre he sido disciplinada. A las siete y media de la mañana, cuando realicé el recorrido de diez manzanas hasta mi trabajo, había muy pocos coches en la calle y, como es habitual, el mío fue el primer vehículo que estacionó en el aparcamiento. Al otro lado de la calle, la Biblioteca Pública de Spencer estaba muerta: ni una luz, ni un movimiento, ni un sonido, hasta que encendí un interruptor y todo cobró vida. La calefacción se conectaba automáticamente durante la noche, pero a primera hora de la mañana la biblioteca seguía siendo un congelador. ¿A quién se le habría ocurrido construir un edificio de hormigón y cristal en el norte de Iowa? Necesitaba mi café.

Fui directamente a la sala de empleados de la biblioteca —una pequeña cocina con un microondas y un fregadero, una nevera demasiado desordenada para el gusto de la mayoría, unas cuantas sillas y un teléfono para las llamadas personales—, colgué el abrigo y puse en funcionamiento la cafetera. Miré por encima el periódico del sábado. La mayoría de los temas locales podían afectar a, o verse afectados por, la biblioteca. El periódico local, *The Spencer Daily Reporter*, no salía ni los domingos ni los lunes, de modo que el lunes era la mañana para ponerse al día después del fin de semana.

—Buenos días, Vicki —saludó Jean Hollis Clark, la subdirectora de la biblioteca, despojándose de la bufanda y las manoplas—. Qué asco de tiempo.

—Buenos días, Jean —dije, dejando el periódico a un lado.

En el centro de la sala de empleados, pegada a la pared del fondo, había una caja de metal grande con una tapa unida a ella mediante bisagras. La caja tenía algo más de medio metro de altura y un metro veinte de lado, aproximadamente el tamaño que tendría una mesa de cocina para dos personas después de haberle cortado las patas por la mitad. De la parte superior salía un tobogán metálico que desaparecía en el interior de la pared. En el otro extremo, que daba al callejón de la parte posterior del edificio, había una ranura de metal: el dispositivo para la devolución de libros cuando la biblioteca estaba cerrada.

En el buzón de la biblioteca se podían encontrar todo tipo de cosas: basura, piedras, bolas de nieve, latas de refresco. Los bibliotecarios no comentan el tema, porque no sirve más que para dar ideas a la gente, pero es algo que sucede en todas las bibliotecas. Seguramente los videoclubs sufren el mismo problema. Una ranura en una pared es una especie de reclamo de problemas, sobre todo si, como sucedía en la Biblioteca Pública de Spencer, la ranura se abre en un callejón situado justo enfrente de la escuela de enseñanza secundaria de la ciudad. En varias ocasiones nos habíamos llevado un buen susto a media tarde al oír una fuerte explosión en el buzón. En el interior, encontrábamos un petardo.

Después del fin de semana, el buzón solía estar lleno de libros, de modo que cada lunes me encargaba de cargarlos en uno de nuestros carritos para que los administrativos pudieran registrarlos y devolverlos el mismo día a sus estanterías. Cuando aquel lunes volví a entrar en la sala de empleados con el carrito, me encontré a Jean de pie, en silencio, en medio de la habitación.

—He oído un ruido.

—¿Qué tipo de ruido?

—En el buzón. Me parece que es un animal.

—¿Un qué?

—Un animal. Me parece que hay un animal en el buzón.

Y fue entonces cuando lo oí, un ruido sordo debajo de la tapa metálica. No parecía el sonido de un animal. Parecía más bien un anciano tratando de toser para aclararse la garganta. Pero supuse que no era un anciano. La abertura en la parte superior del tobogán tenía una anchura de pocos centímetros, de modo que tenía que tratarse de algo pequeño. Era un animal, no me cabía la menor duda, pero ¿de qué tipo? Me arrodillé y levanté la tapa, esperando encontrarme una ardilla listada.

Lo primero que sentí fue una oleada de aire helado. Alguien había tratado de embutir un libro por la ranura de devolución y se había quedado medio abierta. El interior del buzón estaba tan frío como el exterior, más frío quizá, teniendo en cuenta que la caja era de metal. Allí podía conservarse perfectamente un paquete de carne congelada. Estaba aún recuperando el aliento cuando vi al gatito.

Estaba acurrucado en el rincón izquierdo de la caja, la cabeza gacha, las patas dobladas debajo del cuerpo, intentando parecer lo más pequeño posible. Los libros estaban apilados sin orden ni concierto, escondiéndolo parcialmente de mi vista. Levanté uno de ellos con cautela para verlo mejor. El gatito levantó la vista y me miró, lenta y lánguidamente. Entonces bajó la cabeza y se hundió de nuevo en su agujero. No intentaba hacerse el duro. Ni tampoco esconderse. Ni siquiera creo que estuviera asustado. Simplemente esperaba ser salvado.

Sé que lo de enternecerse puede parecer un cliché, pero me parece que es lo que realmente me sucedió en aquel momento: sentí que todos y cada uno de los huesos de mi cuerpo desaparecían. No soy sensiblera. Soy una madre divorciada y una chica de granja que ha salido adelante en momentos difíciles, pero aquello fue tan, tan... inesperado.

Saqué al gatito de la caja. Mis manos casi lo engullen. Más tarde averiguamos que tenía ocho semanas, aunque parecía no tener siquiera ocho días, si llegaba. Estaba tan flaco que se le veían todas las costillas. Sentí su corazón latiendo, sus pulmones bombeando. El pobre gatito estaba tan débil que apenas podía mantener la cabeza erguida y temblaba descontroladamente. Abrió la boca, pero el sonido, que sólo apareció dos segundos después, era débil y roto.

Y estaba frío. Eso es lo que más recuerdo, pues me costaba creer que un ser vivo pudiera llegar a estar tan frío. Era como si en su cuerpo no tuviera ni una pizca de calor. De modo que acuné al gatito entre mis brazos para transmitirle mi calor. No opuso resistencia. Todo lo contrario, se acurrucó contra mi pecho y apoyó la cabecita en mi corazón.

—Por Dios bendito —exclamó Jean.

—Pobre criatura —dije yo, apretándolo con más fuerza.

—Es adorable.

Las dos estuvimos un buen rato sin decir nada, simplemente mirando al animalito.

—¿Cómo crees que ha llegado hasta aquí? —preguntó Jean, finalmente.

No creía que hubiera sido durante la noche. Me imaginé que habría sido en aquel momento. Era demasiado temprano para llamar al veterinario, no estaría en la consulta hasta una hora más tarde. El gatito estaba helado. Incluso entre el calor de mis brazos seguía temblando.

—Tenemos que hacer algo —expuse.

Jean cogió una toalla y envolvimos al pequeñín hasta que sólo le asomaron la nariz y sus enormes ojos observándonos con incredulidad desde las sombras.

—Démosle un baño caliente —propuse—. A lo mejor así detenemos el tembleque.

Llené de agua caliente el fregadero de la sala de empleados y comprobé la temperatura con el codo, sin soltar al gatito en ningún momento. Se deslizó en el fregadero como si fuese un cubito. Jean encontró un poco de champú en el armario de las manualidades y froté al animalito despacio y con cariño, casi acariciándolo. Y a medida que el agua iba tornándose más gris, el feroz temblor del gatito fue transformándose en un suave ronroneo. Sonreí. Era un gato resistente. Pero también muy jovencito. Cuando por fin lo saqué del fregadero, parecía un recién nacido: todo ojos y orejas destacando en una cabeza diminuta y un cuerpo aún más pequeño. Mojado, indefenso y maullando suavemente reclamando a su madre.

Lo secamos con el secador que utilizábamos para secar el pegamento en la clase de manualidades que se impartía en la biblioteca. En cuestión de treinta segundos, tuve en mis brazos un precioso gato atigrado de pelo largo anaranjado. Estaba tan sucio, que había pensado que era gris.

Doris y Kim ya habían llegado y ahora éramos cuatro en la sala de empleados, babeando todas por el gatito como si fuera un bebé. Ocho manos acariciándolo, prácticamente a la vez. Las otras tres empleadas hablaban entre ellas mientras yo permanecía en silencio, acunando al gato como un bebé y balanceándolo de un lado a otro.

—¿De dónde ha salido?

—Del buzón.

—¡No!

—¿Es *niño* o *niña*?

Eché un vistazo. Me miraban todas.

—Niño —confirmé.

—Es precioso.

—¿Cuánto tiempo tendrá?

—¿Cómo se habrá metido en la caja?

Yo ni las oía. Sólo tenía ojos para el gatito.

—Hace mucho frío.

—Un frío tremendo.

—La mañana más fría del año.

Una pausa.

—Alguien debe haberlo metido en el buzón.

—Eso es terrible.

—A lo mejor intentaban salvarlo. Del frío.

—No sé… Es tan indefenso.

—Es tan pequeñito.

—Es tan bonito. Oh, me parte el corazón.

Lo deposité sobre la mesa. El pobre gatito apenas podía tenerse en pie. Las almohadillas de sus cuatro patas estaban congeladas y en el transcurso de la siguiente semana se volverían blancas y pelarían. Pero aun así, el gato consiguió hacer algo realmente sorprendente. Se estabilizó sobre la mesa y, poco a poco, fue mirándonos las caras. Entonces empezó a caminar con una leve cojera. Y cuando cada una de nosotras fue alargando la mano para acariciarlo, fue restregando la cabeza contra cada mano, sin dejar de ronronear. Atrás quedaban los horribles sucesos de su joven vida. Atrás quedaba la cruel persona que lo había arrojado en el buzón de la biblioteca. Era como si, a partir de ese momento, quisiera dar personalmente las gracias a todo aquel que conocía por haberle salvado la vida.

Habían pasado ya veinte minutos desde que había sacado al gatito del buzón y había tenido tiempo suficiente como para pensar en unas cuantas cosas: en la práctica, antaño habitual, de tener gatos de biblioteca, en el plan que tenía en marcha para convertir la biblioteca en un lugar más acogedor y atractivo, en toda la logística de recipientes, comida y arena para gatos, en la expresión confiada de la cara del gatito cuando se acurrucó en mi pecho y me miró a los ojos. De modo que cuando por fin alguien preguntó: «¿Y qué haremos con él?», mi respuesta estaba más que preparada.

—Bien —dije, como si se me acabase de ocurrir la idea—, a lo mejor podemos quedárnoslo.

Capítulo 2

UNA INCORPORACIÓN PERFECTA

L o más asombroso sobre el gatito fue lo feliz que se mostró aquel primer día. Estaba en un nuevo entorno, rodeado de personas desconocidas e impacientes que sólo deseaban apretujarlo, acariciarlo y arrullarlo, y él se mantenía perfectamente tranquilo. Por mucho que fuera pasando de mano en mano, lo cogiéramos como lo cogiéramos, en ningún momento se mostró inquieto o huidizo. En ningún momento intentó mordernos o escaparse. Todo lo contrario, se derretía de gusto en brazos de cualquiera y nos miraba a los ojos.

Y fue una auténtica proeza, pues no lo dejamos tranquilo ni un segundo. Si alguien tenía que dejarlo —porque seguía habiendo trabajo que hacer, por ejemplo—, siempre había, como mínimo, cinco pares de manos dispuestas a cogerlo, sujetarlo y darle cariño. De hecho, cuando aquella primera noche cerramos y tuve que dejarlo solo, me quedé observándolo durante cinco minutos para asegurarme de que, pese a su media cojera, podía acercarse sin problemas hasta el recipiente de la comida y la caja de la arena. Me parece que sus pobres pies congelados no habían tocado el suelo en todo el día.

A la mañana siguiente, Doris Armstrong apareció con una cálida manta de color rosa. Doris era la abuela del personal, nuestra mamá gallina. Todas la observamos mientras se agachaba y rascaba al gatito debajo de la barbilla, doblaba la manta a continuación y la colocaba en el interior de una caja de cartón. El gatito se introdujo tímidamente en la caja y dobló las patitas bajo su cuerpo para procurarse calor. Cerró los ojos de puro placer, pero dispuso únicamente de unos segundos de descanso antes de que alguien volviera a cogerlo para tenerlo otra vez en brazos. Unos segundos, pero fue suficiente. El personal llevaba años dividido. Ahora estaba todo el mundo adaptándose, unido como una familia, y el gatito estaba feliz por haber encontrado una biblioteca a la que poder llamar hogar.

No fue hasta última hora de la mañana que por fin compartimos a nuestro pequeñín con alguien que no trabajaba en la biblioteca. Esa persona fue Mary Houston, la historiadora de Spencer y miembro de la junta rectora de la biblioteca. Las empleadas habían aceptado ya al gatito, pero quedárnoslo no era decisión nuestra. El día anterior había llamado al alcalde, Squeege Johnson, que estaba en su último mes en el cargo. Como me imaginaba, a él le daba lo mismo. Squeege no era un lector; ni siquiera estoy segura de que se hubiese enterado de que Spencer tenía una biblioteca. El abogado municipal, mi segunda llamada, desconocía la existencia de algún tipo de estatuto que prohibiera tener animales en la biblioteca y tampoco tenía ganas de buscarlo. Mejor para mí. La última palabra la tenía la junta rectora, un equipo de ciudadanos nombrado por el alcalde para la supervisión de la biblioteca. No pusieron reparos a la idea de tener un gato de biblioteca, pero tampoco puede decirse que se mostraran entusiasmados. Su respuesta fue más un: «Hagamos la prueba», que un: «Por supuesto, claro que sí, os apoyamos al cien por cien».

Ésta era la razón por la cual era tan importante la reunión con Mary, miembro de la junta. Una cosa era acceder a tener un animal en la biblioteca, pero otra completamente distinta era acceder a que fuese *este* animal. No se trata simplemente de tener en una biblioteca un gato que es una monada. Si el gato no es simpático, acabará creándose enemigos. Si es excesivamente tímido o asustadizo, nadie saldrá en su defensa. Si no es paciente, acabará mordiendo. Si es muy revoltoso, no hará más que crear problemas. Y, por encima de todo, tiene que gustarle estar con gente, y tiene que conseguir gustar a esa gente. En resumen, tiene que ser el gato adecuado.

Yo no dudaba de nuestro muchacho. Desde el momento en que me miró a los ojos aquella primera mañana, tan tranquilo y tan satisfecho, supe que era el gato adecuado para la biblioteca. Cuando lo sujetaba en brazos, su corazón no palpitaba acelerado, sus ojos no mostraban ni el mínimo atisbo de pánico. Confiaba plenamente en mí. Confiaba plenamente en todas las empleadas. Y eso era lo que lo hacía tan especial: su confianza total e imperturbable. Y debido a eso, yo también confiaba en él.

Pero eso no significaba que no me sintiera un poco inquieta cuando le dije a Mary que me acompañara a la sala de empleados. Cuando cogí al gatito en brazos y me volví hacia ella, sentí que el corazón me daba un vuelco, un instante de duda. Cuando el gatito me había mirado a los ojos, había sucedido además otra cosa: habíamos conectado. Para mí era algo más que un simple gato. Llevábamos sólo un día juntos, pero ya no soportaba la idea de tener que estar sin él.

—Míralo —exclamó Mary, con una sonrisa. Lo sujeté un poquito más fuerte cuando ella estiró la mano para acariciarle la cabeza, pero Dewey ni siquiera se puso tenso. Todo lo contrario, estiró el cuello para olisquearle la mano—. Dios mío. Qué guapo es.

Guapo. Durante los días siguientes oí repetir la palabra una y otra vez, pues no había otra manera de describirlo. Era un gato guapo. Su pelaje era una combinación de blanco y naranja intenso con sutiles pinceladas más oscuras. El pelo se hizo más largo cuando creció, pero cuando era pequeñito era grueso y elegantemente largo sólo alrededor del cuello. Muchos gatos tienen el morro puntiagudo o protuberante en exceso, o tienen las facciones un poco desequilibradas, pero la cara de aquel gatito estaba perfectamente proporcionada. Y sus ojos… Poseía unos enormes ojos dorados.

Pero no era sólo su aspecto lo que lo hacía bonito, era también su personalidad. Si no te gustaban los gatos, bastaba con tenerlo en brazos. Había algo en su cara, en su forma de mirarte, que hacía surgir el amor.

—Le gusta que lo acunen —afirmé, depositándolo con cuidado en brazos de Mary—. No, boca arriba. Así. Como un bebé.

—Un bebé de cuatrocientos gramos.

—No creo que llegue siquiera a eso.

El gatito meneó la cola y se acurrucó en brazos de Mary. No sólo confiaba por puro instinto en el personal de la biblioteca, sino que resultó que confiaba en todo el mundo.

—Oh, Vicki —dijo Mary—. Es adorable. ¿Cómo se llama?

—De momento lo llamamos Dewey. Por el sistema decimal Dewey[1]. Pero la verdad es que lo del nombre todavía no es definitivo.

---

[1] Sistema de clasificación de bibliotecas desarrollado por Melvin Dewey. *[N. del E.]*

—Hola, Dewey. ¿Te gusta la biblioteca? —Dewey se quedó observando la cara de Mary y luego empujó la cabeza contra su brazo. Mary esbozó una sonrisa—. Podría tenerlo el día entero en brazos.

Pero, naturalmente, no lo hizo. Me devolvió a Dewey y salí con él al pasillo. La plantilla al completo nos esperaba. —Ha ido bien —informé—. Uno contra diez mil a que sí. Poco a poco, empecé a presentar a Dewey a algunos clientes habituales que sabíamos eran amantes de los gatos. Seguía estando débil, de modo que lo depositábamos directamente en sus brazos. Marcie Muckey vino el segundo día. Flechazo instantáneo. Mike Baehr y su esposa Peg se quedaron encantados con él. «Nos parece una gran idea», dijeron, un comentario muy agradable, teniendo en cuenta que Mike formaba parte de la junta rectora de la biblioteca. Pat Jones y Judy Johnson lo encontraron adorable. De hecho, en Spencer teníamos cuatro Judy Johnson. Dos eran clientas habituales de la biblioteca, y las dos se convirtieron en fans de Dewey. ¿Tan grande es una ciudad de diez mil habitantes? Lo bastante grande como para dar cabida a cuatro Judy Johnson, tres tiendas de muebles, dos calles comerciales con semáforos y una única mansión. Todo el mundo la llama La Mansión. Típico de Iowa: nada de líos, nada de preocupaciones; hechos, simplemente.

Una semana después, la historia de Dewey apareció en portada en *The Spencer Daily Reporter*, bajo el titular: «Una incorporación perfecta para la biblioteca de Spencer»[2]. El artículo, que ocupaba media página, explicaba la historia del milagroso rescate de Dewey e iba acompañado por una fotografía en color de un diminuto gatito de color naranja mi-

---

[2] En inglés se hace un juego de palabras con *purr* y *perfect* (en castellano «ronroneo» y «perfecto»), apareciendo el titular original como: *Purr-fect. [N. del E.]*

rando a la cámara tímidamente, pero confiado, desde el interior de un anticuado fichero de cajones.

La publicidad es peligrosa. Durante una semana, Dewey había sido un secreto solamente compartido por el personal de la biblioteca y unos pocos clientes selectos. Quien no entraba en la biblioteca desconocía por completo su existencia. Pero ahora la ciudad entera lo sabía. La mayoría, incluso los clientes habituales de la biblioteca, no volvió a pensar más en Dewey. Pero, de todos modos, a partir de entonces se crearon dos grupos diferenciados de entusiastas: los amantes de los gatos y los niños. Sólo las sonrisas en las caras de los niños, su emoción y sus risas, fueron suficientes para convencerme de que Dewey debía quedarse.

Luego aparecieron los quejosos. Me sentí un poco defraudada, debo admitirlo, pero no sorprendida. Nada hay en la verde tierra del Señor de lo que nadie tenga queja alguna, incluyendo tanto al Señor como a la verde tierra.

Hubo una mujer que se sintió particularmente ofendida. Su carta, que me envió a mí y a todos los miembros del ayuntamiento, era tremendamente fatalista, llena de imágenes de niños doblegándose por repentinos ataques de asma y futuras madres embarazadas abortando al verse expuestas a la arena del gatito. Según la carta, yo era una loca asesina que no sólo amenazaba la salud de todos los niños inocentes de la ciudad, nacidos o por nacer, sino que además pretendía destruir el entramado social de nuestra comunidad. ¡Un animal! ¡En la biblioteca! De permitir una cosa así, ¿quién impediría después que alguien paseara una vaca por Grand Avenue? De hecho, amenazaba con presentarse en la biblioteca una mañana de aquéllas remolcando una vaca. Por suerte, nadie la tomó en serio. No me cabe duda de que, con sus expresiones rimbombantes, hablaba por boca de otros ciudadanos, pero la rabia generalizada no era de mi incumbencia. Ninguna de aquellas personas, por lo que yo sé, solía visitar la biblioteca.

Mucha más importancia, sin embargo, tuvieron las llamadas telefónicas. «Mi hijo tiene alergia. ¿Qué voy a hacer? Le encanta ir a la biblioteca». Sabía que aquélla iba a ser la preocupación más habitual, de modo que estaba preparada. Un año antes, Muffin, el querido gato residente de la Biblioteca de Putnam Valley, en la zona norte del Estado de Nueva York, había quedado proscrito después de que un miembro de la junta rectora de la biblioteca empezara a desarrollar una fuerte alergia a los gatos. Como consecuencia de ello, la biblioteca perdió ochenta mil dólares en donaciones, en su mayoría procedentes de legados de ciudadanos. Yo no tenía ninguna intención de permitir que mi gato, o mi biblioteca, siguieran el mismo destino que Muffin.

En Spencer no había alergólogo, de modo que pedí consejo a dos médicos de familia. Vieron que la Biblioteca Pública de Spencer era un espacio grande y abierto, dividido mediante hileras de estanterías de un metro veinte de altura. La zona reservada al personal, mi despacho y los armarios de material quedaban encerrados por una pared provisional que dejaba un metro ochenta de espacio abierto hasta el techo. En dicha pared había dos aberturas del tamaño de una puerta, pero, ya que ninguna de ellas tenía una puerta en sí, estaban siempre accesibles. Incluso la zona donde trabajaban los empleados era un espacio abierto, con mesas situadas las unas de espaldas a las otras o separadas por estanterías.

Esta disposición no sólo permitía que Dewey tuviera acceso en cualquier momento a la seguridad que le proporcionaba la zona reservada al personal, sino que además los médicos me aseguraron que impedía la acumulación de descamaciones cutáneas y de pelo. La biblioteca, al parecer, estaba perfectamente diseñada para prevenir las alergias. Si algún empleado hubiera sido alérgico, quizá habría habido algún problema, pero ¿con unas pocas horas de exposición día sí, día no? Los médicos coincidieron en que no había por qué preocuparse.

Hablé personalmente con todas las personas que llamaron y les transmití los resultados de aquella evaluación profesional. Los padres se mostraron escépticos, naturalmente, pero en su mayoría vinieron con sus hijos a la biblioteca para realizar una prueba. Durante cada visita, los atendí con Dewey en mis brazos. No sólo no sabía cómo reaccionarían los padres, sino que tampoco sabía cómo reaccionaría Dewey, pues todos los niños se entusiasmaban muchísimo al verlo. Las madres les decían que se tranquilizaran, que fueran delicados. Los niños se acercaban poco a poco al gatito, tentativamente, y le susurraban: «Hola, Dewey»... y se ponían a gritar en cuanto sus madres los apartaban del animalito con un rápido «Ya es suficiente». A Dewey no le importaban los ruidos; era el minino más tranquilo que he visto en mi vida. Lo que sí le importaba, me parece, era que aquellos niños no pudieran acariciarlo.

Pero unos días después, una de las familias volvió a la biblioteca, esta vez con una cámara fotográfica. Y el pequeño alérgico, el objeto de la preocupación de su madre, se sentó junto a Dewey y lo acarició mientras su madre le hacía fotografías.

—Justin no puede tener mascotas —me explicó la madre—. No sabía hasta ahora cuánto echaba esto de menos. Quiere mucho a Dewey.

Y yo también lo quería ya. Todos queríamos a Dewey. ¿Cómo resistirse a su encanto? Era precioso, cariñoso, sociable... y seguía cojeando cuando caminaba con sus diminutos pies congelados. Lo que me costaba creer era cómo nos quería Dewey a todos. Lo cómodo que parecía encontrarse en compañía de desconocidos. Era como si con su actitud nos dijese: *¿Cómo es posible que la gente no quiera a un gato?* O dicho de forma más simple: *¿Cómo es posible que alguien se me resista?* Pronto me di cuenta de que Dewey no se consideraba un gato cualquiera. Siempre se consideró, y muy correctamente, como un gato singular.

Capítulo 3
DEWEY
LEE MÁS LIBROS

D ewey era un gato afortunado. No sólo había sobrevivido al buzón helado, sino que además había
caído en brazos de todo un equipo que lo quería y había ido
a parar a una biblioteca perfectamente diseñada para cuidar
de él. No había que darle más vueltas, Dewey tuvo mucha
suerte en la vida. Pero Spencer también tuvo suerte, porque Dewey no podía haber llegado a nuestra vida en mejor
momento. Aquel invierno no sólo estaba siendo tremendamente frío, sino que era una de las peores épocas de la historia de Spencer.

Los que viven en las grandes ciudades tal vez no recuerden la crisis que vivieron las granjas en la década de 1980.
Tal vez recuerden a Willie Nelson y Farm Aid[3]. O quizá les
venga a la memoria haber leído alguna cosa sobre la quiebra
de las granjas familiares, sobre una nación que pasaba de los

---

[3] Farm Aid fue un concierto benéfico incentivado por el cantante *country* Willie
Nelson que tuvo lugar en septiembre de 1985 en Champaign, Illinois, con el objetivo de recaudar dinero para ayudar a las granjas familiares que se encontraban en
situación precaria. Como consecuencia del movimiento iniciado con este evento,
el Congreso de los Estados Unidos aprobó la Agricultural Credit Act de 1987 para ayudar a este colectivo. *[N. de la T.]*

pequeños granjeros a granjas de cría y cultivo intensivo que se extendían kilómetros y kilómetros sin que se viera ni una sola casa, ni siquiera un solo granjero. Para la mayoría, sólo fue una historia más, nada que le afectara directamente.

Pero en Spencer se percibía: en el ambiente, en el campo, en cada palabra que se pronunciaba. Teníamos una sólida base industrial, pero seguíamos siendo una ciudad campesina. Manteníamos a granjeros y éramos mantenidos por granjeros. Y en las granjas la situación se venía abajo. Eran familias que conocíamos todos, familias que llevaban muchas generaciones instaladas en la zona, y percibíamos su tensión. Primero, dejaron de venir a la ciudad a comprar maquinaria nueva y piezas de recambio, apañándose para reparar lo que ya tenían. Después, recortaron las compras en general. Al final, dejaron de pagar sus hipotecas, esperando que una buena cosecha solucionara sus deudas. Pero como el milagro no se producía, los bancos exigieron el pago de las hipotecas. Durante la década de los ochenta, prácticamente la mitad de las granjas del norte de Iowa se quedaron endeudadas. Y los nuevos propietarios eran, en su mayoría, conglomerados granjeros gigantescos, especuladores de fuera del Estado o compañías de seguros.

La crisis de las granjas no fue un desastre natural como la sequía de las tormentas de arena, la famosa Dust Bowl[4] que se vivió en la década de 1930. Se trató principalmente de un desastre financiero. En 1978 las tierras de labranza se vendían en Clay County a novecientos dólares media hectárea. Entonces, el precio de la tierra se disparó. En 1982, las tierras de labranza se vendían a cuatro mil dólares la hectárea.

---

[4] *Dust Bowl* fue un horrible periodo de tormentas de arena que causaron numerosos daños ecológicos y agrícolas en campos estadounidenses y canadienses de 1930 a 1936. *[N. del E.]*

Un año después, a cuatro mil dólares. Los granjeros solicitaron préstamos y compraron más tierras. ¿Por qué no, si el precio no paraba de subir y podía ganarse más dinero vendiendo unas tierras cada pocos años que cultivándolas?

Entonces, la economía sufrió una desaceleración. El precio de la tierra empezó a caer y los créditos a escasear. Los granjeros ya no podían pedir préstamos para comprar nueva maquinaria hipotecando sus tierras, ni siquiera para comprar semillas para la temporada de siembra. Los precios de las cosechas no bastaban para pagar los intereses de los antiguos préstamos, muchos de los cuales tenían intereses superiores al 20 por ciento anual. La situación tardó cuatro o cinco años en tocar fondo, años de falsos fondos y falsas esperanzas, pero las fuerzas de la economía seguían empujando hacia abajo a nuestros granjeros.

En 1985, Land O'Lakes, el gran fabricante de margarina, cerró la fábrica situada en el extremo norte de la ciudad. Poco después, la tasa de paro alcanzó el 10 por ciento, una cifra que no suena muy mal hasta que te das cuenta de que la población de Spencer descendió de once mil a ocho mil habitantes en muy pocos años. Prácticamente de la noche a la mañana el valor de la vivienda cayó en un 25 por ciento. La gente tenía que marcharse del condado, incluso del Estado de Iowa, para buscar trabajo.

El precio de las tierras de labranza siguió derrumbándose, obligando a más granjeros a retrasarse en el pago de sus hipotecas. Pero la venta de las tierras en subasta tampoco cubría el importe de los préstamos, de modo que los bancos empezaron a tener pérdidas. Eran bancos rurales, la columna vertebral de las pequeñas ciudades. Concedían préstamos a los granjeros del lugar, a hombres y mujeres a quienes conocían y en quienes confiaban. Y el sistema se colapsó tan pronto como los granjeros no pudieron seguir pagando. Había bancos en quiebra por todo Iowa. Bancos en quiebra por todo el Medio Oeste. La Caja de Ahorros y Préstamos de Spencer fue vendida a una institución externa por calderilla, y los nuevos propietarios se negaron a conceder más préstamos. El desarrollo económico se paralizó. En 1989 no se concedió ni un solo permiso de obras en toda la ciudad de Spencer. Ni uno. Nadie quería invertir dinero en una ciudad muerta.

Todas las Navidades, Spencer tenía un Santa Claus. Los establecimientos patrocinaban una rifa en la que el regalo era un viaje a Hawai. En 1979, no había en la ciudad ni un escaparate vacío donde Santa Claus pudiese montar su negocio. En 1985, había veinticinco escaparates vacíos en pleno centro, una proporción de disponibilidad del 30 por ciento. El viaje a Hawai se canceló. Santa Claus apenas si llegó a la ciudad. Y por todo Spencer circulaba un chiste: el propietario de la última tienda que quede en el centro, que apague las luces al irse, por favor.

La biblioteca hizo todo lo posible por colaborar. Cuando Land O'Lakes se largó de la ciudad, creamos una bolsa de empleo con todas nuestras ofertas de trabajo y adquirimos libros que hablaban sobre las características de los distintos puestos de trabajo, descripciones de los mismos y formación técnica. Instalamos un ordenador para que los hombres y las mujeres de la ciudad pudieran elaborar su currículum vítae y sus cartas de presentación. Fue el primer ordenador que mucha gente había visto en su vida. Y resultaba casi deprimente ver la cantidad de gente que utilizaba aquella bolsa de empleo. Y si resultaba deprimente para una empleada de la biblioteca, imagínense lo deprimente que sería para un trabajador despedido de la fábrica, para un propietario de un pequeño negocio en quiebra, o para un trabajador agrícola en el paro.

Y entonces llegó Dewey. No quiero exagerar diciendo que fue él quien dio un vuelco a la situación, pues Dewey nunca puso directamente la comida en la mesa de nadie. No creó puestos de trabajo. No provocó un cambio en la situación económica. Pero una de las peores cosas que tienen los malos tiempos es el efecto que ejercen sobre el estado de ánimo de las personas. Los malos tiempos te absorben toda la energía. Te ocupan los pensamientos. Contaminan toda tu vida. Las malas noticias son tan venenosas como un pedazo de pan en mal estado. Como mínimo, Dewey fue una distracción.

Pero resultó ser mucho más. La historia de Dewey se hacía eco de la historia de la gente de Spencer. Nos identificábamos con él. ¿Acaso no era como si los bancos nos hubieran echado a todos nosotros en el buzón? ¿O las fuerzas económicas externas? ¿O el resto de los Estados Unidos, que comía nuestra comida pero ni siquiera se preocupaba por la gente que se la proporcionaba?

Dewey era un gato callejero, abandonado a la suerte de una muerte segura en un buzón helado, aterrorizado, solo, pero aferrándose a la vida. Había superado aquella noche oscura, y aquel terrible suceso resultó ser lo mejor que le había sucedido en su vida. Fuesen cuales fuesen las circunstancias, jamás perdió la confianza, ni el amor a la vida. Era humilde. Tal vez humilde no sea la palabra adecuada —al fin y al cabo, era un gato—, pero no era arrogante. Estaba seguro de sí mismo. A lo mejor se trataba de la confianza del que sobrevive a una situación de muerte segura, la serenidad que encuentras cuando has llegado al final, más allá de cualquier esperanza, y has logrado regresar. No lo sé. Lo único que puedo decir es que, desde el momento en que lo encontramos, Dewey creyó que todo iba a salir bien.

Y cuando él estaba presente, conseguía que todos los demás pensaran lo mismo. Tardó diez días en recuperarse lo suficiente como para empezar a explorar la biblioteca por su cuenta, y en cuanto empezó a hacerlo se hizo patente que ni los libros, ni las estanterías, ni los objetos inanimados despertaban su interés. Lo que le interesaba era la gente. Si había un cliente en la biblioteca, se acercaba directamente a él —lentamente todavía, pues seguía con sus heridas en las patitas, pero ya sin cojear— y saltaba a su regazo. A menudo los clientes se lo quitaban de encima, pero el rechazo nunca lo desalentó. Dewey seguía saltando, buscando regazos donde acostarse y manos que lo mimaran, y así fue como las cosas empezaron poco a poco a cambiar.

Lo vi primero con los clientes más antiguos, que acudían con frecuencia a la biblioteca para hojear revistas o echar un vistazo a los libros. En cuanto Dewey empezaba a pasar un rato con ellos, los más asiduos visitaban la biblioteca con mayor frecuencia y se quedaban más tiempo. A algunos se les veía mejor vestidos, como si quisiesen cuidar más su aspecto. Siempre habían saludado al personal con un ademán amable o con un «buenos días», pero ahora entablaban conversación con nosotras, y esa conversación solía girar en torno a Dewey. No se cansaban de oír historias sobre el gato. Y no lo hacían con el único objetivo de matar el tiempo, sino que aquello era una visita de amigos.

Había un anciano en concreto que cada mañana llegaba a la misma hora, se sentaba siempre en un confortable sillón y leía el periódico. Su esposa había muerto hacía poco tiempo y yo sabía que se sentía solo. No me lo imaginaba como un amante de los gatos, pero desde el primer momento en que Dewey saltó a su regazo, el hombre se mostró radiante. De pronto se daba cuenta de que no estaba leyendo el periódico solo. «¿Te sientes feliz aquí, Dewey?», le preguntaba el hombre cada mañana, sin dejar de acariciar a su nuevo amigo. Dewey cerraba los ojos y, con mucha frecuencia, se quedaba dormido.

Y luego estaba el hombre de la bolsa de empleo. Yo no lo conocía personalmente, pero sabía cómo era —orgulloso, un trabajador tenaz, resistente—, y me constaba que estaba sufriendo. Era de Spencer, como la mayoría de los que utilizaban la bolsa de empleo, pero era un obrero, no un hombre de granja. Su vestimenta para buscar empleo, igual que su antigua vestimenta de trabajo, consistía en un pantalón vaquero y una camisa normal y corriente, y nunca utilizaba el ordenador. Estudiaba los libros de currículos, repasaba las ofertas de trabajo, nunca pedía ayuda. Era un hombre callado, tranquilo, flemático, pero a medida que fueron pasando las semanas empecé a percibir la tensión en su forma de arquear la espalda, en las arrugas cada vez más profundas de su cara siempre recién afeitada. Cada mañana, Dewey se le acercaba, pero el hombre siempre lo rechazaba. Entonces, un día, vi a Dewey sentarse en su regazo y al hombre sonreír por vez primera en todas aquellas semanas. Continuaba encorvado, y su mirada seguía impregnada de tristeza, pero sonreía. Tal vez Dewey no pudiera dar muchas cosas, pero en el invierno de 1988 dio exactamente lo que Spencer necesitaba.

De modo que doné nuestro gatito a la comunidad. El personal lo entendió. No era nuestro gato, en realidad no lo era. Pertenecía a los clientes de la Biblioteca Pública de Spencer. Coloqué una caja junto a la puerta de entrada, justo al lado de donde tenía instaladas las ofertas de empleo, y le dije a la gente: «¿Sabe usted que el gato que se sienta en su regazo y le ayuda a preparar el currículo, ese que lee el periódico con usted, el que consigue sacarle el lápiz de labios del bolso y le ayuda a encontrar la sección de novela de ficción? Pues ese gato es suyo y quiero que me ayude a buscarle un nombre».

Llevaba sólo seis meses como directora de la biblioteca y los concursos seguían entusiasmándome. Cada semana colocaba una caja en el vestíbulo, emitía un anuncio en la emisora de radio de la ciudad, ofrecía un premio a la sugerencia ganadora e intentaba despertar el interés por las últimas noticias de la biblioteca. Un buen concurso con un buen premio significaba unas cincuenta sugerencias. Si el premio era caro, como un televisor, podíamos llegar hasta las setenta. Normalmente, solíamos obtener unas veinticinco. Pero para nuestro concurso de *Démosle un nombre al gatito,* que no apareció anunciado en la radio porque mi intención era que participasen en él únicamente los clientes habituales y en el que ni siquiera ofrecíamos un premio, recibimos trescientas noventa y siete sugerencias. ¡Trescientas noventa y siete! Ahí fue cuando me di cuenta de que la biblioteca se había tropezado con algo importante. El interés de la comunidad hacia Dewey había superado todas nuestras expectativas.

En aquel momento, Garfield, el gato amante de la lasaña, estaba en la cumbre de su popularidad, de modo que «Garfield» fue uno de los nombres sugeridos más populares. Había nueve votos para «Tigre». «Tigger»[5] era casi igual de popular. «Morris» también obtuvo muchos votos, por el famoso gato de Nine Lives[6]. Incluso recibieron votos nombres de iconos culturales como «Alf» (un adorable alienígena de peluche con programa de televisión propio) y «Spuds»

---

[5] En los Estados Unidos, es habitual la distinción entre *tiger,* el animal real, y Tigger, el animal de ficción, un personaje de la serie de relatos *El mundo de Winnie the Pooh,* de A. A. Milne, en la que está basada la famosa serie de dibujos animados *Winnie the Pooh. [N. de la T.]*

[6] Morris fue un gato callejero real adoptado por un amante de los animales, que lo entrenó y acabó convirtiéndolo en una estrella de los anuncios de comida para gatos de la marca Nine Lives. *[N. de la T.]*

(por Spuds McKenzie, el perro juerguista y bebedor de cerveza famoso por los anuncios). Hubo algunos votos para nombres malintencionados, como «Saco de Pulgas», y otros que se situaban entre la delgada línea que separa lo inteligente de lo bizarro, como «Gato Callejero Amadeus *Toffee*» (¿un nuevo caramelo de esos que se pegan a los dientes?), «Dama de los Libros» (un nombre curioso para un gato macho), «Saltarín», «Boxcar» y «Nukster».

Con diferencia, la mayoría apostó por Dewey. Al parecer, los clientes ya se habían encariñado con el gatito y no querían que cambiase, ni siquiera de nombre. Y, para ser sincera, tampoco lo quería el personal. Queríamos a Dewey tal y como era.

Pero el nombre necesitaba algo más. Decidimos que la mejor alternativa era buscarle un apellido. Mary Walk, nuestra bibliotecaria infantil, sugirió «Lee Más». Había un anuncio que pasaban siempre en los intermedios de las sesiones de dibujos animados de los sábados por la mañana —eso sucedía en los tiempos en que las películas de dibujos animados eran sólo para niños y únicamente se retransmitían en televisión los sábados antes del mediodía— donde aparecía un gato de dibujos llamado O. G. Lee Más que animaba a los niños a: «Leer un libro y echar un vistazo a la tele que llevas en la cabeza». Estoy segura de que es de ahí de donde venía el nombre. Dewey Lee Más. Estábamos cerca, pero no habíamos llegado del todo. Y sugerí «Libros» como segundo apellido.

Dewey Lee Más Libros. Un nombre en honor a los bibliotecarios, que se rigen por el sistema decimal Dewey. Uno en honor a los niños. Y uno en honor a todo el mundo.

¿Leemos Más Libros? Todo un reto. Un nombre que nos ponía a todos en modo de aprendizaje. En poco tiempo, la ciudad entera se convertiría en una ciudad leída e informada.

Dewey Lee Más Libros. Tres nombres para nuestro regio, confiado y precioso gato. Estoy segura de que, de haberlo pensado, le habríamos puesto sir Dewey Lee Más Libros, pero no sólo éramos bibliotecarias, sino que además éramos de Iowa. Y no estábamos acostumbradas a grandes pompas y circunstancias. Y tampoco lo estaba Dewey. Siempre se dio a conocer por su nombre propio o, de vez en cuando, «Dew».

Capítulo 4

UN DÍA
EN LA
BIBLIOTECA

L os gatos son animales de costumbres y Dewey tardó muy poco tiempo en desarrollar una rutina. Cada mañana, cuando llegaba a la biblioteca, me lo encontraba esperándome en la puerta. Picoteaba un poco de su comida mientras yo colgaba la chaqueta y el abrigo y luego, comentando nuestras respectivas noches, entrábamos juntos en la biblioteca para asegurarnos de que todo estuviera en perfecto orden. Dewey era más olfateador que hablador, pero no me importaba. La biblioteca, antes tan fría y muerta a primera hora de la mañana, estaba ahora llena de vida.

Después de nuestro paseo, Dewey visitaba al personal. Si alguien tenía una mala mañana, pasaba un ratito más con esa persona. Jean Hollis Clark acababa de casarse y tenía un viaje diario de cuarenta y cinco minutos desde Estherville a la biblioteca. Cualquiera podría pensar que estaba extenuada por ello, pero Jean era la persona más sosegada que he visto en mi vida. Lo único que le molestaba eran las fricciones que existían con un par de empleadas. Podía ser que siguiera arrastrando la tensión cuando llegaba a la mañana siguiente, y Dewey estaba allí para consolarla. Tenía una intuición asombrosa para detectar quién lo necesitaba y siempre estaba dispuesto a dedicarle tiempo. Aunque nunca demasiado. A las nueve menos dos minutos, Dewey dejaba lo que estuviera haciendo para ir rápidamente hacia la puerta principal.

Cuando abríamos las puertas, a las nueve en punto, siempre había algún cliente esperando.

—Hola, Dewey. ¿Cómo estás esta mañana?

Bienvenido, bienvenido, me lo imaginaba diciendo desde su puesto, siempre a la izquierda de la puerta. *¿Por qué no acaricias al gatito?*

No había respuesta. Los madrugadores solían estar ahí por algún motivo, lo que significaba que no tenían tiempo para pararse a charlar con un gato.

¿No hay caricias? No pasa nada. Siempre habrá alguien que vendrá de donde tú vienes... dondequiera que sea eso.

No tardaba mucho tiempo en encontrar un regazo y como ya llevaba despierto un par de horas, eso significaba que había llegado el momento de echar una siestecilla rápida. Dewey se sentía ya tan a gusto en la biblioteca que para él no representaba ningún problema el quedarse dormido en lugares públicos. Prefería el regazo de la gente, eso está claro, pero si no encontraba ninguno disponible se acurrucaba en una caja. Las fichas para los trabajos de catalogación venían en el interior de cajitas pequeñas, del tamaño de una caja de zapatos para bebé. A Dewey le gustaba meter sus cuatro patas en el interior de una de ellas, sentarse y dejar que su cuerpo sobresaliera por ambos lados. Si la caja era un poco más grande, hundía en el fondo la cabeza y la cola. Lo único que se veía entonces era una masa informe de pelaje sobresaliendo por la parte superior de la caja. Parecía una magdalena. Una mañana me encontré a Dewey durmiendo junto a una caja llena de tarjetas y con una pata en su interior. Seguramente había tardado horas en admitir, a regañadientes, que allí no cabía nada más.

Poco tiempo después lo observé acercarse lentamente a una caja de pañuelos medio vacía. Introdujo las dos patas delanteras a través de la rendija que se abre en la parte superior y luego pasó delicadamente las otras dos. Poco a poco, se sentó sobre sus patas traseras y acomodó el trasero hasta quedar completamente encajado en el interior. Luego dobló las patas delanteras y fue colocando también la parte frontal del cuerpo. La operación le llevó unos cuatro o cinco minutos, pero finalmente consiguió que sólo asomara su cabeza, mirando hacia una dirección, y la cola, sobresaliendo hacia el lado opuesto. Lo observé con su mirada perdida a lo lejos, fingiendo que el resto del mundo no existía para él.

En aquella época Iowa ofrecía unos sobres con los formularios para el pago de impuestos en su interior, y siempre teníamos una caja de esos sobres a disposición de nuestros clientes. Dewey debió de pasar la mitad de su primer invierno acurrucado allí.

—Necesito un formulario —pedía algo nervioso algún usuario—, pero no quiero molestar a Dewey. ¿Qué hago?

—No se preocupe. Está dormido.

—¿Y no lo despertaré si cojo un sobre? Está durmiendo encima.

—Oh, no, Dew está muerto para el mundo exterior.

El cliente desplazaba con delicadeza al gato y, con mucho más cuidado del necesario, conseguía sacar un sobre de la caja. Y aunque hubiera tirado de él como el mago que tira del mantel y deja la mesa puesta tal y como estaba, habría dado lo mismo.

—El pelo de gato va con el sobre, gratis.

Otro de los lugares de descanso favoritos de Dewey era detrás de la fotocopiadora.

—No se preocupen —les decía a los confusos clientes—, no le molestan. Duerme aquí porque está calentito.

Cuantas más fotocopias hagan, más calor produce la máquina y más feliz se sentirá él.

Y si los clientes no estaban aún muy seguros sobre cómo comportarse con Dewey, las empleadas no tenían ya ninguna duda. Una de las primeras decisiones que tomé fue no gastar jamás en el cuidado de Dewey dinero de los fondos de la biblioteca, ni un solo penique. Lo que sí teníamos era «La caja de Dewey» en el trastero. Todas las empleadas dejábamos allí la calderilla. La mayoría, además, traíamos de casa las latas de refresco vacías que pudiéramos tener. En aquel momento, el reciclaje de latas de refresco hacía furor y una de las empleadas, Cynthia Berendts, llevaba semanalmente todas las latas que reuníamos a un punto de recogida para su reciclaje. El personal en pleno estaba colaborando para dar de comer al gatito.

A cambio de estas pequeñas contribuciones, recibíamos horas interminables de placer. A Dewey le encantaban los cajones, y cogió la costumbre de aparecer en ellos cuando menos te lo esperabas. Si estabas colocando libros en las estanterías, saltaba al carrito y exigía una excursión por la biblioteca. Y cuando Kim Peterson, la secretaria de la biblioteca, se ponía a escribir a máquina, sabías que el espectáculo estaba a punto de empezar. Tan pronto como oía el sonido del teclado, Dewey dejaba lo que estuviera haciendo y esperaba la señal…

—¡Ya está Dewey de nuevo detrás de esos cachivaches sonoros! —exclamaba Kim.

Y corría y me encontraba al gato agazapado detrás de la enorme máquina de escribir Daisy Wheel de color blanco de Kim. Movía la cabeza espasmódicamente de un lado a otro, siguiendo el avance del carro de izquierda a derecha, luego vuelta a empezar, hasta que finalmente no podía esperar más y arremetía contra los cachivaches sonoros, que no eran más que las teclas metálicas que se levantaban para estampar el papel. Nos reuníamos todas allí, para mirarlo y reírnos. Las payasadas de Dewey siempre congregaban multitudes.

Y eso era una auténtica proeza. Todas en la biblioteca eran buena gente, pero con los años se habían producido divisiones y roces entre distintos miembros del personal. Sólo Doris Armstrong, que era la mayor y seguramente la más sabia de todas nosotras, había conseguido mantener la amistad con todo el mundo. Tenía una mesa larga en medio de la zona del personal donde se ocupaba de forrar los libros que llegaban nuevos con una funda de plástico, y su humor y su alegría nos mantenían unidas. Era además la más amante de los gatos y su mesa se convirtió pronto en uno de los lugares favoritos de Dewey. Se tumbaba allí a última hora de la mañana, sin inmutarse ante las fundas de plástico, el nuevo centro de atención y el amigo mutuo de todas las que trabajábamos allí. Por fin había algo que todas podíamos compartir. Además, e igual de importante, era el amigo de los hijos de todas (y en el caso de Doris, de sus nietos). No sucedió nada en concreto —nadie se disculpó ni comentó sus temas pendientes, por ejemplo—, pero, con la llegada de Dewey, la tensión empezó a disminuir. Reíamos y estábamos felices porque Dewey nos había unido.

Pero por muy bien que se lo pasara Dewey, nunca olvidaba su rutina. A las diez y media en punto, se levantaba de un brinco y se dirigía a la sala de empleados. Jean Hollis Clark desayunaba un yogur y si el gato se quedaba merodeando por allí el rato suficiente, ella le dejaba lamer la tapa. Jean era reservada y trabajadora, pero siempre encontraba la manera de satisfacer los deseos de Dewey. Si el gato quería un rato de descanso, se acomodaba lánguidamente sobre el hombro izquierdo de Jean —y sólo sobre su hombro izquierdo, nunca en el derecho— mientras ella archivaba papeles. Al cabo de unos meses, Dewey ya no nos dejó que lo acunáramos más en brazos (demasiado de bebé, me imagino) y todo el personal adoptó la técnica de transporte del hombro de Jean. Lo llamábamos el «transporte de Dewey».

Dewey me ayudaba también a tomarme mi rato de descanso, lo que estaba muy bien, pues siempre he tenido tendencia a trabajar demasiado. Había días en que pasaba horas enteras encorvada sobre mi mesa, tan concentrada en los presupuestos o en los informes sobre los avances del proyecto que ni siquiera me daba cuenta de que Dewey estaba allí hasta que saltaba a mi falda.

—¿Cómo va todo, pequeño? —le preguntaba con una sonrisa—. Encantada de verte. —Y lo acariciaba unas cuantas veces antes de volver a concentrarme en mi trabajo. Insatisfecho, saltaba a la mesa y empezaba a olisquear—. Resulta que ahora te sientas justo sobre los papeles en los que estaba trabajando, ¿no? Pura coincidencia.

Lo dejaba en el suelo. Él volvía a saltar.

—No, Dewey, ahora no. Estoy ocupada. —Volvía a bajarlo al suelo. Él volvía a saltar. Tal vez si lo ignoraba...

Presionaba la cabeza contra mi lápiz. Yo lo retiraba.

Muy bien, pensaba él. *Ahora tiraré al suelo todos estos bolígrafos.*

Y cuando lo hacía, de uno en uno, observando la caída de cada uno de ellos, no podía evitar reírme.

—De acuerdo, Dewey, tú ganas. —Arrugaba un pedazo de papel y se lo lanzaba. Dewey salía corriendo tras él, lo olisqueaba y se acercaba de nuevo a verme. Un gato típico. Siempre dispuesto a jugar, nunca a traerte nada. Me levantaba, recogía el papel y se lo lanzaba unas cuantas veces más—. ¿Qué voy a hacer contigo?

Pero no todo eran bromas y juegos. Yo era la jefa y tenía responsabilidades... como bañar al gato. La primera vez que bañé a Dewey estaba segura de que todo iría bien. Le había encantado el baño que le había dado la primera mañana, ¿no? Pero esta vez, Dewey se deslizó en el fregadero como un cubito de hielo... arrojado a una cuba llena de ácido. Se sacudió, chilló, apoyó las patas en el borde del fregadero e intentó dejarse caer por el otro lado. Tuve que sujetarlo con ambas manos. Veinte minutos después, yo estaba empapada. Tenía el pelo como si hubiese pegado la lengua a un enchufe. Todo el mundo se reía, incluyéndome, al final, también a mí.

El segundo baño fue igual de desastroso. Conseguí enjabonarlo bien, pero no tuve la paciencia necesaria para secarlo con una toalla y el secador. Era un minino enloquecido.

—Está bien —le dije—. Si tanto lo odias, lárgate.

Dewey era un gato presumido. Podía pasarse una hora lavándose la cara hasta que quedaba a su gusto. Lo más divertido de todo era cómo apretaba la patita hasta formar como un puño, la lamía y se la introducía en las orejas. Se dedicaba a ellas hasta dejarlas blancas y radiantes. Pero, en aquel momento, completamente mojado, parecía un chihuahua con bisoñé. Era una imagen patética. Las empleadas no podían parar de reír y hacerle fotografías, pero Dewey estaba tan enfadado que al cabo de un rato las fotografías se terminaron.

—Ten un poco de sentido del humor, Dew —le sugerí, bromeando—. Te lo has buscado.

Se acurrucó detrás de una estantería y no salió de allí hasta pasadas unas cuantas horas. Después de aquello, Dewey y yo llegamos al acuerdo de que con dos baños anuales había más que suficiente. También acordamos que nunca volveríamos a intentar aquel atajo para terminar la sesión.

—Un baño no es nada —le comenté a Dewey cuando ya llevaba unos meses de estancia en la biblioteca, envolviéndolo en su toalla verde—. Esto no te va a gustar nada. —Nunca utilicé una jaula para transportar a Dewey; le recordaba demasiado a aquella noche en el buzón. Siempre que salía con él de la biblioteca, lo hacía envolviéndolo en su toalla verde.

Cinco minutos después, llegábamos a la consulta del doctor Esterly, en el otro lado de la ciudad. En Spencer había varios veterinarios —al fin y al cabo, vivíamos en una zona donde abundan los partos de vacas, los cerdos angustiados y los perros enfermos—, pero mi preferido era el doctor Esterly. Era un hombre callado y retraído, de conversación extremadamente delicada. Su voz era lenta y profunda, como un río que avanza con pereza. Nunca llevaba prisa. Siempre iba muy pulcro. Era un hombre grande, pero de manos elegantes. Serio y eficiente, conocía su trabajo a la perfección, y adoraba los animales. Y su autoridad emanaba de su parquedad en palabras, no de cómo las utilizaba.

—Hola, Dewey —saludó, empezando a examinarlo.

—¿Cree que es absolutamente necesario, doctor?

—Los gatos tienen que ser castrados.

Bajé la vista hacia las diminutas patas de Dewey, que por fin se habían curado. Entre los dedos empezaban a aparecer pelitos.

—¿Cree que tiene algo de persa?

El doctor Esterly miró a Dewey. Su porte regio. El precioso collarín de pelaje largo de color naranja alrededor de su cuello. Era un león vestido de gato callejero.

—No, es simplemente un gato callejero guapo.

No me lo creí ni por un instante.

—Dewey es el producto de la supervivencia del más fuerte —continuó el doctor Esterly—. Sus antepasados deben llevar muchas generaciones viviendo en esa calle.

—Así que es uno de los nuestros.

El doctor Esterly sonrió.

—Eso creo. —Cogió a Dewey y se lo colocó bajo el brazo. Dewey estaba relajado y ronroneaba. Lo último que dijo el doctor Esterly antes de desaparecer con él fue—: Dewey es un gato muy bueno.

Por supuesto que lo era. Y yo ya empezaba a echarlo de menos.

Cuando fui a recoger a Dewey a la mañana siguiente, casi se me parte el corazón. Tenía la mirada perdida y el vientre rasurado. Lo cogí entre mis brazos. Él empujó la cabeza contra mi brazo y se puso a ronronear. Estaba feliz de volver a ver a su vieja amiga Vicki.

De vuelta a la biblioteca, las empleadas lo dejaron todo al vernos llegar. «Pobrecito. Pobrecito». Lo dejé a su cuidado —al fin y al cabo, era amigo de todas— y volví a mi trabajo. Un par de manos más y acabaría aplastado. De todos modos, mi excursión al veterinario me había hecho perder tiempo y tenía una montaña de trabajo. Para realizar correctamente este trabajo serían necesarias dos personas como yo, pero la ciudad no podía pagarlas, de modo que tenía que conformarme conmigo misma.

Pero no estaba sola. Una hora después, en el momento en que colgaba el teléfono, levanté la vista y vi a Dewey entrando por la puerta de mi despacho, cojeando. Sabía que todo el personal lo había colmado de cariño y atenciones, pero por su claro bamboleo adiviné que necesitaba algo más.

Los gatos son divertidos, claro está, pero mi relación con Dewey empezaba ya a ser algo más complejo e íntimo. Era muy inteligente y juguetón. Trataba muy bien a la gente. No había establecido aún un vínculo muy profundo con él, pero incluso entonces, casi al principio, lo quería de verdad.

Y él me quería. No como quería a todos los demás, sino de una forma especial y más profunda. La mirada de aquella primera mañana significaba alguna cosa. De verdad. Nunca lo percibí más claro que en aquel momento, viéndolo arrastrarse hacia mí con aquella determinación. Era como si casi pudiera oírle decir: *¿Dónde estabas? Te he echado de menos.*

Me agaché, lo cogí y lo acuné contra mi pecho. No sé si lo dije en voz alta o sólo para mis adentros, pero daba lo mismo. Dewey no sólo había aprendido a leer mi estado de ánimo, sino también mi mente.

—Soy tu mamá, ¿verdad?

Dewey posó la cabeza sobre mi hombro, justo al lado de mi cuello, y empezó a ronronear.

Capítulo 5

HIERBA GATERA
Y GOMAS ELÁSTICAS

No me malinterpreten, no todo era perfecto con Dew. Sí, era un gato dulce y precioso, y sí, era extraordinariamente confiado y generoso, pero seguía siendo pequeñito. Recorría la sala del personal corriendo como un poseso. Te tiraba todo el trabajo al suelo por el puro placer de divertirse. Era demasiado inmaduro para saber quién lo necesitaba de verdad y a veces no aceptaba un no por respuesta cuando un cliente quería estar solo. A la hora del cuento, la sesión que celebrábamos para niños, su presencia ponía tan revoltosos e impredecibles a los chiquillos que Mary Walk, la bibliotecaria infantil, le prohibió la entrada a la sala. Luego estaba Mark, un enorme muñeco que representaba a un niño con distrofia muscular y que utilizábamos para explicar el concepto de minusvalía a los escolares. Las piernas de Mark tenían tantos pelos de gato que al final tuvimos que guardarlo en un armario. Y Dewey se pasó aquella noche dando vueltas hasta que descubrió cómo abrir aquel armario y acabó durmiendo directamente en el regazo de Mark. Al día siguiente, compramos una llave para cerrar el armario.

Pero aquello no era nada comparado con su comportamiento con la hierba gatera. Doris Armstrong siempre llegaba con regalos para Dewey, como pelotitas o ratones de juguete. Doris tenía gatos y, como la mamá gallina consumada que era, siempre pensaba en Dewey cuando iba a la tienda de animales a comprarles arena y comida a los suyos. Un día, hacia el final del primer verano de Dewey, apareció inocentemente con una bolsa de hierba gatera. Dewey se emocionó de tal manera con el olor que pensé que acabaría trepándole a Doris por la pierna. Por primera vez en su vida lo vi suplicando de verdad.

Cuando por fin Doris dejó caer algunas hojas en el suelo, Dewey se volvió loco. Empezó a olisquearlas con tanta fuerza que pensé que acabaría aspirando el suelo. Después de unas cuantas inhalaciones, empezó a estornudar, pero no por ello se calmó. Todo lo contrario, se dedicó a masticar las hojas y luego a alternar sus acciones: masticar, olisquear, masticar, olisquear. Sus músculos empezaron a erizarse, una lenta cascada de tensión fluyendo de sus huesos y recorriéndole la espalda. Cuando finalmente expulsó esta tensión por la punta de la cola, se tumbó en el suelo y empezó a restregarse por encima de la hierba gatera. Se revolcó en ella hasta prácticamente perder el control de todos los huesos de su cuerpo. Incapaz de caminar, se arrastró por el suelo, ondulándose y arrastrando la barbilla por la alfombra, como la pala de una máquina quitanieves. El gato estaba traspuesto. Entonces, lentamente, su espalda se dobló hacia atrás, como a cámara lenta, hasta que la cabeza le tocó el trasero. Empezó a formar figuras de ochos, zigzags, lazos. Lo juro, era como si la mitad delantera de su cuerpo no estuviera conectada con la mitad posterior. Cuando al final, y accidentalmente, cayó plano sobre su estómago, se arrastró otra vez hasta donde había quedado la hierba gatera y empezó a restregarse de nuevo sobre ella. A aquellas alturas, tenía prácticamente todas las hojas adheridas al pelaje, pero seguía olisqueando y masticando. Luego se tendió sobre su espalda y empezó a darse patadas en la barbilla con las patas traseras. El pataleo duró hasta que, con algún que otro espasmo en el aire, Dewey se desmayó justo encima de la última brizna de hierba que quedaba. Doris y yo nos miramos asombradas, y nos echamos a reír a carcajadas. Dios mío, qué divertido.

Dewey nunca se cansaba de la hierba gatera. A menudo olisqueaba con escaso entusiasmo hojas viejas y secas, pero en cuanto había hojas frescas en la biblioteca él lo sabía. Y cada vez que conseguía hierba gatera, sucedía lo mismo: la espalda ondulante, el rodar de un lado a otro, el movimiento reptante, la espalda doblada, el pataleo y, finalmente, un gato muy cansado, prácticamente comatoso.

El otro principal interés de Dewey —además de los muñecos, los cajones, las cajas, las fotocopiadoras, las máquinas de escribir y la hierba gatera— eran las gomas elásticas. No necesitaba ni verlas: las olía en cualquier rincón de la biblioteca. En cuanto ponías sobre la mesa una caja con gomas elásticas, allí lo tenías.

—Ya tenemos aquí a Dewey —decía yo mientras abría una nueva bolsa—. Una para ti y otra para mí. —Y cogía la goma elástica con la boca y desaparecía feliz.

La encontraba a la mañana siguiente… en su caja de arena. Parecía un gusano asomando la cabeza entre los excrementos. Yo pensaba: «Esto no puede ser bueno».

Dewey siempre asistía a las reuniones de las empleadas, pero, por suerte, aún no comprendía de qué hablábamos. Juro que con los años, el gato y yo llegamos a mantener largas conversaciones filosóficas, pero en aquel momento era fácil cerrar la reunión con un simple recordatorio:

—No deis más gomas elásticas a Dewey. Me da lo mismo lo pesado que se ponga pidiéndolas. Se las come, y me da la impresión de que el caucho no es precisamente el mejor alimento para un gatito en pleno crecimiento.

Al día siguiente aparecían más gusanos de goma elástica en la arena de Dewey. Y al siguiente. Y al otro. En la siguiente reunión, fui más directa:

—¿Hay alguien que esté dándole gomas elásticas a Dewey?

No. No. No. No. No.

—Entonces debe de robarlas él. A partir de ahora, no dejéis gomas elásticas a la vista.

Era más fácil decirlo que hacerlo. Mucho, muchísimo más fácil decirlo que hacerlo. Les sorprendería saber la cantidad de gomas elásticas que hay en una biblioteca. Todas guardamos nuestras gomas elásticas, pero el problema ni siquiera disminuyó. Al parecer, las gomas elásticas son criaturas furtivas. Se esconden debajo de los teclados y se arrastran hasta el interior del bote de los lápices. Caen debajo de la mesa y se ocultan entre los cables. Una tarde sorprendí a Dewey revolviendo entre un montón de papeles que había encima de una mesa. Cada vez que retiraba un papel, aparecía una goma elástica.

—Tienen que desaparecer incluso las que estén escondidas —propuse en la siguiente reunión—. Limpiemos las mesas y guardémoslas todas. Recordad, Dewey las huele.
—En cuestión de días, la zona de personal quedó más ordenada de lo que lo había estado en muchos años.

Y así fue como Dewey empezó a rastrear las gomas elásticas que se dejaban los clientes en el mostrador de préstamos. Las almacenábamos en un cajón. Encontró también gomas al lado de la fotocopiadora. Pues a partir de entonces los clientes tendrían que pedirlas. Un precio pequeño a pagar, pensé, a cambio de un gato que pasa la mayor parte del día intentando hacerlos felices.

Pronto, nuestro contraataque empezó a mostrar indicios de éxito. Los gusanos de goma seguían apareciendo en la caja de la arena, pero ya no eran tantos. Y Dewey se vio obligado a actuar con descaro. Cada vez que yo sacaba una goma elástica del cajón se quedaba mirándome.

—Estamos desesperados, ¿verdad?

No, no, sólo miraba qué pasaba por aquí.

Y en cuanto yo dejaba la goma elástica, Dewey se abalanzaba sobre ella. Yo lo apartaba y él se quedaba sentado sobre la mesa esperando su oportunidad.

—Esta vez no, Dewey —le ordenaba con una sonrisa. Debo admitirlo, era un juego divertido.

Dewey fue adquiriendo destreza. Esperaba a que le dieses la espalda y entonces se abalanzaba sobre la goma elástica que habías olvidado inocentemente sobre la mesa. Había estado allí cinco minutos; los humanos olvidan. Los gatos no. Dewey recordaba cada cajón que quedaba un poquitín abierto y por la noche regresaba para conseguir abrirlo e introducirse en él. Nunca desordenaba el contenido de los cajones. Pero, a la mañana siguiente, las gomas elásticas habían desaparecido.

Una tarde pasaba yo por la sala principal, por delante del armario donde guardábamos el material. Estaba concentrada en otra cosa, seguramente en las cifras del presupuesto, cuando con el rabillo del ojo vi una puerta abierta.

—No acabo yo de ver...

Di media vuelta y volví hacia el armario. Allí estaba Dewey, sentado en una estantería y con una goma elástica enorme colgando de su boca.

¡A Dew no puedes pararlo! Esto es un banquete para toda la semana.

No pude evitar echarme a reír. En general, Dewey era el gato más bueno que había visto en mi vida. Nunca tiraba los libros ni los expositores de las estanterías. Normalmente, si le decía que no hiciese alguna cosa, dejaba de hacerla. Era increíblemente amable con la gente externa y con todas las empleadas. Para ser tan pequeño, era absolutamente tranquilo. Pero era incorregible en lo que a las gomas elásticas se refiere. El gato hacía cualquier cosa e iba a cualquier parte con tal de hincarle los dientes a una goma elástica.

—Espera un momento, Dewey —le pedí, dejando en una mesa el montón de papeles que llevaba—. Voy a hacerte una foto.

Pero cuando regresé con la cámara, el gato y la goma habían desaparecido.

—Aseguraos de que todos los armarios y los cajones quedan perfectamente cerrados —recordé a las empleadas. Dewey ya había cogido fama. Tenía la costumbre de quedarse encerrado en el interior de armarios y cajones, y de saltar encima de la primera persona que los abriera. No estábamos muy seguras de si se trataba de un juego o de un accidente, pero era evidente que al gato le encantaba.

Unas cuantas mañanas más tarde, encontré en el mostrador de recepción un montón de tarjetas de archivo sospechosamente sueltas. Dewey nunca se había dedicado hasta entonces a las gomas elásticas tensas, pero ahora cada noche acostumbraba a mordisquearlas. Como siempre, incluso en sus desafíos se mostraba delicado. Dejaba los montoncitos perfectos, ni una sola tarjeta fuera de su lugar. Las tarjetas fueron a parar también a los cajones, y éstos cerrados con llave.

En otoño de 1988 era posible pasar un día entero en la Biblioteca Pública de Spencer sin ver ni una sola goma elástica. Aún las había, sí, pero estaban guardadas en un lugar donde sólo alguien con un dedo pulgar prensible pudiera acceder a ellas. Fue la operación de limpieza definitiva. La biblioteca estaba preciosa y nos sentíamos orgullosas de nuestro logro. Pero había un problema: Dewey seguía comiendo gomas elásticas.

Organicé un equipo de investigación de primera categoría que tenía que seguir todas las pistas. Tardamos dos días en encontrar el último hallazgo de Dewey: una taza de café que Mary Walk tenía encima de su mesa.

—Mary —dije, preparando mi libreta de notas, como hace el detective de cualquier serie mala de televisión—, tenemos motivos para creer que las gomas elásticas vienen de tu taza.

—Eso es imposible. Nunca he visto a Dewey rondando mi mesa.

—Las pruebas sugieren que el sospechoso evita intencionadamente tu mesa para despistarnos. Creemos que sólo se acerca al tazón por las noches.

—¿Qué pruebas?

Señalé varios pedacitos de goma elástica masticada que había en el suelo.

—Las mastica y luego las escupe. Se las come de desayuno. Creo que ya sabes cómo funciona esto.

Mary se estremeció al pensar que la porquería que había en el suelo había salido y entrado del estómago de un gato. Pero aun así, le parecía improbable.

—La taza tiene una altura de quince centímetros. Está llena de clips, grapas, bolígrafos, lápices… ¿Cómo podría sacar de allí las gomas elásticas sin tumbarlo todo?

—Cuando hay voluntad siempre se encuentra la manera. Y este sospechoso ha demostrado, en los ocho meses que lleva en la biblioteca, que tiene voluntad de sobra.

—¡Pero si ahí dentro apenas hay gomas elásticas! ¡Seguro que no las saca únicamente de aquí!

—¿Qué tal si hacemos un experimento? Guardas la taza en el armario y veremos si sigue vomitando gomas cerca de tu mesa.

—¡Pero es que la taza está decorada con las fotografías de mis hijos!

—Tienes razón. ¿Por qué no nos limitamos a retirar de su interior las gomas elásticas?

Mary decidió ponerle una tapa a la taza. A la mañana siguiente, la tapa estaba sobre su mesa con unas sospechosas dentelladas marcadas en ella. Sin duda alguna, el origen de todo estaba en aquel recipiente. Las gomas fueron a parar a un cajón. Sacrificamos la conveniencia por un bien más elevado.

Nunca conseguimos del todo acabar con la fijación que Dewey tenía con las gomas elásticas. Perdía el interés, pero volvía a merodear al cabo de unos meses, o incluso unos años después. Al final, era más un juego que una batalla, una competición de ingenio y astucia. Nosotras teníamos el ingenio y Dewey la astucia. Y la voluntad. Estaba más empeñado en comer gomas elásticas que nosotras en impedírselo. Y tenía un potente olfato detector de gomas.

Pero tampoco hay que hacer un drama del asunto. Las gomas eran un pasatiempo. La hierba gatera y las cajas eran meras distracciones. El verdadero amor de Dewey era la gente y no había nada que no hiciera para su adorable público. Recuerdo una mañana que estaba yo en el mostrador de préstamos hablando con Doris cuando vimos a una niña acercarse tambaleándose hacia nosotras. Debía de estar empezando a caminar, pues avanzaba temblorosa y con pasos irregulares. Tampoco le ayudaba en nada que llevara los brazos pegados al pecho, abrazando con todas sus fuerzas a Dewey. Tenía el trasero y la cola pegados a la cara de la niña y la cabeza colgando en dirección al suelo. Doris y yo interrumpimos nuestra conversación y observamos asombradas a la niñita cruzando poco a poco la biblioteca, con una sonrisa enorme dibujada en la cara, y un gato muy resignado colgando boca abajo entre sus brazos.

—Asombroso —exclamó Doris.

—Debería hacer algo —declaré. Pero no lo hice. Era consciente de que, a pesar de las apariencias, Dewey controlaba por completo la situación. Sabía lo que se hacía y, pasase lo que pasase, se sabía cuidar solito.

Siempre pensamos que una biblioteca, o cualquier edificio aislado, en realidad, es un espacio pequeño. ¿Cómo es posible pasarse el día entero, un día tras otro, en una sala de mil doscientos metros cuadrados y no aburrirse? Pero para Dewey, la Biblioteca Pública de Spencer era un mundo gigantesco lleno de cajones, armarios, estanterías, expositores, gomas elásticas, máquinas de escribir, fotocopiadoras, sillas, mochilas, bolsos y una corriente continua de manos que lo acariciaban, piernas contra las que restregarse y bocas que no cesaban de cantarle alabanzas. Y regazos. La biblioteca siempre estaba, cortés y primorosamente, llena de regazos.

En otoño de 1988, Dewey consideró que todo esto era suyo.

Capítulo 6

MONETA

E l tamaño es una cuestión de perspectiva. Para un insecto, un tallo de maíz, o incluso una mazorca, puede ser todo un mundo. Para Dewey, la Biblioteca Pública de Spencer era un laberinto que lo fascinaba infinitamente… al menos hasta que empezó a preguntarse qué habría detrás de la puerta principal. Para la mayoría de los habitantes del noroeste de Iowa, Spencer es una ciudad grande. De hecho, somos la ciudad más grande en ciento cincuenta kilómetros a la redonda. Gente de nueve condados distintos se concentra en Spencer para ir de compras y divertirse. Tenemos tiendas, servicios, música en vivo, cine y, por supuesto, la feria del condado. ¿Qué más se necesita? Si hubiera una puerta principal que llevase de Grand Avenue al resto del mundo, la mayoría de la gente no mostraría el menor interés en cruzarla.

Recuerdo que cuando iba al instituto, las chicas de Spencer me daban casi miedo, no porque hubiera conocido a alguna, sino porque eran de una gran ciudad. Como la mayoría de la gente de por aquí, yo me crié en una granja. Mi tía-bisabuela Luna fue la primera maestra del condado de Clay. Daba clases en el exterior de una cabaña de una sola habitación construida con hierba. En la pradera nunca ha habido árboles, de modo que los colonos construyeron con lo único que encontraron: hierba. Y también con raíces y tierra. Mi bisabuelo, Norman Jipson, acumuló la cantidad de terreno suficiente como para poder donar una granja a cada uno de sus seis hijos. A cualquier parte que yo fuera siendo una niña, siempre había familiares de mi padre. Los Jipson eran en su mayoría baptistas acérrimos, y no llevaban pantalones. Sí, claro está, los hombres llevaban pantalones. Religiosamente. Las mujeres iban con vestido. Jamás vi una mujer, por parte de la familia de mi padre, vestida con pantalones.

Con el tiempo, mi padre heredó su tierra y se puso a trabajar duro para sacar adelante una granja familiar, pero antes aprendió a bailar. El baile está prohibido para los baptistas, pero Verlyn «Jipp» Jipson era quince años menor que sus cuatro hermanos, y sus padres lo tenían consentido. De joven, Jipp se escapaba, se montaba en el camión y realizaba el trayecto de una hora hasta el Roof Garden, un lujoso recinto de vacaciones de los años veinte situado a orillas del lago Okoboji, donde los viernes por la noche siempre había baile. Okoboji es un nombre místico para Iowa. West Okoboji, el elemento central de un conjunto de cinco lagos, es el único lago de aguas azules procedentes de un manantial que hay en todo el Estado, y la gente viene hasta aquí desde Nebraska, e incluso desde Minnesota, un Estado al que lagos no le faltan, precisamente, para disfrutar de los hoteles situados a sus orillas. A finales de la década de los cuarenta, el lugar con más ambiente de la zona, quizá incluso de todo el Estado de Iowa, era el Roof Garden. Toda banda de *swing* que se preciara tocaba allí y el salón de baile solía estar tan lleno que no podías siquiera moverte. La Segunda Guerra Mundial había acabado y todo el mundo tenía la sensación de que la fiesta se prolongaría eternamente. En el exterior, junto al paseo de tablas de madera, había una montaña rusa, una noria y la cantidad suficiente de luces, sonidos y chicas bonitas como para hacerte olvidar que el lago Okoboji era un puntito de azul luminoso en el inmenso vacío de las Grandes Llanuras de Estados Unidos.

Y allí, en ese pequeño círculo de luz, fue donde Jipp Jipson conoció a Marie Mayou. Bailaron toda la noche y prácticamente noche sí, noche no durante los seis meses siguientes. Mi padre mantuvo la relación en secreto porque sabía que su familia nunca la aprobaría. Los Mayou no eran como los Jipson. Eran franceses de pura sangre pasando por Montreal y eran gente ardiente y apasionada. Amaban a tope, peleaban a tope, bebían a tope e incluso acudían a la iglesia a tope, practicando un catolicismo categórico del Medio Oeste que casi abrasaba la tierra.

Los Mayou eran los propietarios del café en Royal, Iowa, a unos quince kilómetros de la granja de mi padre. El padre de mi madre era un hombre maravilloso: sociable, honesto, amable. Era también un alcohólico redomado. De pequeña, mi madre salía de la escuela para preparar la comida a toda prisa y luego volvía al colegio para asistir a las clases de la tarde. Era frecuente que su padre perdiera el conocimiento en cualquier rincón, de modo que mi madre tenía que acostarlo y alejarlo de la vista de los clientes.

No es que la familia de Marie Mayou fuera famosa por eso. Quince kilómetros era un mundo en el Iowa de los cuarenta. El problema es que eran católicos. De modo que mi madre y mi padre se escaparon a Minnesota para casarse. La herida provocada por aquella fuga tardó unos cuantos años en cicatrizar, pero lo práctico siempre acaba imponiéndose en Iowa. Cuando algo ya está hecho, es cuestión de seguir adelante. Mi madre y mi padre se instalaron en la granja familiar y pronto tuvieron a los tres primeros de sus seis hijos, dos niños y una niña. Yo era la del medio.

La granja familiar. Un concepto lleno de romanticismo, pero la historia del universo de las granjas familiares ha sido siempre una empresa difícil, mal pagada y extenuante. La granja Jipson no tenía por qué ser distinta. En la cocina teníamos una bomba para el agua fría que tenías que activar manualmente. En el sótano estaba la lavadora, pero había que calentar el agua arriba en la cocina. Una vez lavada la ropa, tenías que darle la vuelta a la manivela e ir pasando las prendas por los rodillos, de una en una, para que expulsaran el exceso de agua. Después, colgar la ropa en el tendedero. En una esquina del sótano teníamos una ducha. Las paredes eran de cemento, pero el suelo estaba embaldosado. Era todo un lujo.

¿Aire acondicionado? Ni sabía que existiera. Mi madre trabajaba en la cocina seis horas al día, con los fogones a todo trapo, incluso con una temperatura exterior de casi cuarenta grados. Los niños dormían arriba, y las noches de verano eran tan húmedas, que bajábamos las almohadas al comedor y dormíamos en el suelo. El linóleo era la superficie más fresca de la casa.

¿Instalaciones sanitarias en casa? Hasta que tuve diez años utilizamos un cobertizo exterior con un agujero. Cuando se llenaba, te limitabas a cavar un nuevo agujero y trasladabas allí la caseta. Resulta difícil de creer en la actualidad, considerándolo retrospectivamente, pero es la pura verdad.

Con todo, fue la mejor infancia. No la cambiaría ni por todo el dinero del mundo por una infancia en Des Moines, la capital del Estado. ¿Por qué preocuparse de tener ropa nueva y juguetes? Ninguno de nuestros conocidos tenía nada de eso. La ropa nos la íbamos pasando de unos a otros, al igual que los juguetes. No había televisión, de modo que hablábamos mucho entre nosotros. Nuestro gran viaje era una vez al año a la piscina municipal de Spencer. Cada mañana nos despertábamos todos juntos, y luego trabajábamos todos juntos.

Cuando yo tenía diez años, mi madre y mi padre tuvieron a los tres hijos restantes: Steven, Val y Doug. Yo crié a aquellos niños, junto a mi madre. Éramos los Jipson. Siempre estábamos allí para el que lo necesitaba. Las noches en una granja son oscuras, vacías y solitarias, pero sabía que no había nada en el mundo exterior que pudiera hacerme daño... ni rusos, ni cohetes, ni ladrones. Tenía a mi familia. Y si las cosas se ponían muy feas, tenía el maizal. Siempre podía salir corriendo y desaparecer en él.

Pero no estábamos completamente solos, por supuesto. Cada kilómetro cuadrado de tierra de cultivo, ribeteado por todos los lados por esas carreteras perfectamente rectas de Iowa, era lo que se conoce como una sección. En aquella época, en cada una de esas secciones solía haber cuatro granjas familiares. Tres familias y media de las familias de nuestra sección eran católicas (nosotros éramos la media), y entre todas había diecisiete niños, de modo que podíamos organizar partidos de béisbol. Y aunque sólo se presentaran cuatro niños, jugábamos igualmente. No se me ocurre ahora otro juego que no sea el béisbol. Yo era menuda, pero con doce años era capaz de pegarle a la bola y lanzarla por encima de la acequia hasta los maizales. Cada noche nos reuníamos en torno a la mesa de la familia Jipson y dábamos gracias a Dios por haber pasado otro día sin perder la pelota en el maíz.

A unos cinco kilómetros del maizal que quedaba más hacia el este, al final de la segunda sección, estaba la ciudad de Moneta, Iowa. Spencer y Moneta sólo estaban separadas por treinta y dos kilómetros, pero podían haber pertenecido a dos mundos distintos. Hay quien calificaría de indescriptible esa franja de treinta y dos kilómetros, pero si pasas en coche por allí durante el mes de septiembre, cuando el cielo se oscurece con nubarrones de tormenta de color azulado y los cultivos forman trozos de todos los tonos de marrón imaginables, cuesta mucho no decir que el paisaje es bellísimo. Lo más destacable es tal vez el cartel descolorido de madera en la entrada de la ciudad de Everly proclamándola vencedora del campeonato femenino de baloncesto del Estado de Iowa del año 1966. Recuerdo aquel equipo. Everly nos derrotó por un punto en las finales regionales, que se celebraron en Spencer. Contaría detalles del partido, pero ya he dedicado más tiempo a hablar sobre el cartel del que se tarda en cruzar todo Everly, un pueblo de sólo quinientos habitantes.

La población de Moneta nunca llegó a los quinientos habitantes, pero superaba ese número si se contaban todos los granjeros, como mi familia, que se consideraban miembros de esa maravillosa comunidad. En la década de los treinta, Moneta era el centro del juego del noroeste de Iowa. El restaurante de Main Street era un bar ilegal, y en la parte trasera había un salón de juegos al que se accedía a través de una puerta secreta. Cuando yo era pequeña, estas leyendas eran ya cosa del pasado y habían sido sustituidas en nuestra imaginación por el campo de béisbol y las abejas. Toda comunidad tiene algo que los niños recuerdan. Si alguien pasa por Spencer dentro de sesenta años, los ancianos del lugar dirán: «Teníamos un gato. Vivía en la biblioteca. ¿Que cómo se llamaba? Oh, sí, Dewey. Siempre recordaré a Dewey». En Moneta, eran las abejas. Cualquier familia tenía sesenta colmenas, y la miel era famosa en cuatro condados, lo que nos parecía el mundo entero.

Pero el centro de la ciudad era la escuela de Moneta, un edificio de ladrillo rojo de dos plantas y con diez aulas, construido justo delante del campo de béisbol. Casi todo el mundo había asistido a ese colegio, al menos durante unos años. En mi curso éramos solamente ocho niños, pero lo que nos faltaba en número lo suplíamos con diversión. Dos mujeres del lugar preparaban todos los días comidas caseras para el colegio. Janet y yo, las únicas chicas de la clase, solíamos obtener un permiso especial para ir a la cocina por las mañanas y recubrir con azúcar los típicos rollos de canela. Cuando tenías un problema, una maestra te acompañaba a un rincón de la arboleda que había detrás del edificio del colegio, donde podías mantener una charla personal con ella. Si querías estar sola, o con alguien especial, ibas también a esa arboleda. Fue el escenario de mi primer beso. La escuela de Moneta celebraba una fiesta cada fin de curso con carreras de sacos, carreras de caballos y, naturalmente, partidos de béisbol. La ciudad entera acudía allí a disfrutar de un picnic. Todo el mundo participaba. A mitad de verano, cuando el maíz estaba tan alto que rodeaba la ciudad como una muralla, se celebraba la Reunión del colegio, que en la década de 1950 atraía a varios miles de personas. Todo el mundo se sentía orgulloso del colegio. Todos.

Pero entonces, en 1959, el Estado de Iowa cerró la escuela de Moneta. La ciudad había sufrido un importante descenso de población y el Estado no podía seguir justificando el gasto. Moneta siempre había sido un eje sobre el que giraban los granjeros locales, pero el sector estaba cambiando. A principios de la década de los cincuenta, la primera generación de segadoras y cosechadoras gigantes permitió a los granjeros arar y cosechar campos de mayor tamaño. Algunos granjeros adquirieron maquinaria nueva, después compraron el negocio de sus vecinos y doblaron su producción, luego utilizaron ese dinero para comprar los negocios de otros vecinos. Las familias granjeras empezaron a desaparecer y la población se trasladó a centros como Spencer, y junto a ellos, las pequeñas granjas, los jardines familiares y las hileras de árboles que los primeros colonos habían plantado para proteger sus casas del sol en verano y del viento en invierno. Eran árboles enormes y centenarios. Cuando llegaron los grandes granjeros, lo arrasaron todo con sus excavadoras —árboles, edificios, todo—, lo amontonaron y le prendieron fuego. ¿Por qué conservar una casa donde no vivía nadie cuando en su lugar podías sembrar? La tierra se recuperó, pero no la naturaleza. Se convirtió en maíz.

Las antiguas granjas familiares se dedicaron a criar ganado. Plantaron jardines. Sembraron cosechas en otros campos más pequeños. En las granjas grandes sólo había maíz y, en muchos casos, soja. Cada año que pasaba se cultivaba en Iowa más maíz y cada vez se consumía menos cantidad de lo cosechado, al menos en lo que a grano y mazorca se refiere. Se utilizaba en mayor medida para dar de comer a los animales. Una parte acababa convirtiéndose en etanol. El resto se separaba, se molía y se procesaba. ¿Se han preguntado alguna vez qué es el chicle Xantham? Es maíz procesado, como prácticamente todo lo demás que aparece en esa larga lista de ingredientes no identificables impresa en el envoltorio de la cena. El 70 por ciento de la dieta norteamericana —¡un 70 por ciento!— está compuesto por maíz.

Pero la vida en el país de las granjas no es fácil. Algunas de las propiedades más grandes valen una fortuna, pero para la mayoría de los granjeros y de las personas que de ellos dependen —mano de obra de las propias granjas, vendedores, almacenes, plantas procesadoras, comerciantes locales—, el dinero es un bien escaso, el trabajo muy duro y, a menudo, incontrolable. Que si no llueve, que si no para de llover, que si hace demasiado calor o demasiado frío, que si los precios no suben cuando el producto llega al mercado... Poco se puede hacer. La vida en la granja no significa simplemente dieciséis hectáreas de tierra y una mula. Los granjeros necesitan grandes máquinas para cosechar los campos de mayor extensión, máquinas que cuestan medio millón de dólares o más. Si a eso le sumamos las semillas, los abonos químicos y los gastos de subsistencia, la deuda de un granjero asciende fácilmente a más de un millón de dólares. Si el granjero tiene un tropezón, o pierde el ritmo y no se actualiza, o simplemente sufre una racha de mala suerte, cuesta mucho superarlo.

Y lo mismo se aplica a las ciudades del país de las granjas. Las ciudades son, al fin y al cabo, un conjunto de personas. La ciudad depende de las personas y las personas dependen de la ciudad. Igual que el polen y los filamentos del maíz, son interdependientes. Por eso la gente del noroeste de Iowa se siente tan orgullosa de sus ciudades e invierte tanta energía en lograr que sus ciudades funcionen. Plantan árboles, construyen parques, se integran en organizaciones locales. Saben que si una ciudad no mira constantemente hacia delante, puede quedarse atrasada y, en ese caso, morir.

Hay quien piensa que el incendio del silo que se produjo en los años treinta arruinó la ciudad de Moneta. Yo opino que fue el cierre de la escuela. En 1959, en cuanto los niños Jipson empezaron a utilizar el autobús para ir al colegio a Hartley, a más de quince kilómetros de distancia, mi padre perdió su interés por seguir luchando contra la granja. Nuestra tierra no producía y mi padre no podía permitirse comprar grandes máquinas. Se metió entonces en el negocio de la compra de ganado, y luego se puso a vender seguros. Los Jipson llevaban tres generaciones trabajando como granjeros, pero dos años después del cierre de la escuela de Moneta mi padre vendió las tierras a un vecino y se dedicó a tiempo completo a los seguros. Lo odiaba, odiaba tener que utilizar técnicas para amedrentar a la gente y hacer ofertas a la baja a las familias en épocas de necesidad. Acabó trabajando como vendedor para la marca de semillas Crow. El vecino que nos compró la granja se dedicó a allanar el terreno, taló todos los árboles y lo convirtió en sesenta y cinco hectáreas de tierra de cultivo. Incluso aplanó la zona del riachuelo que nos correspondía. Ahora, cuando paso por allí en coche ni siquiera lo reconozco. Lo único que queda de mi infancia es el primer metro de camino de tierra.

Si hoy en día sigues la carretera que sale de Spencer en dirección oeste, aún es posible ver un pequeño letrero a un lado que indica la carretera hacia Moneta. Al cabo de cinco kilómetros termina el asfalto y queda únicamente un camino de tierra que discurre entre los campos. Pero la ciudad no existe. Hay, tal vez, quince casas, la mitad de ellas abandonadas. No se ve ni un solo comercio. Casi todos los edificios de la calle central que recuerdo de mi infancia han desaparecido y han sido sustituidos por un maizal. Puedes situarte donde antiguamente estaba el Moneta General Store, donde los niños nos quedábamos traspuestos delante de aquel mostrador gigantesco lleno de caramelos, y observar las máquinas cosechadoras arrastrarse por los campos, con sus palas en forma de maíz en la parte delantera y sus toneles con fertilizantes y abonos sujetos en la trasera, como saltamontes diminutos avanzando de puntillas por un inmenso vacío. El salón de baile sigue allí, y la vieja taberna clandestina, pero ambos están cerrados. Dentro de pocos años, seguramente habrán desaparecido también.

La escuela de Moneta sigue en pie, detrás de una vieja cadena de eslabones, pero entre sus ladrillos crecen malas hierbas. Los cristales están rotos en su mayoría. En el interior del edificio estuvieron viviendo las cabras durante casi diez años, destrozando los suelos y mordisqueando las paredes hasta abrir agujeros; su olor todavía se puede percibir. Lo único que queda es la Reunión. Cuarenta años después del cierre de la escuela de Moneta, la Reunión anual siguió congregando a mil personas, y tuvo lugar en el campo donde solíamos jugar nuestros partidos de béisbol y celebrábamos las fiestas anuales. Pero ahora la Reunión se ha quedado en un centenar de asistentes. La escuela lleva cincuenta años cerrada y muchos de los que se graduaron allí ya no están. Dentro de poco, lo único que quedará en pie será el cartel que hay en la autopista 18, señalando aún los cinco kilómetros de carretera solitaria que la separan de Moneta.

Capítulo 7
GRAND AVENUE

La crisis de las granjas de la década de 1980 fue dura, pero nunca llegamos a pensar en serio que Spencer fuera a seguir el camino de Moneta. Nunca creímos que fuera a renunciar, a esfumarse, a desaparecer. Al fin y al cabo, a lo largo de su historia la ciudad había demostrado su resistencia. Nadie ha regalado nunca nada ni a Spencer ni a sus habitantes. Lo que tenemos nos lo hemos ganado.

Spencer empezó como una ciudad falsa. Hacia la década de 1850, un promotor vendió parcelas numeradas de una propiedad más grande situada cerca de un recodo del río Little Sioux. Los colonos esperaban encontrar una ciudad próspera a orillas del fértil valle fluvial, pero nunca dieron con ella. Allí no había más que un río de aguas perezosas y una única cabaña… a diez kilómetros de distancia. La ciudad sólo existía sobre el papel.

Los colonos decidieron quedarse. Aunque en lugar de instalarse en una ciudad ya establecida erigieron una comunidad a partir de cero. Spencer se fundó en 1871 e inmediatamente solicitó al gobierno una estación de ferrocarril, que no consiguió hasta casi cincuenta años más tarde. A finales de aquel mismo año, arrebató la capitalidad del condado de Clay a Petersen, una ciudad más grande situada a cincuenta kilómetros hacia el sur. Spencer era una ciudad de obreros. No tenía pretensiones, pero sabía que en las llanuras hay que seguir siempre avanzando, modernizándose y creciendo.

En junio de 1873 llegó la langosta, devorando las cosechas hasta el nivel de sus tallos antes de pasar al cereal recién cosechado. En mayo de 1874, la langosta regresó. Y volvió a hacerlo en julio de 1876, justo en el momento en que el trigo estaba madurando y el maíz convirtiéndose en flecos y barba. Tal y como aparece descrito en el *Spencer Centennial*, una historia de la comunidad escrita con motivo de nuestro primer centenario: «Las langostas descabezaron el cereal y se instalaron en el maíz hasta partirlo con su peso. Fue la destrucción completa».

Los granjeros abandonaron la zona. Los habitantes de la ciudad entregaron sus hogares y sus negocios a los acreedores y se marcharon del condado. Los que quedaron se unieron y se ayudaron entre ellos para pasar un largo invierno de hambre. Cuando llegó la primavera, consiguieron un crédito para comprar semillas y probar suerte con una nueva cosecha. La langosta devoró el extremo occidental del condado de Clay, a cien kilómetros de aquí, pero no llegó más lejos. La cosecha de 1887 fue la mejor de la historia de la región. La langosta no regresó jamás.

Cuando la primera generación de colonos se hizo mayor y no pudo seguir con las labores del campo, se instaló en Spencer. Construyeron pequeños bungaloes de artesanos en la parte norte del río, mezclándose con los comerciantes y la mano de obra contratada. Cuando por fin llegó el ferrocarril, los granjeros dejaron de tener la necesidad de desplazarse a caballo y en calesas y de recorrer ochenta kilómetros para encontrar un mercado. Ahora eran los demás granjeros los que tenían que recorrer más de treinta kilómetros para llegar a Spencer. La ciudad lo celebró ensanchando la carretera que iba del río hasta la estación. Aquellas ocho manzanas, bautizadas como Grand Avenue, se convirtieron en la principal galería de comercios de toda la región. Había una Caja de Ahorros y Préstamos, una fábrica de palomitas de maíz en el extremo norte, cerca de la zona donde se instalaba la feria, una fábrica de bloques de cemento, una fábrica de ladrillos y un almacén de madera. Pero Spencer no era una ciudad industrial. No había grandes fábricas. No existían los típicos financieros de la época colonial cargados de diamantes y de billetes de veinte dólares. Y tampoco existía una serie de mansiones victorianas. Bajo el enorme cielo azul de Iowa sólo había campos, granjeros y las ocho manzanas de establecimientos comerciales.

Y entonces llegó el 27 de junio de 1931.

La temperatura ambiente era de treinta y nueve grados cuando, a la una y treinta y seis de la tarde, un niño de ocho años encendió una bengala enfrente de la droguería de Otto Bjornstad, en el cruce de Main Street con West Fourth. Alguien gritó y el niño, asustado, lanzó la bengala en dirección a un gran expositor de fuegos artificiales. El expositor explotó y el fuego, avivado por el ambiente cálido, se extendió por toda la calle. En cuestión de minutos, las llamaradas ocupaban ambos lados de Grand Avenue, completamente fuera del control del pequeño cuartel de bomberos de Spencer. Catorce ciudades vecinas enviaron equipos antiincendios y hombres, pero la presión del agua era tan baja que se hizo necesario bombear agua del río hacia las tuberías principales. En el momento crítico del incendio, el fuego prendió incluso en el asfalto de Grand Avenue. Al final de la jornada, habían ardido treinta y seis edificios que albergaban un total de setenta y dos establecimientos, es decir, más de la mitad de las tiendas de la ciudad había quedado destruida.

Me cuesta imaginarme lo que debió de pensar aquella gente viendo la humareda flotando por encima de los campos y los restos candentes de su amada ciudad. Aquella tarde, el noroeste de Iowa debió de parecer un lugar solitario y aislado. Aquí las ciudades mueren. Los negocios cierran; la gente sigue adelante. La mayor parte de las familias de Spencer llevaba tres generaciones ganándose la vida en la región. Ahora, en la cúspide de la Gran Depresión (que había empezado ya en la costa pero que no llegó hacia zonas interiores como el noroeste de Iowa hasta mitad de la década de 1930), el corazón de Spencer había quedado reducido a cenizas. El coste de todo aquello, por encima de los dos mil millones de dólares (pensando en dólares de la época de la Depresión), sigue siendo el desastre más caro de la historia de Iowa a consecuencia de la mano del hombre.

¿Cómo sé yo todo esto? Porque todo el mundo en Spencer lo sabe. El incendio es nuestro legado. Nos define. Lo único que desconocemos es el nombre del chico que inició el fuego. Alguien lo sabe, por supuesto, pero en su día se tomó la decisión de mantener su identidad en secreto. Nuestro mensaje: somos una ciudad. Estamos en esto unidos. No señalemos a nadie con el dedo. Solucionemos el problema. Por aquí decimos que ésta es una actitud progresista. El que pregunta a cualquiera sobre la ciudad, siempre obtendrá esta respuesta: «Es progresista». Ése es nuestro lema. Y si se pregunta sobre qué significa «progresista», la gente dirá: «Tenemos parques. Participamos voluntariamente. Siempre intentamos mejorar». Y si se profundiza un poco más, la gente se lo pensará un poco y dirá al final: «Bueno, hubo una vez un incendio...».

Pero no es el incendio lo que nos define, sino lo que la ciudad hizo a continuación. Dos días después del desastre, se reunía ya una comisión para construir un nuevo centro lo más moderno y a prueba de accidentes que fuera posible y los establecimientos volvían a abrir en el exterior de las casas y los edificios. Nadie se fue. Nadie dijo: «Volvamos a hacerlo tal y como era». Los líderes de nuestra comunidad habían viajado a las grandes ciudades del Medio Oeste, como Chicago y Minneapolis. Habían visto su sólida planificación y el estilo de líneas elegantes de lugares como Kansas City. En cuestión de un mes se había ideado un plan general para crear un centro de la ciudad estilo *art déco*, siguiendo el ejemplo de las ciudades más prósperas de la época. Los edificios destruidos tenían un propietario a nivel individual, pero formaban también parte de una ciudad. Los propietarios accedieron al plan. Comprendieron que tenían que vivir, trabajar y sobrevivir juntos.

Quien visite hoy el centro de Spencer no lo considerará *art déco*. Los arquitectos que lo construyeron eran básicamente de Des Moines y Sioux City, y emplearon un estilo conocido como *prairie déco* o *art déco* de la pradera. Los edificios no son altos. Son en su mayoría de ladrillo. Algunos tienen torreones de estilo colonial, como El Álamo. El *prairie déco* es un estilo práctico. Discreto, pero elegante. No es llamativo, ni ostentoso. Va con nosotros. En Spencer nos gusta ser modernos, pero no llamar la atención.

Quien pasee por el centro de la ciudad, tal vez para ir a comprar un pastel en la pastelería Carroll's o para ir de compras a The Hen House, seguramente no se dará cuenta de los estrechos ventanales y de las líneas alargadas y limpias de los edificios. Aparcará en Grand Avenue y paseará por debajo de los salientes planos de los tejados y por delante de los escaparates. Se percatará de las farolas de metal y de las incrustaciones de ladrillo de las aceras, de cómo los establecimientos parecen fluir con naturalidad unos detrás de otros, y se dirá: «Me gusta esto. Es un centro urbano que funciona».

Nuestro centro es el legado del incendio de 1931, pero es también el legado de la crisis de las granjas que se vivió en la década de los ochenta. Cuando corren malos tiempos, o te unes o te derrumbas. Y esto se aplica tanto a las familias como a las ciudades, e incluso a las personas. A finales de la década de los ochenta, Spencer volvió a unirse una vez más. Y una vez más, la transformación se produjo desde dentro hacia fuera, cuando los comerciantes de Grand Avenue, muchos de ellos en las tiendas que ya tenían sus abuelos en 1931, decidieron que juntos podían crear una ciudad mejor. Contrataron a un director comercial para la galería de tiendas del centro de la ciudad, realizaron mejoras de infraestructura, gastaron dinero en publicidad, aun cuando daba la sensación de que en la comunidad no quedaba dinero para poder gastar.

Poco a poco, la rueda del progreso empezó a girar. Una pareja de la ciudad compró El Hotel, el edificio más grande y más histórico de la ciudad, e inició su restauración. El decadente edificio estaba en un estado que ofendía a la vista, era prácticamente la cloaca de nuestra energía y buena voluntad como colectividad. Pero, a partir de entonces, se convirtió en un motivo de orgullo, en la promesa de los mejores tiempos que estaban por llegar. Junto con la sección comercial de Grand Avenue, los establecimientos pagaron nuevos escaparates, mejores aceras y la celebración de espectáculos para las tardes de verano. Era evidente que tenían fe en que lo mejor del futuro de Spencer estaba aún por llegar, y en cuanto la gente empezó a acudir al centro, a escuchar aquella música y a pasear por las nuevas aceras, todo el mundo empezó a compartir su misma fe. Y por si eso no fuese suficiente, en el extremo sur de la ciudad, en la esquina con Third Street, se levantaba una biblioteca limpia, acogedora y recién remodelada.

Al menos, ése era mi plan. Tan pronto como fui nombrada directora en 1987, empecé a presionar para obtener dinero para realizar reformas en la biblioteca. No había tesorero, e incluso el alcalde ocupaba un puesto que era a tiempo parcial y básicamente a efectos solemnes. Las decisiones las tomaba el consejo municipal. De modo que allí fue adonde me dirigí... una y otra vez.

El consejo municipal de Spencer era la clásica red de viejos amigos, una ampliación de los ciudadanos más influyentes que se reunían en el Sister's Café. El Sister's estaba a diez metros de la biblioteca, pero no creo que ni un solo miembro de los que allí se congregaban hubiera pisado jamás nuestro edificio. Naturalmente, tampoco yo frecuentaba el Sister's Café, por lo que el problema era en ambos sentidos.

—¿Dinero para la biblioteca? ¿Y para qué va a servir? Necesitamos puestos de trabajo, no libros.

—La biblioteca no es un almacén —expliqué al consejo—. Es un lugar vital para la comunidad. Tenemos recursos para buscar trabajo, salas de reuniones, ordenadores.

—¡Ordenadores! ¿Cuánto estamos gastando en ordenadores?

Siempre corrías el mismo peligro. Empezabas a pedir dinero y tarde o temprano aparecía alguien diciendo:

—¿Y para qué necesita dinero la biblioteca? Ya tiene bastantes libros.

Y yo les decía:

—Las calles recién asfaltadas están muy bien, pero no sirven para levantar el ánimo de nuestra comunidad. No del mismo modo que puede conseguirlo una biblioteca cálida, acogedora, hospitalaria. ¿No sería estupendo para la moral de todos tener una biblioteca de la que poder sentirnos orgullosos?

—Tengo que serle sincero. No veo qué diferencia podría suponer el tener unos libros más bonitos.

Después de casi un año de estar a dos velas, me sentía frustrada, aunque no derrotada. Entonces sucedió algo muy gracioso: Dewey empezó a actuar en defensa de mi causa. A finales del verano de 1988, se produjo un cambio perceptible en la Biblioteca Pública de Spencer. El número de visitantes iba en ascenso. La gente se quedaba más rato. Vivían felices, y llevaban esa felicidad a sus hogares, a sus escuelas y a sus puestos de trabajo. Y mejor aún, la gente empezaba a hablar.

—He estado en la biblioteca —comentaba alguien mientras miraba los escaparates de la nueva y remodelada Grand Avenue.

—¿Andaba Dewey por allí?

—Naturalmente.

—¿Se ha sentado en tu regazo? Siempre se sienta en el regazo de mi hija.

—De hecho, estaba buscando un libro en una estantería alta, sin prestar mucha atención a lo que hacía, cuando en lugar de coger un libro agarré a Dewey. Me quedé tan sorprendida que se me cayó el libro al suelo.

—¿Y qué hizo Dewey?

—Se echó a reír.

—¿De verdad?

—No, pero estoy segura de que lo hizo.

La conversación debió de llegar al Sister's Café, porque, al final, incluso el consejo municipal empezó a notarlo. Su actitud fue cambiando poco a poco. Primero, dejaron de reírse de mí. Después, empezaron a escucharme.

—Vicki —dijo finalmente el consejo—. A lo mejor la biblioteca sí marca una diferencia. Estamos en apuros financieros, lo sabes muy bien, y no tenemos dinero. Pero si consigues financiación, te apoyaremos. —No era mucho, tengo que admitirlo, pero era lo máximo que había conseguido la biblioteca por parte de la ciudad desde hacía muchísimo tiempo.

Capítulo 8

LOS MEJORES
AMIGOS DEL GATO

El murmullo que escuchó el consejo municipal en otoño de 1988 no era el mío. O, al menos, no era sólo el mío. Era la voz de la gente bisbiseando, las voces que normalmente nunca se oían: las de los habitantes más ancianos, las de las madres, las de los hijos. Había clientes que acudían a la biblioteca con un objetivo: hojear un libro, leer el periódico, encontrar una revista. Otros consideraban la biblioteca un destino. Les gustaba pasar su tiempo allí, era una cifra fija y que iba en aumento. Cada mes había más. Dewey no era sólo una novedad; era parte integrante de la comunidad. La gente acudía a la biblioteca para verlo.

No es que Dewey fuese un animal especialmente lisonjero. No iba corriendo a recibir a todo aquel que atravesaba el umbral. Aparecía en la puerta principal si la gente lo quería y, en caso de no ser así, daba vueltas por allí y se interponía en su camino. Ésta es la sutil diferencia entre perros y gatos, y especialmente en el caso de un minino como Dewey: los gatos pueden necesitarte, pero no se cuentan entre los necesitados.

Cuando los clientes habituales llegaban y Dewey no estaba allí para recibirlos, solían rondar por la biblioteca buscándolo. Primero miraban por el suelo, imaginándose que el animalillo estaría escondido en algún rincón. Luego miraban por encima de las estanterías.

«¿Dónde estabas, Dewey? No te veía por aquí», decían, alargando la mano para acariciarlo. Dewey les ofrecía la parte superior de su cabecita para que la acariciaran, pero sin embargo no los seguía. Los clientes se quedaban decepcionados.

Pero en cuanto se olvidaban de él, Dewey saltaba a su regazo y se instalaba allí. Y ahí era cuando yo veía aquellas sonrisas. Y no sólo porque Dewey estuviera sentado con ellos durante diez minutos o un cuarto de hora, sino porque los había distinguido sólo a ellos dedicándoles una atención especial. Hacia finales de su primer año, había docenas de clientes que me decían:

—Sé que Dewey quiere a todo el mundo, pero yo tengo una relación especial con él.

Yo sonreía y asentía. «De acuerdo, Judy», pensaba. «Tú y todos los demás clientes de esta biblioteca».

Naturalmente, si a Judy Johnson (o Marcy Muckey, o Pat Jones, o cualquiera de los demás admiradores de Dewey) se le hubiese ocurrido permanecer mucho rato por aquí, habría acabado decepcionada. Había mantenido esa conversación muchas veces y visto, sólo media hora después, cómo la sonrisa desaparecía cuando al salir de la biblioteca daba la casualidad de que veía a Dewey sentado en el regazo de otra persona.

—Oh, Dewey —decía entonces Judy—. Pensaba que era únicamente conmigo.

Miraba a Dewey durante unos segundos, pero el gato nunca levantaba la vista. Y Judy entonces sonreía, pensando: «No es más que su trabajo. A quien sigue queriendo más es a mí».

Y luego estaban los niños. Para comprender el efecto que Dewey tenía sobre Spencer, bastaba con mirar a los niños. Las sonrisas que iluminaban sus rostros cuando entraban en la biblioteca, la alegría que exhibían buscándolo y llamándolo por su nombre, la excitación cuando daban con él. Y detrás de ellos, sus madres sonreían también.

Yo sabía que había muchas familias sufriendo, que eran malos tiempos para muchos de aquellos niños. Pero los padres jamás comentaron sus problemas conmigo ni con nadie del personal. Seguramente ni siquiera los comentaban con sus mejores amigos. Nosotros no somos así; no hablamos de nuestras circunstancias personales, sean buenas, malas o normales. Pero se adivinaba. Había un niño que llevaba el mismo abrigo que el pasado invierno. Su madre había dejado de maquillarse y, al final, tampoco lucía ni siquiera sus joyas. El niño adoraba a Dewey, se aferraba a él como si fuese un amigo del alma, y su madre nunca dejaba de sonreír cuando los veía juntos. Entonces, hacia el mes de octubre, el niño y su madre dejaron de frecuentar la biblioteca. Luego me enteré de que la familia había abandonado repentinamente la ciudad.

Pero no era el único niño que llevaba un abrigo viejo aquel otoño, y tampoco era el único niño que adoraba a Dewey. Todos deseaban tanto su atención, se mostraban tan ansiosos incluso por tenerla, que aprendieron a controlarse lo suficiente como para poder pasar con él la hora del cuento. Cada martes por la mañana, el murmullo de los niños alborotados congregados en la Sala Redonda, donde se celebraba la hora del cuento, quedaba de repente interrumpido por un grito de: «¡Ha llegado Dewey!», seguido por los movimientos impetuosos de los niños allí reunidos intentando todos ellos acariciar a Dewey al mismo tiempo.

—Si no os calmáis —les decía Mary Walk, nuestra bibliotecaria infantil—, Dewey tendrá que irse.

La sala quedaba sumida entonces en un silencio contenido y los niños tomaban asiento, intentando hacer lo posible para reprimir su excitación. Y cuando habían recuperado relativamente la calma, Dewey empezaba a pasear entre ellos, a frotarse contra todos los niños y hacerlos reír. Los pequeños lo cogían y le susurraban:

—Siéntate conmigo, Dewey. Siéntate conmigo.

—Niños, no me obliguéis a avisaros de nuevo.

—Sí, Mary. —Los niños siempre llamaban a Mary sólo por su nombre. Nunca se acostumbraron a llamarla «señorita Mary».

Dewey, consciente de que había forzado la situación hasta el límite, interrumpía su paseo y se acurrucaba en el regazo de algún niño afortunado. No dejaba que fueran los niños los que lo cogieran para subírselo al regazo, sino que era él quien *elegía* con quién quería pasar un rato. Y cada semana era con un niño distinto.

Cuando había escogido a un niño, Dewey solía quedarse la hora entera allí sin moverse. A menos que proyectaran alguna película. En ese caso, saltaba sobre una mesa, doblaba las patas bajo su cuerpo y miraba la pantalla con atención. Cuando aparecían los créditos finales, fingía aburrimiento y bajaba al suelo. Y antes de que los niños pudiesen preguntar: «¿Dónde está Dewey?», el gato había desaparecido.

Sólo había una niña que Dewey no conseguía ganarse. Tenía cuatro años cuando el gato llegó y la pequeña acudía cada semana a la biblioteca en compañía de su madre y de su hermano mayor. Su hermano adoraba a Dewey. La niña permanecía siempre lo más lejos posible de él, tensa y nerviosa. Su madre me explicó al final que a la niña le daban pánico los animales de cuatro patas, sobre todo los gatos y los perros.

¡Qué oportunidad! Yo sabía que Dewey podía hacer con aquella niña lo que había hecho por los niños alérgicos. Le sugerí a la madre que fuera haciendo maniobras de aproximación a Dewey poco a poco, primero mirándolo a través de la ventana y después mediante reuniones supervisadas.

—Es un trabajo ideal para nuestro Dewey, siempre tan gentil y cariñoso —le expliqué a la madre. Me sentía tan entusiasmada que incluso estuve consultando libros para ayudar a la niña a superar sus miedos.

La madre no quiso aceptar mi sugerencia, de modo que en vez de intentar cambiar los sentimientos de la niña hacia los gatos, traté de adaptarme a ella. Cuando la niña se acercaba a la puerta y saludaba a la empleada que estuviese en aquel momento en el mostrador de recepción, yo corría a buscar a Dewey y lo encerraba en mi despacho. Dewey odiaba quedarse encerrado allí, sobre todo si había clientes en la biblioteca. *No es necesario que lo hagas,* lo oía protestar. *¡Ya sé que es por la niña! ¡No pienso acercarme a ella!*

Y yo odiaba tener que encerrarlo, y odiaba también perder la oportunidad de que Dewey pudiese ayudar a mejorar la vida de la niña, pero ¿qué otra cosa podía hacer? «No fuerces la situación, Vicki», me decía, «todo llegará».

Y con aquella idea en la cabeza, planifiqué una celebración informal con motivo del primer cumpleaños de Dewey: un pastelito hecho con comida para gatos para Dewey y un pastel normal para los clientes. No sabíamos exactamente la fecha de nacimiento de Dewey, pero el doctor Esterly había estimado que cuando lo encontramos tenía ocho semanas, de modo que hicimos la cuenta atrás y elegimos el 18 de noviembre. Habíamos encontrado a Dewey el 18 de enero, de modo que dimos por sentado que era su número de la suerte.

Una semana antes de la celebración, preparé una tarjeta de felicitación para que todo el mundo pudiese firmar. En pocos días, había más de un centenar de firmas. El día de la hora del cuento, los niños se dedicaron a hacer dibujos de pasteles de cumpleaños. Cuatro días antes de la fiesta, colgamos todos los dibujos en una especie de tendal que colocamos detrás del mostrador de préstamos. Después, el periódico publicó un artículo y empezamos a recibir tarjetas de felicitación por correo. No podía creerlo, ¡la gente enviaba tarjetas de felicitación a un gato!

Cuando llegó el día de la fiesta, los niños no paraban de saltar y correr de un lado a otro de lo nerviosos que estaban. Otro gato se habría asustado, eso seguro, pero Dewey se lo tomó todo con su calma habitual. En lugar de relacionarse con los niños, mantuvo los ojos clavados en su premio: su pastel para gatos en forma de ratón cubierto con una capa de yogur entero de la marca que solía tomar Jean Hollis Clark (a Dewey no le gustaba en absoluto la comida *light*). Y mientras los niños se reían sin parar, observé a los adultos congregados al fondo de la sala, padres en su mayoría. Sonreían tanto como los niños. Y una vez más me di cuenta de lo especial que era Dewey. No todos los gatos podían tener un club de fans como aquél. Y me di cuenta también de otras cosas: de que Dewey estaba teniendo un impacto sobre nosotros, de que había sido aceptado como un miembro más de la comunidad y de que, pese a pasar el día entero con él, nunca llegaría a conocer todas las relaciones que Dewey había establecido y toda la gente a la que había llegado a conmover. Dewey no era de favoritismos, quería igual a todo el mundo.

Pero, aunque diga esto, sé que no es cierto. Dewey tenía relaciones especiales, y una que siempre recordaré es la que tenía con Crystal. La biblioteca llevaba décadas acogiendo semanalmente una hora del cuento para los alumnos de educación especial que asistían a la escuela de primaria y secundaria de nuestra ciudad. Antes de la llegada de Dewey, los niños se portaban mal. Era la gran salida que realizaban cada semana y estaban siempre muy emocionados: gritaban, chillaban, no paraban de saltar. Pero Dewey lo cambió todo. A medida que lo fueron conociendo, los niños aprendieron que si se comportaban de un modo demasiado ruidoso o inquieto, Dewey se iba. Y eran capaces de hacer cualquier cosa para que el gato se quedara con ellos; transcurridos unos meses, se convirtieron en unos niños tan tranquilos que apenas podía creer que se tratara del mismo grupo de chiquillos.

Los niños no podían acariciarlo muy bien, pues padecían minusvalías físicas. Pero a Dewey no le importaba. Mientras los pequeños estuvieran tranquilos, Dewey pasaba la hora entera con ellos. Se paseaba por la sala y se frotaba contra sus piernas. Saltaba a su regazo. Los niños se obsesionaron de tal modo con él que no veían nada más. Si les hubiera leído el listín telefónico, les habría dado lo mismo.

Crystal era una de las niñas de aquel grupo. Tenía once años y era preciosa, pero no hablaba y apenas controlaba sus extremidades. Estaba sentada en una silla de ruedas, que llevaba una bandeja de madera en la parte delantera. Cuando entraba en la biblioteca, siempre lo hacía cabizbaja y con la mirada fija en aquella bandeja. La maestra le quitaba el abrigo, o le desabrochaba la chaqueta, y ella no se movía. Era como si no estuviese allí.

Dewey se percató enseguida de la presencia de Crystal, pero no establecieron una conexión inmediata. Ella no parecía mostrar interés por él y había muchos niños que deseaban desesperadamente su atención. Entonces, una semana, Dewey saltó a la silla de ruedas de Crystal. La niña chilló. Llevaba años acudiendo a la biblioteca y yo ni siquiera sabía que fuese capaz de vocalizar. Aquel chillido era el primer sonido que oía de su boca.

Dewey empezó a visitar a Crystal cada semana. Y cada vez que saltaba sobre la bandeja, Crystal chillaba encantada. Era un grito agudo, pero que en ningún momento asustó a Dewey. Él sabía qué significaba. Percibía la emoción de la niña, o a lo mejor notaba el cambio que experimentaba su rostro. Siempre que veía a Dewey, la carita de Crystal se iluminaba. Sus ojos, que siempre parecían perdidos, eran puro fuego.

Muy pronto, ya no era sólo al ver a Dewey encima de su bandeja. En cuanto la maestra empujaba la silla para entrar en la biblioteca, Crystal cobraba vida. Y cuando veía al gato, que la esperaba en la puerta de entrada, la niña empezaba a vocalizar de inmediato. No era su habitual chillido, sino un sonido más profundo. Me imagino que estaría llamando a Dewey. Y el gato debía de pensar lo mismo pues, tan pronto como la oía, ya estaba a su lado. Luego, en cuanto la silla de ruedas quedaba colocada en su lugar, Dewey saltaba a la bandeja y la niña parecía estallar de felicidad. Chillaba y su sonrisa era tan grande y luminosa que parecía increíble. Crystal tenía la sonrisa más bonita del mundo.

Normalmente la maestra de Crystal le cogía la mano y la ayudaba a acariciar a Dewey. Aquel contacto, el tacto del pelaje del gato en la piel de la niña, provocaba indiscutiblemente una ronda de gritos aún más fuertes y alborozados. Juro que hubo un día en que ella levantó la vista y estableció contacto visual conmigo. Estaba inmersa en su dicha y deseosa de compartir aquel momento con alguien, con todos nosotros. Y era una niña que llevaba años sin despegar los ojos del suelo.

Una semana cogí a Dewey cuando estaba sentado en la bandeja y se lo coloqué en el interior de su chaqueta. Crystal ni siquiera chilló. Se limitó a mirarlo con respeto. Estaba feliz. Y Dewey también estaba feliz. Tenía un pecho en el que recostarse, estaba calentito, y además se encontraba en compañía de un ser querido. No salió de la chaqueta, sino que permaneció allí quieto veinte minutos, quizá más. Los demás niños estaban registrando los libros que iban a llevarse de la biblioteca. Dewey y Crystal permanecieron juntos delante del mostrador de préstamo. El autocar esperaba aparcado delante de la biblioteca y los demás niños ya habían subido a él, pero Dewey y Crystal seguían donde los habíamos dejado, solos los dos. Aquella sonrisa, aquel momento, valían un millón de dólares.

Me cuesta imaginarme la vida de Crystal. No sé cómo se sentía cuando estaba en el mundo exterior, ni siquiera lo que hacía. Pero sé que siempre que estaba en la Biblioteca Pública de Spencer con Dewey se sentía feliz. Y creo que experimentaba esa felicidad completa que tan pocos llegamos a percibir alguna vez. Dewey lo sabía. Quería que Crystal sintiera esa felicidad y la amaba por ello. ¿No es ése un legado digno de cualquier gato, o de cualquier ser humano?

LO QUE LE GUSTA Y NO LE GUSTA A DEWEY

Escrito en un gran cartel de color naranja colocado sobre el mostrador de préstamos de la Biblioteca Pública de Spencer con motivo del primer cumpleaños de Dewey, el 18 de noviembre de 1988.

Categoría	Le gusta	Odia
Comida	Purina Special Dinners, sabor a leche	¡Cualquier otra cosa!
Lugar para dormir	Cualquier caja o regazo	Estar solo en su cesta
Juguete	Cualquier cosa con hierba gatera	Los juguetes que no se mueven
Hora del día	Las ocho de la mañana, cuando llega el personal	Cuando todo el mundo se va
Posición del cuerpo	Tenderse boca arriba	Estar mucho rato de pie
Temperatura	Caliente, caliente, caliente	Frío, frío, frío
Escondite	Entre los wésterns de la estantería inferior	El vestíbulo
Actividad	Hacer nuevas amistades, mirar la fotocopiadora	Ir al veterinario
Caricias	En la cabeza, detrás de las orejas	Que le rasquen o le toquen la barriga
Aparatos	La máquina de escribir de Kim, la fotocopiadora	El aspirador
Animal	¡Él!	
Aseo	Limpiarse las orejas	Que lo cepillen o peinen
Medicina	Malta (para las bolas de pelo)	Cualquier otra cosa
Juego	Escondite, jugar con un bolígrafo por el suelo	Peleas
Gente	Prácticamente todo el mundo	Los que son malos con él
Ruido	Cuando se abre una bolsa de patatas, el papel arrugado	Los camiones ruidosos, las obras, los perros que ladran
Libro	*El gato que quería ser rey*	*101 cosas que hacer con un gato muerto*

Capítulo 9
DEWEY
Y JODI

L a relación entre Dewey y Crystal es importante no sólo porque cambió la vida de la niña, sino porque nos ilustra sobre una cuestión relativa a Dewey: el efecto que tenía sobre la gente y hasta qué punto le importaban las personas. Imagínate a esa persona, digo cada vez que explico esta historia, multiplícala por mil, y empezarás a ver lo mucho que Dewey significó para la ciudad de Spencer. No fue para todo el mundo, pero cada día era para una persona distinta, un corazón cada vez. Y una de esas personas, una muy cercana a mi corazón, fue mi hija Jodi.

Yo era una madre divorciada, de modo que cuando Jodi era pequeña éramos las dos inseparables. Paseábamos a nuestra perra Brandi por el parque. Íbamos de tiendas por el centro comercial. A veces incluso hacíamos nuestras propias acampadas en el salón, las dos solas. Siempre que ponían en la televisión alguna película que nos apetecía ver, nos preparábamos un picnic en el suelo. Una vez al año echaban *El mago de Oz* —más allá del arco iris, donde la vida está llena de color y tienes el poder de hacer lo que siempre quisiste, y ese poder siempre ha estado contigo, basta sólo con saber cómo aprovecharlo—, y era nuestra favorita. Cuando Jodi tenía nueve años, íbamos cada tarde, si el tiempo lo permitía, a caminar un rato por el campo. Una vez por semana, como mínimo, subíamos hasta lo más alto de un acantilado de piedra caliza donde nos sentábamos, contemplábamos el río y charlábamos, madre e hija.

En aquella época vivíamos en Mankato, Minnesota, pero íbamos con frecuencia a casa de mis padres en Hartley, Iowa. Pasábamos las dos horas del trayecto, mientras los maizales de Minnesota se convertían en los maizales de Iowa, cantando a dúo la música que sonaba en algún viejo disco de ocho pistas, normalmente canciones antiguas de los años setenta de John Denver y Barry Manilow. Y siempre jugábamos a un juego. Yo decía:

—¿Quién es el hombre más grande que conoces?

Jodi me respondía y a continuación me preguntaba:

—¿Quién es la mujer más graciosa que conoces?

Íbamos formulándonos preguntas hasta que al final ya sólo se me ocurría una pregunta más, la que tenía más ganas de preguntar:

—¿Quién es la mujer más lista que conoces?

Y Jodi siempre daba la misma respuesta:

—Tú, mamá. —No se imaginaba las ganas que tenía yo de oír aquellas palabras.

Entonces, Jodi cumplió los diez años. Y al cumplir los diez, dejó de responder a la pregunta. Típico de una niña de esa edad, pero no pude evitar sentirme defraudada.

A los trece, después de que nos trasladáramos a vivir a Spencer, dejó de darme el beso de buenas noches.

—Ya soy demasiado mayor para eso, mamá —decía.

—Lo sé —replicaba yo—. Ya eres una chica mayor. —Pero me partía el corazón.

Me sentaba en el salón de nuestro bungaló de dos habitaciones y cien metros cuadrados, a un kilómetro y medio de distancia de la biblioteca. Miraba por la ventana las silenciosas casas cuadradas, con sus bonitos jardines cuadrados. Como el resto de Iowa, las calles de Spencer eran perfectamente rectas. ¿Por qué no sería la vida también así?

Brandi apareció por allí y me olisqueó la mano. Tenía a Brandi desde que me quedé embarazada de Jodi y empezaba ya a notar su edad. Se movía con lentitud y, por primera vez en su vida, empezaba a sufrir accidentes caminando. Pobre Brandi. Aguanté todo lo que pude, hasta que al final la llevé al doctor Esterly, quien le diagnosticó una insuficiencia renal avanzada.

—Tiene catorce años. Es normal que le pase.

—¿Qué podemos hacer?

—Puedo darle tratamiento, Vicki, pero no hay esperanzas de recuperación.

Miré a la pobre perra, estaba agotada. Siempre había estado conmigo, me lo había dado todo. Cogí su cabeza entre mis manos y le rasqué por detrás de las orejas.

—No puedo permitírmelo mucho, chica, pero haré lo que pueda.

Varias semanas de pastillas después, estaba sentada en el salón, con Brandi en mi regazo, cuando de pronto noté algo caliente. Entonces me di cuenta de que estaba mojada. Brandi se había hecho pipí encima de mí. Y me di cuenta de que la pobre no sólo se sentía incómoda, sino que le dolía mucho.

—Ha llegado su hora —anunció el doctor Esterly.

No se lo dije a Jodi, o no se lo dije todo. En parte para protegerla. En parte porque tampoco yo quería reconocerlo. Tenía la sensación de que Brandi llevaba toda la vida conmigo. La quería, la necesitaba. No podía acabar con ella.

Llamé a mi hermana Val y le dije a su marido:

—Venid a casa, por favor, y ponedle vosotros la inyección. No me digáis cuándo, hacedlo y ya está.

Unos días después, cuando llegué a casa a comer vi que Brandi no estaba. Sabía lo que aquello significaba. Se había ido. Llamé a Val y le pedí que fuera a buscar a Jodi al colegio y que se la llevara a cenar. Necesitaba tiempo para recuperarme. Durante la cena, Val podía empezar a decirle que algo iba mal. Al final, Val acabó contándole que Brandi se había dormido para siempre.

Hasta aquel momento había hecho muchas cosas mal. Había intentado aliviar el dolor de Brandi con el tratamiento. La había dejado morir en manos de mi cuñado. No había sido del todo sincera con Jodi. Y había permitido que fuera mi hermana quien le comunicara a mi hija la muerte de la perra que tanto quería. Pero mi mayor error fue lo que hice cuando Jodi llegó a casa. No lloré. No demostré ninguna emoción. Me dije: «Tienes que ser fuerte por la niña». No quería que viese lo que llegaba a doler aquello. Cuando Jodi se fue al colegio al día siguiente, me desmoroné. Lloré tanto que acabé encontrándome mal de verdad. Estaba tan afligida que ni siquiera pude ir a trabajar hasta la tarde. Pero Jodi no lo vio. Para su cabecita de trece años, yo era la mujer que había matado a su perra y que ni siquiera estaba dolida por ello.

La muerte de Brandi fue un punto de inflexión en nuestra relación. Era un síntoma más del abismo que se estaba abriendo entre nosotras. Jodi había dejado de ser una niña pequeña, pero una parte de mí seguía tratándola como tal. Tampoco era una mujer adulta, pero una parte de ella creía que ya era mayor y que ya no me necesitaba. Y cuando me di cuenta, por primera vez, de la distancia que se había establecido entre nosotras, la muerte de Brandi nos alejó todavía más.

Cuando llegó Dewey, Jodi tenía dieciséis años y, como les sucede a muchas madres de chicas de esa edad, yo tenía la sensación de que llevábamos vidas separadas. En gran parte era por mi culpa. Estaba muy concentrada en la planificación de la remodelación de la biblioteca, que finalmente había conseguido sacar adelante a través del consejo municipal, y pasaba poco tiempo en casa. Pero también era culpa de ella. Jodi estaba casi todo el día fuera de casa con sus amigos o encerrada en su habitación. Durante la semana, sólo nos relacionábamos a la hora de la cena. E incluso entonces teníamos poco de qué hablar.

Hasta que llegó Dewey. Con Dewey tenía algo que decir que Jodi deseaba escuchar. Le contaba lo que hacía, quién había ido a verlo, con quién jugaba, qué periódico o emisora había llamado solicitando una entrevista. Las empleadas de la biblioteca nos alternábamos para ir a darle de comer a Dewey los domingos por la mañana. Y aunque nunca conseguí sacar a Jodi de la cama para que me acompañase en esas visitas de domingo, solíamos pasarnos por allí el domingo por la noche cuando volvíamos de cenar en casa de mis padres.

Es difícil imaginar la emoción que sentía Dewey cada vez que Jodi cruzaba la puerta de la biblioteca. El gato se encabritaba. Daba saltos mortales desde las estanterías para impresionarla. Mientras yo iba al trastero para limpiarle la arena y ponerle comida, Dewey y Jodi jugaban. Jodi no era simplemente una persona más que se entretenía un rato con él, sino que estaba completamente loco por ella.

He dicho antes que Dewey nunca seguía a nadie, que su estilo era más de mantener las distancias, al menos durante un rato. Pero eso no se aplicaba en el caso de Jodi. Dewey la seguía como un perro. Era la única persona del mundo a la que pedía cariño y de quien necesitaba su cariño. El gato echaba a correr para estar a su lado incluso cuando Jodi acudía a la biblioteca en horas de trabajo. Le daba lo mismo quién más hubiera por allí; con esa chica su orgullo desaparecía por completo. Y en cuanto se sentaba, Dewey saltaba a su regazo.

En vacaciones, cuando la biblioteca cerraba por unos días, yo me llevaba a Dewey a casa. No le importaba ir en coche. De entrada, siempre se imaginaba que era para ir a ver al doctor Esterly, por lo que siempre pasaba un par de minutos en el suelo de la parte trasera, pero en cuanto notaba que abandonábamos Grand Avenue y tomábamos Eleventh Street, saltaba para mirar por la ventana. Y en cuanto yo le abría la puerta, entraba corriendo en mi casa y se dedicaba a olisquearlo todo. Luego subía y bajaba corriendo las escaleras del sótano. En la biblioteca vivía en un mundo de una sola planta, de modo que no se cansaba de subir y bajar escaleras.

Una vez consumida su excitación a base de escaleras, Dewey solía instalarse en el sofá, a mi lado. Pero también le gustaba sentarse sobre el respaldo del sofá y mirar por la ventana. Buscaba a Jodi. Cuando ella llegaba, daba un brinco y salía disparado hacia la puerta. Mi hija entraba y Dewey se pegaba a ella como el velcro. No se separaba de Jodi para nada. Se inquietaba tanto que se cruzaba entre sus piernas y casi la hacía tropezar. Cuando Jodi se duchaba, Dewey se quedaba en el baño con ella, mirando la cortina. Si ella cerraba la puerta, él permanecía fuera esperando. Y si la ducha se acababa y ella no salía de inmediato, el gato se ponía a gimotear. Y en cuanto Jodi se sentaba, Dewey volvía a saltarle al regazo. Daba lo mismo que estuviese comiendo o en el baño. Él saltaba de todos modos, se apretujaba contra su estómago y ronroneaba sin parar.

En la habitación de Jodi reinaba el caos total. Eso sí, su aspecto siempre era inmaculado. Ni un pelo fuera de lugar, ni una mancha en ningún lado. ¡Imagínense que hasta se planchaba los calcetines! ¿Quién creería que su habitación era igual que la madriguera de un trol? Sólo una adolescente podría vivir en una habitación como la suya, donde uno ni siquiera podía ver el suelo ni acercarse a la puerta del armario, donde debajo de la ropa sucia encontrabas platos y vasos pegajosos que llevaban semanas allí. Yo me negaba a limpiarla, y tampoco quería dejar de incordiarla por ello. Una relación madre-hija típica, lo sé, pero que sólo es fácil de contar una vez pasados los hechos, y no cuando estás inmersa en ella.

Pero para Dewey todo era fácil. ¿Una habitación asquerosa? ¿Una madre pesada? ¿Y qué más le daba? *Jodi está aquí*, me decía, con una última mirada hasta que desaparecía detrás de la puerta de su habitación para pasar allí la noche. *¿Y qué importan todos los demás trastos?*

A veces, por la noche, justo antes de apagar la luz, Jodi me llamaba para que entrase en su habitación. Cuando lo hacía me encontraba a Dewey montando guardia junto a la almohada de Jodi como si fuese un lingote de oro, o acostado casi sobre su cara. Lo miraba un momento, ansiando desesperadamente una caricia de mi hija, hasta que ambas nos echábamos a reír. Jodi hacía tonterías y gracias con sus amigas, pero durante todos sus años en el instituto siempre estuvo muy seria conmigo. Dewey era lo único que alegraba nuestra relación. Cuando estaba el gato, nos reíamos juntas, casi como cuando ella era pequeña.

Pero Dewey no sólo nos ayudaba a Jodi y a mí. La escuela de enseñanza secundaria de Spencer estaba justo enfrente de la biblioteca, y había una cincuentena de alumnos que acudía regularmente a la biblioteca a la salida de clase. Los días que irrumpían en el edificio como un huracán, Dewey los evitaba, sobre todo a los más alborotadores, pero normalmente salía luego a mezclarse con ellos. Tenía muchos amigos entre los estudiantes, tanto chicos como chicas. Lo acariciaban y jugaban con él a tirarle lápices desde la mesa y a observar su cara de sorpresa cuando los lápices desaparecían. Había una chica que siempre hacía asomar un bolígrafo por el extremo de la manga de su chaqueta. Dewey perseguía el bolígrafo manga arriba y entonces, decidiendo que le apetecía un lugar calentito y oscuro, acababa acostándose con ella para echar una siesta.

La mayoría de los niños se iban después de las cinco, cuando sus padres salían de trabajar. Algunos se quedaban hasta las ocho. Spencer no era inmune a los problemas —alcoholismo, desatención, malos tratos—, pero nuestros chicos habituales eran hijos de padres trabajadores. Eran padres que amaban a sus hijos, pero que tenían que dedicarse al pluriempleo o a hacer horas extra para llegar a fin de mes.

Estos padres, que venían sólo por un momento, apenas tenían tiempo para acariciar a Dewey. Hacían jornadas agotadoras, y tenían comidas que preparar y casas que limpiar antes de irse a la cama. Pero sus hijos pasaban horas con Dewey, se divertían con él y lo querían. Nunca me di cuenta de lo mucho que eso significaba, o de lo fuertes que eran esos vínculos, hasta que vi a la madre de uno de los chicos agacharse junto al animalito.

—Gracias, Dewey —susurró, mientras le acariciaba con ternura la cabeza.

Supuse que estaba dándole las gracias por pasar algo de tiempo con su hijo, por llenar lo que para él podrían ser unas horas incómodas y solitarias.

Se incorporó y rodeó a su hijo con el brazo. Entonces, cuando salían por la puerta, oí que le preguntaba al niño:

—¿Qué tal estaba hoy Dewey?

De pronto supe exactamente cómo se sentía. Dewey había convertido un rato de separación difícil en algo normal; era su camino de vuelta hacia todo lo que ella había dejado atrás. Nunca consideré a aquel niño como uno de los amigos más íntimos de Dewey —pasaba la mayor parte del tiempo tonteando con sus amigos o jugando en el ordenador—, pero era evidente que Dewey tenía un impacto más allá de las paredes de la biblioteca. Y no era sólo con aquel muchacho. Cuanto más lo pensaba, más me daba cuenta de que la llama que había encendido de nuevo mi relación con Jodi ardía también en otras familias. Como en mi caso, había padres en todo Spencer que pasaban una hora al día con sus adolescentes hablando sobre Dewey.

El personal de la biblioteca no lo comprendía. Veían a Jodi con Dewey y creían que yo podía sentirme ofendida porque el gato la quisiera más que a mí. Cuando Jodi se iba, siempre había alguien que comentaba:

—Tiene la misma voz que tú. Por eso la quiere tanto.

Pero yo no estaba en absoluto celosa. Dewey y yo teníamos una relación completa, una relación en la que entraban baños, cepillados, visitas al veterinario y otras experiencias desagradables. La relación de Dewey con Jodi era pura e inocente. Eran momentos buenos y divertidos, sin complicaciones ni responsabilidades. Y si quisiese introducir un matiz de Vicki en la relación, podría decir que Dewey se daba cuenta de lo importante que Jodi era para mí, y que eso la hacía importante para él. Podría incluso forzar la situación y afirmar que, tal vez, sólo tal vez, Dewey comprendía la relevancia de estos momentos que compartíamos los tres, lo mucho que yo echaba de menos reír con mi hija, y que, por lo tanto, se sentía feliz de tender un puente por el que cruzar el abismo que nos separaba.

Pero no creo que fuese así. Dewey quería a Jodi porque era Jodi: la cálida, simpática y maravillosa Jodi. Y yo lo quería a él por querer a mi hija.

Capítulo 10

MUY LEJOS
DE CASA

En Hartley, Iowa, adonde mi familia se trasladó cuando tenía yo catorce años, era una chica franca, un auténtico ratón de biblioteca, y la segunda chica más lista de la clase, después de Karen Watts. Vicki Jipson obtenía sobresaliente en todo, excepto en mecanografía, en la que solía sacar un simple bien. Pero eso no evitaba que me hubiese ganado cierta reputación. Una noche acudí con mis padres a un baile en Sanborn, una pequeña ciudad a quince kilómetros de Hartley. Cuando a las once cerró el salón de baile, fuimos a un restaurante que había al lado y me desmayé. Mi padre me sacó fuera para que me diera un poco el aire y vomité. A las ocho y media del día siguiente, mi abuelo llamó a casa diciendo:

—¿Qué demonios ha pasado aquí? Me han dicho que Vicki se emborrachó anoche en Sanborn.

La causa resultó ser un flemón, pero era difícil quitarse de encima la mala fama en una ciudad tan pequeña como Hartley.

Por otro lado, mi hermano mayor estaba considerado como uno de los chicos más inteligentes que habían pasado por Hartley High School. Todo el mundo lo llamaba «el

Profesor». David se graduó un año antes que yo y se fue a estudiar a la universidad en Mankato, Minnesota, a ciento cincuenta kilómetros de casa. Me imaginaba que yo seguiría sus pasos. Pero cuando mencioné mis planes a mi tutor, me dijo:

—No tienes que preocuparte pensando en la universidad. Sólo tienes que casarte, tener hijos y dejar que un hombre se ocupe de ti.

Vaya imbécil. Pero estábamos en 1966. En el Iowa rural. Y no recibí más consejo que aquél.

Después de graduarme, me prometí al tercer chico con el que salía. Llevábamos dos años juntos y él me adoraba. Pero yo necesitaba salir del microscopio de una pequeña ciudad de Iowa; necesitaba estar sola y por mi cuenta. De modo que rompí el compromiso, la decisión más dura que he tomado en mi vida, y me fui a vivir a Mankato con Sharon, mi mejor amiga.

Mientras David estudiaba en la universidad, en el otro extremo de la ciudad, Sharon y yo trabajábamos en la Mankato Box Company. La Mankato Box realizaba el embalaje de productos como JetDry, el líquido lavavajillas, y Gumby, que justo empezaba entonces. Yo trabajaba principalmente en las cajas de Punch and Grow, un abono cuyo envase llevaba semillas de regalo pegadas en la tapa. Mi trabajo consistía en retirar las cajas de abono de la cinta transportadora, ponerles la tapa de plástico, introducirlas en una funda exterior de cartón e irlas almacenando en cajas más grandes. Sharon y yo trabajábamos juntas y siempre estábamos cantando letras tontas sobre Punch and Grow adaptadas a melodías populares del momento. Al final, todas las chicas de la línea de embalaje acababan riendo a carcajadas, éramos como las Laverne y Shirley[7] de la Mankato Box. Después de

---

[7] Título de una serie televisiva norteamericana de gran éxito protagonizada por dos chicas compañeras de piso que trabajaban en una fábrica de cerveza. *[N. de la T.]*

tres años, conseguí ascender al puesto de encargada de introducir los envases de plástico vacíos en la máquina. El trabajo era más solitario, de modo que no cantaba tanto, pero al menos no me ensuciaba con el abono.

Sharon y yo desarrollamos una rutina, que es lo que sucede cuando trabajas en una cadena de producción. Salíamos a las cinco en punto, cogíamos el autobús para ir a nuestro apartamento, donde nos preparábamos una cena rápida, y después frecuentábamos los clubes de baile con mi hermano David y sus amigos. David no era solamente mi hermano, sino también mi mejor amigo. Salíamos juntos y bailábamos hasta no poder más, hasta que cerraban los salones de baile. Cuando nos quedábamos en casa, un hecho muy excepcional, ponía un disco y me dedicaba a bailar sola en mi habitación. Simplemente, necesitaba bailar. Me encantaba bailar.

Conocí a Wally Myron en un baile, pero no tenía nada que ver con los demás chicos con los que había salido. Era muy inteligente y culto, lo que me dejó de inmediato impresionada. Y tenía personalidad. Wally siempre sonreía, y todo el mundo a su alrededor también lo hacía. Era el tipo de persona que bajaba a la tienda de la esquina para ir a buscar la leche que te habías olvidado y que se quedaba hablando con el dependiente durante dos horas. Wally podía hablar con todo el mundo de cualquier cosa. No tenía ni una pizca de maldad en todo su cuerpo. Y sigo diciéndolo hoy en día: Wally era incapaz de hacerle daño a nadie.

Salimos durante un año y medio antes de casarnos en julio de 1970. Yo tenía veintidós años y me quedé embarazada enseguida. Cuando salía del trabajo, Wally se quedaba un rato con sus amigos, normalmente para dar vueltas en moto, pero siempre estaba en casa a las siete y media. Le gustaba tener vida social, pero se ocupaba de una mujer con náuseas si esto significaba que había un bebé en camino.

A veces, una sola decisión puede cambiar toda tu vida, sin que la hayas tomado tú necesariamente... o sin saberlo siquiera. Cuando me puse de parto, el médico decidió acelerar el proceso con un par de dosis enormes de oxitocina. Más tarde me enteré de que el médico tenía que asistir a una fiesta y que quería acabar lo antes posible con aquel condenado parto. En sólo dos horas pasé de tres centímetros de dilatación a coronar. El shock provocó la ruptura de la placenta, de modo que me hicieron iniciar de nuevo el proceso de parto. No consiguieron extraerla del todo. Seis semanas después, sufrí una hemorragia y me ingresaron en el hospital para realizarme una intervención de urgencia.

Siempre había querido una hija que se llamase Jodi Marie. Era mi sueño desde que era una niña. Ahora tenía a mi hija, Jodi Marie Myron, y me moría de ganas de estar con ella, de abrazarla, de hablarle y de mirarla a los ojos. Pero la intervención me dejó sin fuerzas. Mis hormonas se descontrolaron y las migrañas, el insomnio y los sudores fríos me tenían destrozada. Dos años y seis operaciones después, mi salud seguía sin mejorar, de modo que el médico me aconsejó una intervención exploratoria. Me desperté en la cama del hospital sin ovarios y sin útero. El dolor físico era intenso, pero peor aún fue saber que no podría tener más hijos. Yo esperaba que me echasen un vistazo, pero no estaba preparada para que me vaciaran. Y tampoco estaba preparada para iniciar de repente una menopausia severa. Tenía veinticuatro años y pasaba a tener sesenta, con una cicatriz en mi vientre, un corazón destrozado y una hija que no podía abrazar. Fue como si bajase el telón y todo se quedara a oscuras.

Cuando me recuperé, unos meses después, Wally ya no estaba allí. No como solía estarlo antes. Ahí me di cuenta de repente de que para mi marido todo tenía que ir acompañado de alcohol. Si iba a pescar, bebía. Si iba a cazar, bebía. Incluso si iba a dar vueltas en moto, bebía. Pronto empezó a no aparecer a la hora que me había prometido. Llegaba tarde y nunca llamaba para avisar, y encima venía borracho.

—¿Dónde estabas? ¡Tienes una mujer enferma y una niña de dos años! —le decía yo.

—He ido a pescar —replicaba—. He tomado un par de copas de más. No tiene importancia.

Y a la mañana siguiente, cuando me despertaba, él ya se había marchado a trabajar. Encontraba una nota sobre la mesa de la cocina. *Te quiero. No quiero pelearme contigo. Lo siento.* Wally no podía dormir y se pasaba la noche en vela escribiéndome largas cartas. Era inteligente. Escribía muy bien. Y por las mañanas, cuando veía aquellas cartas, lo adoraba.

La toma de conciencia de que tu marido es un alcohólico problemático se produce de repente, pero admitirlo lleva mucho, muchísimo tiempo. Sientes un nudo en tus entrañas, pero el corazón se niega a entenderlo. Buscas explicaciones, luego excusas. Temes que suene el teléfono. Luego temes el silencio cuando no suena. En lugar de hablar, tiras toda la cerveza. Finges no darte cuenta de ciertas cosas, como de lo del dinero. Él siempre acaba volviendo, pero sólo cuando ya no queda nada que beber. Pero tienes miedo y no te quejas. «¿Qué posibilidades hay de que todo empeore en lugar de mejorar?», te preguntas.

—Te comprendo —dice él cuando se lo mencionas—. No es ningún problema. Pero lo dejaré. Por ti, te lo prometo. —Pero ninguno de los dos se lo cree.

Pasan los días y el mundo se va volviendo cada vez más pequeño. No quieres abrir los armarios por miedo a lo que puedas encontrar. No quieres hurgar en los bolsillos de su pantalón. No quieres ir a ningún lado. ¿A qué lugar va a llevarte en el que no haya alcohol?

Una mañana encontré cuatro botellas de cerveza en el horno, y Jodi cuatro latas de cerveza en su caja de juguetes. Wally se levantaba temprano por las mañanas y, cuando me atrevía a mirar por la ventana, lo veía sentado en su furgoneta, bebiendo cerveza caliente. Ni siquiera se molestaba en ir a la tienda de la esquina.

Cuando Jodi cumplió tres años, fuimos a Hartley para asistir a la boda de mi hermano Mike. Jodi y yo asistimos a la ceremonia, de modo que Wally dispuso de tiempo libre. Desapareció y no volvió hasta última hora de la noche, cuando todo el mundo dormía.

—¿Acaso intentas evitarnos? —le pregunté.

—No, quiero mucho a tu familia. Lo sabes.

Una noche, la familia estaba reunida en torno a la mesa de casa de mi madre y, como era habitual, Wally se encontraba en paradero desconocido. Nos habíamos quedado sin cerveza, de modo que mi madre fue a buscar algunas botellas al armario donde guardábamos la cerveza de reserva para cuando venían a visitarnos amigos y familiares de la ciudad. Apenas quedaba nada.

—¿En qué estabas pensando, dedicándote a robarle la cerveza a mi madre?

—No lo sé. Lo siento.

—¿Cómo crees que me siento? ¿Cómo crees que se siente Jodi?

—Ella no sabe nada.

—Ya es lo bastante mayor. Simplemente no la conoces.

Tenía miedo a preguntar. Y miedo a no preguntar.

—¿Sigues trabajando?

—Por supuesto que sí. Ves la paga, ¿no?

El padre de Wally le había cedido parte de la propiedad del negocio de construcción de la familia, lo que significaba que él no recibía una paga regular. Yo no podía saber si la empresa estaba en un momento de paro entre diversos proyectos o si el mundo entero se derrumbaba a nuestro alrededor.

—No se trata sólo del dinero, Wally.

—Lo sé. Pasaré más tiempo en casa.

—Deja de beber durante una semana.

—¿Por qué?

—Wally.

—De acuerdo, una semana. Lo dejaré.

Pero, una vez más, ninguno de los dos se lo creyó.

Después de la boda de Mike, reconocí finalmente que Wally tenía un problema. Que cada vez estaba menos en casa. Que casi nunca lo veía sobrio. Que no era un borracho malo, pero que tampoco era un borracho capaz de salir adelante. Pero él seguía dirigiendo nuestra vida. Él era quien conducía nuestro único coche. Para ir a la compra, yo tenía que ir en autobús o en el coche de alguna amiga. Él era quien iba al banco para hacer efectivas sus pagas. Él era quien pagaba las facturas. Yo a menudo me encontraba mal para dedicarme a controlar nuestro estado de cuentas, y mucho menos para criar sola a nuestra hija. Yo llamaba a nuestra casa el Ataúd Azul, porque estaba pintada de un tono azul horrible y tenía forma de féretro. Todo empezó como un chiste —la verdad es que era una casa bonita en un barrio agradable—, pero pasados dos años aquel nombre se adaptó a la realidad. Jodi y yo estábamos atascadas en aquella casa, enterradas en vida.

Mi familia acudió en mi ayuda. Nunca me culparon de nada, ni me soltaron sermones. Mis padres no tenían dinero, pero solían llevarse a Jodi dos semanas seguidas, y la criaban como una hija. Cuando la vida me asfixiaba, me daban espacio para poder respirar.

Luego estaban mis amigos. Si aquel médico que me asistió en el parto me arruinó el cuerpo, otra desconocida me salvó la mente. Cuando Jodi tenía seis meses, una mujer llamó a la puerta de mi casa. Llevaba una niña, de la misma edad de Jodi, en un cochecito.

—Soy Faith Landwer. Mi marido es amigo del tuyo desde que iban al instituto, así que creo que podríamos tomar un café y conocernos —me dijo.

Gracias a Dios que accedí a su propuesta.

Faith me integró en un club de recién llegados que jugaban a las cartas una vez al mes. Jugando conocí a Trudy, y luego a Barb, Pauli, Rita e Idelle. Pronto empezamos a ir a tomar café a casa de Trudy un par de veces por semana. Todas éramos madres jóvenes y la casa de Trudy era la única lo bastante grande para que entráramos todas. Dejábamos a los niños en una habitación de juegos enorme, nos sentábamos en la mesa de la cocina y nos ayudábamos mutuamente a conservar nuestra salud mental. Les confié lo de Wally y ninguna de ellas pestañeó. Trudy se levantó y vino a abrazarme.

¿Qué hicieron mis amigas por mí durante todos esos años? ¿Qué no hicieron por mí? Cuando necesitaba ir a un recado, me acompañaban en coche. Cuando me encontraba mal, me cuidaban. Cuando necesitaba a alguien que vigilara a Jodi, venían a recogerla. No sé cuántas veces alguna de ellas apareció en casa con un plato de comida caliente justo en el momento en que más lo necesitaba.

—He preparado un poco más de estofado. ¿Te apetece?

Pero aun así, no fueron ni mi familia ni mis amigas quienes me salvaron la vida. En realidad, no. Mi verdadera motivación, el verdadero impulso para seguir levantándome cada mañana y seguir batallando fue mi hija Jodi. Ella necesitaba que yo fuese su madre, que predicara con el ejemplo. No teníamos dinero, pero nos teníamos la una a la otra. Cuando me quedaba en cama sin poder moverme, Jodi y yo pasábamos horas charlando. Cuando físicamente me encontraba bien, paseábamos por el parque con el auténtico tercer miembro de la familia, Brandi, nuestra perra, una mezcla de cocker y caniche. Brandi y Jodi me miraban, me adoraban sin dudas y sin preguntas, me daban su amor incondicional, ese poder secreto que comparten perros y niños. Cada noche, cuando acostaba a Jodi, le daba un beso, y aquel contacto, aquella sensación de su piel contra mi piel, me mantenía con vida.

—Te quiero, mamá.

—Yo también te quiero. Buenas noches.

Una de mis heroínas, la doctora Charlene Bell, dice que todos tenemos un termómetro del dolor con una escala que va del cero hasta el diez. Nadie logra dar el cambio hasta que no llega hasta el diez. Con nueve, no haces nada. Con nueve, aún tienes miedo. Sólo el diez es capaz de impulsarte, y cuando llegas allí, lo sabes. Es una decisión que nadie puede tomar por ti.

Lo experimenté directamente con una de mis amigas. Ella estaba embarazada y su marido le pegaba a diario. Decidimos que teníamos que sacarla de aquella situación antes de que fuera demasiado tarde, de modo que la convencimos de que lo abandonara. La instalamos en un remolque con sus hijos. Sus padres iban a visitarla todos los días. Tenía todo lo que necesitaba. Pero dos semanas después regresó con su marido. Me di cuenta entonces de que no puedes obligar a nadie a hacer lo que tú quieres, aunque sepas que es lo correcto. Tienen que llegar a ello por propio convencimiento. Un año más tarde, mi amiga abandonó a su marido para siempre. No necesitó que nadie la ayudara.

Y yo también experimenté personalmente esta lección, pues un matrimonio es algo que se deshace lentamente. A lo mejor no es esta lentitud lo que te destroza, sino la consistencia. Cada día es un poco peor, un poco menos predecible, hasta que al final empiezas a hacer cosas que nunca imaginaste que harías. Una noche estaba buscando algo que comer en la cocina cuando me tropecé con un talonario. Era de una cuenta bancaria secreta que Wally había abierto sólo para él. A las dos de la mañana encendí un fogón, arranqué los cheques uno a uno, y los quemé. Y mientras estaba en ello, pensé: «La gente de verdad no vive así».

Pero continué. Estaba rendida. Estaba emocionalmente agotada. La confianza en mí misma se había esfumado. Me sentía físicamente débil debido a mis muchas intervenciones. Y tenía miedo. Pero no el suficiente como para realizar un cambio.

El último año había sido el peor. Fue tan malo que ni siquiera recuerdo los detalles. El año entero fue horroroso. Wally ya nunca llegaba a casa antes de las tres de la madrugada, y, como dormíamos en habitaciones separadas, nunca lo veía. Se iba temprano por la mañana, pero yo no sabía adónde iba. Lo habían echado del negocio familiar y nuestra situación económica había pasado de mala a insostenible. Mis padres me enviaban lo que podían. Luego fueron a ver al resto de la familia y reunieron unos cuantos cientos de dólares más. Cuando eso se terminó, Jodi y yo nos quedamos sin nada para comer. Vivimos de gachas de avena, sólo gachas de avena durante dos semanas. Al final acudí a la madre de Wally, que sabía que me culpaba a mí de la situación en la que se encontraba su hijo.

—No lo haga por mí —le dije—. Hágalo por su nieta.

Compró una bolsa entera de comida en el supermercado, la dejó en la mesa de la cocina y se fue.

Algunas noches más tarde, Wally apareció por casa. Jodi estaba dormida. Yo me encontraba en el salón leyendo *Un día a la vez*, la biblia de Alcohólicos Anónimos, un apoyo para las esposas de los alcohólicos. Ni le grité, ni le pegué, ni nada de eso. Ambos actuamos como si Wally hubiera llegado a casa normalmente. Pero yo llevaba un año sin verlo, y me sorprendió su mal aspecto. Estaba delgado, con un aspecto enfermizo. Era evidente que no comía. Y aunque olía a alcohol, tenía temblores. Se sentó en el otro extremo del salón sin decir palabra, un hombre que solía pasarse horas hablando con cualquiera, y se quedó mirándome cómo leía. Al final, se quedó adormilado, de modo que me sorprendió al decirme:

—¿Por qué sonríes?

—Por nada —le dije, pero en cuanto me habló lo supe. Había llegado al diez. Sin fuegos artificiales. Sin la injusticia final. El momento se había producido con el silencio de aquel desconocido entrando en casa.

Al día siguiente acudí a un abogado e inicié el proceso de divorcio. Ahí fue cuando descubrí que debíamos seis meses de hipoteca de la casa, que debíamos seis meses de las letras del coche y que teníamos una deuda en el banco que ascendía a seis mil dólares. Wally había solicitado incluso un préstamo para reformar la casa, pero, naturalmente, no habíamos hecho obras. El Ataúd Azul se caía a pedazos.

La abuela Stephenson —la madre de mi madre, que se había divorciado también de su marido alcohólico— me dio dinero para salvar la casa. Dejamos que el banco embargara el coche. No merecía la pena pagarlo. Mi padre pasó la gorra en Hartley y consiguió reunir ochocientos dólares para que me pudiese comprar un Chevy del sesenta y dos que una anciana no había conducido jamás, ni aunque lloviera. Yo no había llevado un coche en mi vida. Fui a clases de conducir durante un mes y superé el examen. Tenía veintiocho años.

La primera vez que cogí el coche fue para acudir a la oficina de la asistencia social. Tenía una hija de seis años, un título de enseñanza secundaria, un historial médico que sólo podía clasificarse de desastroso y un montón de deudas. No tenía otra elección.

—Necesito ayuda, pero sólo la aceptaré si me permiten estudiar en la universidad —les dije.

Gracias a Dios, la asistencia social era distinta en aquella época. Accedieron. Salí y fui directamente a la Mankato State para matricularme para el siguiente semestre. Cuatro años después, en 1981, me gradué con sobresaliente cum laude, la calificación más alta, y obtuve un título de estudios generales, una doble licenciatura en psicología y estudios de la mujer, y una doble diplomatura en antropología y biblioteconomía. La asistencia social me lo pagó todo: clases, alquiler, gastos. Mis hermanos, Mike y David, lo habían dejado sin llegar a conseguir ningún título, de modo que, con treinta y dos años, me convertí en la primera Jipson que obtenía un título universitario después de cuatro años de estudios. Doce años después, mi hija Jodi se convertiría en la segunda.

Capítulo 11
EL ESCONDITE

Después de graduarme, descubrí que para ser psicóloga se necesita algo más que un título universitario. Con el objetivo de llegar a fin de mes, empecé a trabajar como secretaria para el marido de mi amiga Trudy, Brian. Al cabo de una semana, le dije:

—No pierdas más tiempo con mi formación. No voy a quedarme.

Odiaba archivar. Odiaba escribir a máquina. Después de treinta y dos años, estaba cansada de recibir órdenes. Prácticamente durante toda mi vida adulta había intentado ser la persona que mi tutor del Hartley High School había predicho que sería. Había seguido el camino que me habían propuesto y, como casi todas las mujeres de mi generación, no quería seguir en él.

Mi hermana Val, que vivía en Spencer, mencionó que iban a abrir allí una biblioteca. En aquel momento no tenía ninguna intención de volver a casa. En realidad, y a pesar de mi diplomatura en biblioteconomía, nunca me había planteado trabajar en una biblioteca. Pero me presenté a la entrevista y me encantó aquella gente. Una semana después, estaba de vuelta en el noroeste de Iowa, convertida en la nueva secretaria de la directora de la Biblioteca Pública de Spencer.

No esperaba que me gustase el trabajo. Como la mayoría, pensaba que ser bibliotecaria significaba pasarse el día poniendo el sello con la fecha de entrega en la portadilla de los libros. Pero era mucho más. En cuestión de pocos meses estaba metida hasta el cuello en campañas de marketing y en asuntos de diseño gráfico. Inicié un programa para personas que no podían salir de casa y llevaba libros a todo aquel que no podía acudir a la biblioteca, también desarrollé una importante iniciativa para que los adolescentes se interesaran por la lectura. Empecé a responder preguntas en la radio y a dar charlas en clubes sociales y organizaciones locales. Era una persona acostumbrada a la visión global de las cosas y atisbaba ya la importancia que una biblioteca potente podía adquirir en una comunidad. Después me impliqué en el aspecto empresarial de dirigir una biblioteca —los presupuestos y la planificación a largo plazo—, y allí ya me enganchó del todo. Me di cuenta de que era un trabajo que podía amar durante toda la vida.

En 1987, mi amiga y jefa, Bonnie Pluemer, fue ascendida a un puesto directivo de una biblioteca regional. Hablé confidencialmente con diversos miembros de la junta rectora de la biblioteca y les dije que quería ser la nueva directora. A diferencia del resto de los candidatos, que se entrevistaron en la biblioteca, yo me entrevisté en secreto en casa de uno de los miembros de la junta. Al fin y al cabo, una pequeña ciudad puede pasar rápidamente de tratarte estupendamente a ponerte continuas trabas en tu camino cuando das la impresión de ir de sobrada por la vida.

Los miembros de la junta me apreciaban mucho, pero se mostraron escépticos. Todos me preguntaron una y otra vez:

—¿De verdad crees que podrás *encargarte* de este puesto?

—Llevo cinco años como secretaria de la directora, de modo que conozco el puesto mejor que cualquiera. Conozco al personal. Conozco la ciudad. Conozco los problemas de la biblioteca. Los últimos tres directores han ascendido a puestos regionales ¿De verdad queréis otra persona que vea este puesto como un trampolín de lanzamiento?

—Ya, pero ¿*deseas* de verdad el puesto?

—No tenéis ni idea de lo mucho que lo deseo.

La vida es un viaje. Después de todo lo que había pasado, me resultaba inconcebible que aquél no fuera mi siguiente paso, o que no fuera yo la persona más adecuada para ocupar el puesto. Era mayor que los últimos directores. Tenía una hija. No me iba a tomar a la ligera una oportunidad como aquélla.

—Mi lugar está aquí —expliqué al consejo—. No deseo ir a ninguna otra parte.

Y al día siguiente, me ofrecieron el puesto.

No estaba cualificada. Y esto no es una opinión personal, es un hecho. Yo era inteligente, tenía experiencia y era trabajadora, pero el puesto exigía un máster en biblioteconomía y yo no lo tenía. La junta estaba dispuesta a pasar por alto ese detalle siempre y cuando en el plazo de dos años yo cursara un máster en la especialización. Me parecía justo, de modo que acepté la oferta.

Y entonces fue cuando descubrí que el máster que acreditaba la American Library Association sólo se impartía en la ciudad de Iowa, a cinco horas de viaje en coche. Yo era una madre divorciada. Tenía un trabajo a tiempo completo. Aquello no funcionaría.

Hoy en día es posible hacer un máster en biblioteconomía a través de Internet. Pero en 1987 ni siquiera pude encontrar un programa de formación a distancia. Y lo busqué, de eso pueden estar seguros. Al final, ante la insistencia del administrador regional, John Houlahan, la Emporia State University de Emporia, Kansas, dio el paso decisivo. El primer máster a distancia de la American Library Association se impartió en Sioux City, Iowa, en otoño de 1988. Y yo fui la primera alumna en llamar a su puerta.

Las clases me encantaban. No versaban sobre catalogación y préstamos de libros. Había demografía, sociología, presupuesto y análisis empresarial, metodología de proceso de datos. Aprendimos cosas sobre las relaciones con la comunidad. Pasamos doce agotadoras semanas estudiando análisis de la comunidad, que es el arte de descubrir lo que quieren los clientes. De entrada, parece sencillo. En Spencer, por ejemplo, no pedíamos libros sobre esquí alpino, pero siempre disponíamos de la última información sobre pesca y embarcaciones, pues los lagos están sólo a veinte minutos de aquí.

Pero un buen bibliotecario tiene que profundizar aún más. ¿Qué valora la comunidad? ¿De dónde viene? ¿Cómo y por qué ha cambiado? Y, lo que es más importante, ¿hacia dónde va? Un buen bibliotecario desarrolla un filtro en su cerebro que le ayuda a captar y procesar la información. ¿La crisis de las granjas está en su apogeo? No te limites a amontonar libros que expliquen cómo redactar currículos o manuales sobre cómo avanzar profesionalmente; compra también libros sobre reparación de maquinaria y otras medidas de ahorro. ¿Que el hospital contrata enfermeras? Actualiza los manuales de medicina y alíate con la asociación profesional de la ciudad para ayudarlos y que sepan cómo utilizar nuestros recursos. ¿Que cada vez hay más mujeres que trabajan fuera de casa? Pon en marcha una segunda hora del cuento por la tarde y concéntrate en las escuelas durante la mañana.

El material era complejo y las obligaciones brutales. Todos los alumnos trabajábamos como bibliotecarios, y había también otras madres solteras o divorciadas. El programa no era una decisión fortuita; era una última oportunidad y estábamos dispuestos a aprovecharla. Además de asistir a clase desde las cinco y media de la tarde de los viernes hasta el mediodía de los domingos —después de un viaje de dos horas en coche hasta Sioux City, nada menos—, empezamos a investigar y a preparar dos trabajos semanales, a veces más. Yo no tenía máquina de escribir, y mucho menos ordenador, de modo que salía de trabajar a las cinco de la tarde, preparaba la cena para mí y para Jodi y luego volvía a la biblioteca donde trabajaba hasta medianoche, y en ocasiones incluso hasta más tarde.

Simultáneamente, inicié la remodelación de la biblioteca. Quería tenerla terminada para el verano de 1989, y tenía meses de trabajo por delante antes incluso de empezar con las obras. Aprendí a planificar espacios, a organizar secciones, los detalles de las leyes para el servicio a personas con minusvalía. Elegí colores, indiqué las modificaciones de mobiliario necesarias y decidí si teníamos bastante dinero para comprar mesas y sillas nuevas (no lo había, de modo que restauramos las que ya teníamos). Jean Hollis Clark y yo hicimos maquetas a escala de la vieja biblioteca y de la nueva biblioteca para exhibirlas en el mostrador de préstamos. No bastaba con planificar una gran renovación, el público tenía que sentirse entusiasmado con el proyecto y permanecer informado. Dewey nos ayudó durmiendo todos los días dentro de una de las maquetas.

Terminado el diseño, pasé a la siguiente fase: planificar cómo sacar del edificio más de treinta mil objetos y luego volver a colocarlos en su lugar correspondiente. Busqué un almacén y una empresa de mudanzas. Organicé y programé los horarios de los voluntarios. Y hasta el más mínimo plan, y el más mínimo céntimo, tenía que cuadrar, preverse y justificarse ante la junta.

Las horas en la biblioteca y en las clases estaban agotándome, física y mentalmente, y la cuota que pagaba para mis estudios me obligaba a apretarme el cinturón. De modo que apenas podía creérmelo cuando el ayuntamiento puso en marcha un fondo para la formación de sus funcionarios. Si un funcionario de la ciudad reanudaba sus estudios para mejorar su rendimiento profesional, el ayuntamiento estaba dispuesto a pagar por ello. Donna Fisher, la secretaria del ayuntamiento, recibió dinero para cursar una más que merecida licenciatura. Cuando mencioné mi máster en la reunión del consejo municipal, la acogida no fue tan cálida como esperaba.

Cleber Meyer, nuestro nuevo alcalde, estaba sentado enfrente de mí, en el otro extremo de la mesa. Cleber era la personificación del típico contertulio del Sister's Café, de origen obrero y franco de carácter. Sólo tenía estudios primarios, pero su voz se hacía oír; era ancho de hombros y tenía siempre el dedo a punto para tomarle el pulso a Spencer. Cleber trabajaba en una gasolinera de su propiedad, la Meyer Service Station, pero por sus manos grandes y llenas de callos era fácil adivinar que se había criado en las granjas. De hecho, era de las afueras de Moneta y él y mi padre se conocían de toda la vida. Y sí, se llamaba Cleber de verdad. Y su hermano, nada menos que Cletus.

Y pese a todas sus bravatas, Cleber Meyer era el hombre más agradable que puedas encontrarte en tu vida. Te prestaría hasta su camisa (manchas de gasolina incluidas), y no creo que tuviera jamás ganas de hacerle daño a nadie. Tenía buenas intenciones y siempre actuaba teniendo presente lo que era mejor para Spencer. Pero era de costumbres antiguas, dogmático y, digamos, podía llegar a ser brusco. Cuando mencioné mi máster, Cleber estampó un puñetazo en la mesa y vociferó:

—¿Y usted quién se cree que es? ¿Una funcionaria de la ciudad?

Pocos días después, David Scott, abogado y miembro del consejo municipal, me cogió por su cuenta y me dijo que lucharía para que mis gastos quedasen cubiertos. Al fin y al cabo, *era* una funcionaria de la ciudad.

—No se preocupe —le dije—. Con todo esto sólo conseguiremos que la biblioteca salga perjudicada. —No tenía ninguna intención de mandar al traste todo lo bueno que Dewey había empezado a conseguir.

Lo que hice fue trabajar aún más duro. Dediqué más horas a mi máster: escribiendo, investigando, estudiando; más horas en el proyecto de remodelación: planificación, investigación, presupuestos; más horas con el día a día de la biblioteca. Pero, por desgracia, eso significaba menos tiempo con mi hija. Un domingo, la llamada de mi hermana Val me pilló justo cuando salía ya de Sioux City.

—Hola, Vicki. No me gusta tener que decirte esto, pero anoche…

—¿Qué ha pasado? ¿Dónde está Jodi?

—Jodi está bien, pero tu casa…

—¿Sí?

—Mira, Vicki, se ve que Jodi celebró una fiesta con algunos amigos y…, bueno, la cosa se descontroló un poco. —Hizo una pausa—. Imagínate lo peor durante las próximas dos horas y te alegrarás con lo que encuentres.

La casa estaba hecha un desastre. Jodi y sus amigos se habían pasado la mañana de limpieza, pero seguía habiendo manchas en la alfombra… y en el techo. La puerta del armario del baño colgaba de sus bisagras. Los chicos se habían dedicado a lanzar todos mis discos contra la pared y los habían roto. Alguien se había dedicado a poner latas de cerveza en las rejillas de la calefacción. Mis píldoras habían desaparecido. Al parecer, alguna de las chicas estaba deprimida y se había encerrado en el baño y había intentado tomarse una sobredosis… de estrógenos. Más tarde descubrí que la policía había recibido dos llamadas, pero que habían hecho la vista gorda porque había miembros del equipo de fútbol en la fiesta y estaban teniendo una temporada fantástica. El desastre no me molestaba, al menos no mucho, pero servía para recordarme de nuevo que Jodi se estaba haciendo mayor sin tenerme a su lado. Me di cuenta de que lo único que no podía solucionar trabajando más era la relación con mi hija.

Por irónico que pueda parecer, fue Cleber Meyer quien le dio una cierta perspectiva a aquella situación. Un día estaba yo llenando el coche en su gasolinera —sí, era el alcalde, pero era un cargo a tiempo parcial—, cuando salió el tema de Jodi a relucir.

—No se preocupe —me dijo—. Cuando cumplen los quince, la madre se convierte en la persona más tonta del mundo. Pero luego, cuando cumplen los veintidós, la madre vuelve a recuperar la inteligencia.

Trabajo, estudios, casa, politiqueo local… Hice lo que siempre hacía cuando estaba estresada: respiré hondo, busqué en mi interior y me obligué a seguir adelante con la cabeza más alta que nunca. Llevaba toda la vida saliendo adelante sin la ayuda de nadie. En aquella situación, me dije, no había nada que yo no pudiera manejar. Fue únicamente a última hora de la noche, sola con mis pensamientos y con la mirada fija en aquella pantalla apagada de ordenador, que empecé a sentir la presión. Fue sólo entonces, en mi primer momento de tranquilidad en todo el día, que sentí mis cimientos tambalearse.

Una biblioteca, cuando está cerrada, es un lugar solitario. Es un silencio que te permite incluso oír los latidos del corazón, y las hileras de estanterías crean un número casi infinito de rincones oscuros y misteriosos. Creo que la mayoría de los bibliotecarios que conozco no se quedarían solas en una biblioteca después de su cierre, sobre todo cuando cae la noche, pero yo nunca me puse nerviosa ni tuve miedo. Era fuerte y tozuda. Y, por encima de todo, nunca estaba sola. Tenía a Dewey. Cada noche se sentaba sobre la pantalla del ordenador mientras yo trabajaba, meneando perezosamente la cola de un lado a otro. Cuando me daba contra una pared, bien porque me bloqueaba escribiendo, por puro cansancio o por estrés, Dewey saltaba a mi regazo o sobre el teclado.

Se acabó, me decía. *Ahora juguemos.*

Dewey era asombrosamente oportuno.

—De acuerdo —asentía—. Tú primero.

El juego de Dewey era el escondite, de manera que tan pronto yo daba la señal, él echaba a correr hacia la parte principal de la biblioteca. Siempre veía de inmediato la mitad posterior de un gato anaranjado de pelo largo. Para Dewey, esconderse significaba meter la cabeza en una estantería, era como si se olvidase de que tenía cola.

—¿Me pregunto dónde estará Dewey? —decía yo en voz alta, en cuanto lo veía escondido—. ¡Uh! —gritaba cuando estaba a escasos centímetros de él, y Dewey echaba a correr.

Había veces que se escondía mejor. Yo miraba por unas cuantas estanterías sin tener suerte y luego, cuando doblaba una esquina, me lo encontraba dando cabriolas y con esa gran sonrisa tan típica de él.

¡No me has encontrado! ¡No me has encontrado!

—Eso no es justo, Dewey. Sólo me has dado veinte segundos.

De vez en cuando, se acurrucaba en cualquier rincón y no se movía de allí. Lo buscaba durante cinco minutos, y luego empezaba a llamarlo.

—¡Dewey! ¡Dewey!

Una biblioteca oscura puede parecer un sitio muy vacío cuando empiezas a agacharte entre los montones de libros y a rebuscar entre ellos, pero siempre me imaginaba a Dewey en alguna parte, a escasos centímetros de donde yo me encontraba, riéndose de mí.

—De acuerdo, Dewey, ya es suficiente. ¡Has ganado!

—Nada. ¿Dónde podía estar ese gato? Me volvía, y ahí estaba él, en medio del pasillo, mirándome—. Oh, Dewey, eres un chico listo. Ahora me toca a mí.

Corría a esconderme detrás de una estantería e, invariablemente, sucedía una de las dos cosas siguientes. Corría a mi escondite, me volvía y me encontraba a Dewey allí. Me había seguido.

Te he encontrado. Ha sido muy fácil.

O lo que también le encantaba hacer era echar a correr por el otro lado de la estantería y llegar antes a mi lugar de escondite, derrotándome.

Oh, así que es aquí donde pretendías esconderte; pero lo siento, ya me lo había imaginado.

Yo me echaba a reír y lo acariciaba detrás de las orejas.

—Muy bien, Dewey. Ahora vamos a correr un rato.

Corríamos entre las estanterías y nos encontrábamos al final de los pasillos, sin que ninguno de los dos se escondiese en realidad y sin que ninguno estuviese verdaderamente buscando al otro. Pasado un cuarto de hora, me había olvidado por completo de mi trabajo de investigación, o de la última reunión de presupuestos para el proyecto de remodelación, o de aquella desafortunada conversación con Jodi. No importaba lo que me estuviera preocupando, porque se había esfumado. Como se suele decir, me había quitado un peso de encima.

—Está bien, Dewey, volvamos al trabajo.

Dewey nunca se quejaba. Yo volvía a instalarme en la silla, y él volvía a colocarse encima del ordenador y a menear la cola delante de la pantalla. Sabía que cuando volviera a necesitarlo, estaría de nuevo allí.

No es ninguna exageración decir que mis juegos al escondite con Dewey, aquellos ratos que pasábamos juntos, me ayudaban a superar la situación. A lo mejor sería más fácil, en este momento, contar que Dewey posaba su cabecita en mi regazo y gimoteaba mientras yo no paraba de llorar, o que lamía las lágrimas que iban resbalando por mi cara. Eso puede contarlo cualquiera. Y casi es cierto, porque a veces, cuando notaba que el techo se me empezaba a caer encima y me descubría con la mirada perdida sobre mi regazo y con lágrimas en los ojos, Dewey estaba allí, justo donde yo necesitaba que estuviese.

Pero la vida nunca es clara y ordenada. La relación no podía crearse a partir de un baño de lágrimas. Para empezar, yo no soy muy llorona. Y mientras que Dewey era muy expresivo en sus exhibiciones de amor —siempre era algo blandito que poder acariciar a las tantas de la madrugada—, tampoco puede decirse que me inundara de cariño. De un modo u otro, Dewey sabía cuándo yo necesitaba un empujoncito o un cuerpo cálido a mi lado, y sabía en qué momento lo mejor para mí era jugar a algo tan estúpido y tonto como el escondite. Y fuera lo que fuese lo que yo necesitara, él me lo daba, sin pensarlo dos veces, sin desear nada a cambio, y sin que yo se lo pidiera. No era sólo amor. Era más que eso. Se trataba de respeto. Y empatía. Y era una relación que funcionaba en dos direcciones. ¿Esa chispa que Dewey y yo sentimos al conocernos? Aquellas noches que pasamos los dos solos en la biblioteca la convirtieron en fuego auténtico.

Supongo que no hay más que una conclusión: cuando todo en mi vida era tan complicado, y las cosas parecían dispersarse en tantas direcciones a la vez, dándome la sensación a veces de que nada podía centrarse, mi relación con Dewey era tan simple, tan natural, que precisamente por eso era tan estupenda.

Capítulo 12

NAVIDAD

L a Navidad es una fiesta que la ciudad de Spencer celebra en comunidad. Es temporada baja para granjeros y productores, el momento para relajarse y gastar en los comercios el dinero que hayamos ganado. La actividad de la temporada es el Grand Meander, un recorrido festivo por Grand Avenue que empieza el primer fin de semana de diciembre. La calle entera se adorna con luces blancas, una decoración ordenada que destaca las elegantes líneas de nuestros edificios. Suena música de Navidad, llega Santa Claus para recoger las cartas de los niños. Sus ayudantes, vestidos también como él, se colocan en las esquinas y hacen sonar sus campanas y recogen monedas para las organizaciones benéficas. La ciudad entera sale a la calle, ríe, charla, se apretujan unos contra otros para compartir un poco de calor. Las tiendas abren hasta muy tarde, exhiben sus ofertas especiales para Navidad y regalan pastelitos y chocolate caliente para combatir el frío.

Los escaparates se decoran con esmero. Y los llamamos Escaparates Vivientes, pues en cada local se reúne un grupo de personas para representar distintas escenas navideñas. El museo Parker, que alberga una colección de objetos del condado de Clay, incluyendo uno de los camiones de bomberos que ayudó a combatir el gran incendio de 1931, prepara siempre alguna cosa especial relacionada con la Navidad de nuestros pioneros. En los demás escaparates se ven también interpretaciones de la Navidad no tan antiguas, con los clásicos juguetes de la marca Radio Flyer y muñecas de porcelana. En algunos hay pesebres. En otros exponen tractores y cochecitos de juguete, todo lo que imagina un niño para la mañana de Navidad. Es imposible contemplar esos escaparates, graciosos o conmovedores, divertidos o serios, y no pensar en los ciento cincuenta que ya has visto a lo largo de la calle y en los otros ciento cincuenta que aún te quedan por ver. Esto es Spencer, nos dicen los escaparates.

En la esquina de First Avenue con Fifth Street, en el interior de lo que antiguamente era el centro de convenciones de Spencer y hoy en día es el Eagle's Club, un club social que tiene relación con el ejército y donde se celebran bailes y cenas para recaudar dinero con fines benéficos, se celebra el Festival de los Árboles, un concurso de decoración de árboles de Navidad. Como la Navidad de 1988 era la primera para Dewey, la biblioteca presentó un árbol titulado: «¿Nos gusta la Navidad?». Decoramos el árbol con —no podía ser de otra manera— fotografías de Dewey, pequeños gatitos de peluche y bolas de lana de color rojo. Los regalos que había bajo el árbol eran libros relacionados con el tema, como *El Gatólogo* y *El gato con botas,* envueltos con vistosas cintas y lazos rojos. Los visitantes de la exposición pagaban una pequeña cantidad en la entrada que se destinaba a beneficencia. No había un jurado oficial, pero no creo que sea exagerado decir que «¿Nos gusta la Navidad?» fue el árbol ganador, sin lugar a dudas.

La Navidad en la biblioteca, igual que la Navidad en Grand Avenue, era un momento para olvidar otras preocupaciones y centrarse en el aquí y ahora. Después de un otoño estresante, me alegraba de poder dejar de pensar en mis estudios y en la remodelación de la biblioteca y, para cambiar un poco, concentrarme en la decoración. El lunes después del Grand Meander, bajamos todas las cajas de las estanterías más altas del trastero para empezar a prepararnos para las fiestas. El elemento central era nuestro gran árbol de Navidad artificial, que colocábamos junto al mostrador de préstamos. El primer lunes de diciembre, Cynthia Berends y yo siempre llegábamos antes de la hora habitual para montar y decorar el árbol. Cynthia era la más trabajadora de todas las empleadas y siempre se prestaba voluntaria para cualquier tarea. Pero, en este caso, no sabía en lo que se metía, pues aquel año, cuando bajamos de la estantería la caja estrecha y alargada del árbol, tuvimos compañía al instante.

—Dewey está muy nervioso esta mañana. Debe de ser que le gusta el aspecto que tiene esta caja.

—O el olor de todo este plástico. —Veía su nariz olisqueando noventa olores por minuto, su mente acelerada.

¿Es esto posible? ¿Es posible que mamá haya tenido escondida durante tanto tiempo la goma elástica más grande, más espectacular y más deliciosamente olorosa del mundo?

Cuando sacamos el árbol de Navidad de la caja, vi que a Dewey casi se le desencajó la mandíbula.

No es una goma elástica, es... es... mejor.

Y cada vez que sacábamos una rama de la caja, Dewey se abalanzaba sobre ella. Quería olisquear y masticar todos y cada uno de los trocitos de plástico verde que colgaban de todas y cada una de las ramas de alambre verde. Arrancó unas cuantas hojas de plástico del árbol y empezó a masticarlas.

—¡Dame eso, Dewey!

Escupió unos cuantos trozos de plástico en el suelo. Y entonces dio un salto y hundió la cabeza en la caja justo en el momento en que Cynthia extraía de ella la siguiente rama.

—Apártate, Dewey.

Cynthia lo sacó de en medio pero, un segundo después, volvía a estar allí con un pedazo de plástico verde pegado en la punta húmeda de su morrito. Y esta vez, sumergió la cabeza entera en la caja.

—Así no acabaremos nunca, Dewey. ¿Quieres que saque lo que queda de árbol o no?

Aparentemente, la respuesta fue no, pues Dewey seguía sin moverse.

—De acuerdo, Dewey, lárgate de aquí. No me gustaría nada que te quedaras tuerto. —Cynthia no lo reñía, sino que estaba riéndose. Dewey captó el mensaje y dio un salto hacia atrás para, acto seguido, hundirse en el montón de ramas que ya había en el suelo.

—Vamos a estar todo el día —dijo Cynthia.

—Estoy segura de que no.

Y mientras Cynthia seguía sacando ramas de la caja, yo empecé a ensamblar el árbol. Dewey hacía cabriolas sin parar y sonreía, observando todos mis movimientos. Se acercaba para olisquear y lamer el árbol y luego se retiraba unos cuantos pasos para contemplarlo de lejos. El pobre gato parecía a punto de explotar de emoción.

Corred, daos prisa, ahora me toca a mí.

No lo había visto tan feliz en todo el año.

—Oh, no, Dewey, otra vez no.

Dewey se había metido entero en la caja del árbol de Navidad, sin duda alguna para olisquear a placer los aromas que desprendía el cartón. Desapareció completamente en el interior y, unos segundos después, la caja empezó a rodar sola por el suelo. Se detuvo, asomó la cabeza y miró a su alrededor. Vislumbró el árbol a medio montar y salió para saborear las ramas inferiores.

—Me parece que ha encontrado un juguete nuevo.

—Me parece que ha encontrado un nuevo *amor* —la corregí, mientras acababa de colocar las ramas superiores en las muescas de palo verde que hacía las veces de tronco. Y era cierto. Dewey se había enamorado del árbol de Navidad. Le encantaba su olor. Su tacto. Su sabor. Y en cuanto lo hube ensamblado del todo y colocado junto al mostrador de préstamos, le encantó sentarse a su sombra.

Ahora es mío, dijo, después de dar varias vueltas a la base del árbol. *Dejadnos tranquilos, gracias.*

—Lo siento, Dewey. Aún nos queda trabajo que hacer. Ni siquiera lo hemos decorado.

Salieron entonces los adornos, las cintas nuevas con el color elegido aquel año, las fotografías y la ornamentación especial para el tema elegido. Ristras de ángeles. Muñequitos de Santa Claus. Bolas brillantes cubiertas de purpurina. Cintas, adornos, tarjetas y muñecos. Dewey corrió para inspeccionar cada caja, pero ni la tela ni el metal, ni los colgantes ni las luces resultaron de su interés. Estaba distraído con la corona de adorno que yo había fabricado con trocitos del árbol de Navidad de la biblioteca del año pasado, pero el plástico viejo no tenía ni punto de comparación con el material nuevo y brillante de este año, de modo que regresó enseguida a su puesto, debajo del árbol.

Empezamos a colgar adornos. Al cabo de un minuto, Dewey estaba ya junto a las cajas, descubriendo qué adornos serían colocados a continuación. Y al cabo de otro minuto, lo teníamos pegado a los pies, jugueteando con los cordones de nuestros zapatos. Después corrió a estirarse de nuevo debajo del árbol para aspirar una nueva bocanada de plástico. Y unos segundos después, había desaparecido.

—¿Qué es ese crujido?

De pronto, Dewey se presentó a nuestro lado corriendo a toda velocidad con la cabeza metida entre el asa de una de las bolsas de plástico del supermercado que utilizábamos para guardar el material. Venía corriendo desde el otro extremo de la biblioteca, hasta detenerse a nuestro lado, tambaleante.

—¡Cógelo!

Dewey nos esquivó y siguió corriendo. Y enseguida volvió a aparecer a nuestro lado. Cynthia le bloqueó el paso hacia la puerta principal. Yo aseguré el mostrador de préstamos. Dewey venía corriendo directamente hacia nosotras. Por su mirada me di cuenta de que estaba frenético. No sabía cómo deshacerse de aquella bolsa de plástico. Y lo único que podía pensar era: *Tú sigue corriendo. A lo mejor así consigo librarme de este monstruo.*

Ya éramos cuatro o cinco persiguiéndolo, pero él no paraba de esquivarnos y de correr. Tampoco ayudaba que estuviéramos todas riéndonos de él.

—Lo siento, Dewey, pero tienes que admitir que estás muy gracioso.

Al final lo arrinconé y, pese a sus gritos de pánico, conseguí liberarlo de la bolsa. Dewey volvió de inmediato junto a su nuevo amigo, el árbol de Navidad, y se acostó bajo sus ramas para regalarse un agradable y reconfortante baño a lengüetazos, rematado con su habitual limpieza de orejas. Cabía esperar la aparición de una bola de pelo entre la última hora de aquel día y la mañana del día siguiente. Pero al menos habíamos aprendido una lección. A partir de aquel momento, Dewey odió las bolsas de plástico.

Aquel primer día con el árbol de Navidad de la biblioteca fue uno de los mejores. El personal se pasó el día entero riendo, y Dewey se pasó el día entero —sin contar el incidente de la bolsa de plástico, naturalmente— inmerso en un estado de dicha romántica y sensiblera. El amor que sentía hacia el árbol de Navidad no disminuyó jamás. Cada año, cuando bajábamos la caja de la estantería, brincaba de felicidad.

Las bibliotecarias solíamos recibir algunos regalos de los clientes más agradecidos, pero aquel año nuestro pequeño tesoro en forma de bombones y galletas quedó eclipsado por el enorme montón de pelotas, chucherías y ratones de juguete que recibió Dewey. Era como si todos los habitantes de la ciudad quisiesen que Dewey —y nosotras— supiera lo mucho que significaba para ellos. En la pila había juguetes preciosos, incluso algunos de fabricación artesanal, pero el juguete favorito de Dewey aquella Navidad no fue un regalo, sino una bola de lana roja que encontró en el interior de una caja de adornos. Esa madeja de lana se convirtió en su compañera inseparable, no sólo en Navidad, sino también en los años venideros. La empujaba por toda la biblioteca hasta que conseguía deshacer unos cuantos centímetros de lana, entonces se dedicaba a saltar sobre el cabo suelto, a pelearse con él, y acababa siempre envuelto en la lana. En más de una ocasión, había sido casi atropellada por un gato anaranjado corriendo por la zona del personal, con su pedazo de lana roja colgado de la boca y arrastrando la madeja tras él. Una hora después, lo encontrabas dormido y agotado bajo el árbol de Navidad, sujetando entre las cuatro patas a su nueva amiga roja.

En Navidad cerrábamos la biblioteca unos días y me llevaba a Dewey a casa. Sin embargo, pasaba la mayor parte del tiempo solo, pues la Navidad en Hartley era toda una tradición en la familia Jipson. Era la época en que nos reuníamos todos en casa de mis padres; si no lo hacías, podías incluso ser desheredado. Nadie tenía permiso para perderse ninguna de las actividades de las fiestas, y había muchas: comidas extravagantes, fiestas de decoración, juegos para niños, villancicos, postres y pasteles, juegos para adultos, visitas de parientes que se acercaban a traer una bandeja de pastelitos o cualquier otro detalle, «nada, una tontería que vi en Sioux City y que pensé que te gustaría», un año entero de historias, contadas y recontadas. Siempre había alguna historia digna de ser escuchada por todos junto al árbol de Navidad. Los regalos nunca eran estrafalarios, pero cualquier Jipson que se preciara tenía que pasar una semana entre los brazos de una gran familia, y ése era el mejor regalo de todos.

Al final siempre salía alguien que decía:

—Toquemos *Johnny M'Go*.

Mis padres coleccionaban antigüedades, y unos años antes habíamos utilizado algunas de ellas para formar la banda de la familia Jipson. Yo tocaba el bajo, que estaba hecho con una cuba de madera y un palo de escoba pegado a la parte superior, y una cuerda que corría entre ambos extremos. Mi hermana Val tocaba la tabla de lavar. Mi padre y Jodi marcaban el ritmo con un par de cucharas. Mike soplaba un peine cubierto con papel encerado. Doug soplaba por la boca de una botella de licor de destilación ilegal. Era una botella antigua que, naturalmente, nunca habíamos utilizado para el fin al que estaba destinada. Mi madre ponía boca abajo una vieja mantequera de la época de los pioneros y la aporreaba a modo de tambor. Y nuestra canción era *Johnny Be Good*. Cuando era pequeña, Jodi siempre decía: «¡Toca *Johnny M'Go!*». Y así había quedado el título. Cada año tocábamos *Johnny M'Go* y otros temas antiguos de rocanrol con nuestros instrumentos caseros, unas veladas llenas de risas que se prolongaban hasta altas horas de la noche, nuestro homenaje a una tradición *country* que seguramente nunca existió en esta parte de Iowa.

Aquel año, después de la misa del Gallo de Nochebuena, Jodi y yo volvimos a casa para estar con Dewey, siempre impaciente por vernos. Pasamos la mañana del día de Navidad juntos en Spencer, solos los tres. No le compré a Dewey ningún regalo. ¿Qué sentido tendría? Tenía ya más trastos de los que necesitaba. Y después de un año juntos, nuestra relación había superado ya los regalos simbólicos y las atenciones forzadas. No teníamos nada que demostrarnos. Lo único que Dewey quería o esperaba de mí era una cuantas horas diarias de mi tiempo. Y yo era de la misma opinión. Aquella tarde dejé a Jodi en casa de mis padres y volví a casa para pasar un rato con el gato en el sofá, sin hacer nada, dos amigos repantigados como un par de calcetines que esperan su zapato.

Capítulo 13

UNA GRAN
BIBLIOTECA

U na gran biblioteca no tiene por qué ser grande o bonita. No tiene por qué contar con las mejores instalaciones, ni el personal más eficiente, ni el mayor número
de usuarios. Una gran biblioteca ofrece. Está vinculada de
tal modo a la vida de una comunidad que se convierte en in-
dispensable. Una gran biblioteca es aquella que nadie «ve»
porque siempre está ahí, y porque siempre tiene todo lo que
el mundo necesita.

La Biblioteca Pública de Spencer fue fundada en 1883
en el salón de la casa de la señora H. C. Crary. En 1890, la
biblioteca se trasladó a un pequeño edificio de Grand Avenue. En 1902, Andrew Carnegie donó diez mil dólares a la
ciudad para la construcción de una nueva biblioteca. Carnegie era un producto de la revolución industrial que trans-
formó una nación de granjeros en trabajadores de fábricas,
empresas petroleras y fundiciones. Era un empresario ca-
pitalista implacable que convirtió su United States Steel en
la empresa de mayor éxito del país. Además era baptista, y
en 1902 estaba enfrascado en la labor de dar parte de su fortuna a causas meritorias. Una de ellas era donar dinero a ciudades pequeñas para que tuvieran su propia biblioteca. Pa-

ra una ciudad como Spencer, una biblioteca Carnegie era síntoma, no exactamente de que hubiese llegado a la cúspide, pero sí de que había llegado más lejos que Hartley y Everly. La Biblioteca Pública de Spencer se inauguró el día 6 de marzo de 1905 en East Third Street, a media manzana de Grand Avenue. Era la típica biblioteca Carnegie, pues éste obligaba a seguir un diseño de estilo clásico y simétrico. En el vestíbulo había tres ventanas con cristales de colores, dos con motivos florales y uno con la palabra «biblioteca». La bibliotecaria se sentaba detrás de un gran mostrador central, rodeada de archivadores llenos de fichas. Las salas laterales eran pequeñas y abigarradas, cubiertas de estanterías hasta el techo. En una época en la que en los edificios públicos se practicaba la segregación por sexo, hombres y mujeres podían entrar sin distinción en cualquier sala. Las bibliotecas Carnegie fueron también de las primeras que permitieron a sus clientes elegir personalmente los libros de las estanterías, sin necesidad de pedírselos a la bibliotecaria.

Hay historiadores que describen las bibliotecas Carnegie como edificios muy sencillos, aunque creo que esto sólo puede ser aplicado si se comparan con las sofisticadas bibliotecas centrales de ciudades como Nueva York y Chicago, con sus frisos esculpidos, sus techos decorados con pintura ornamental y sus grandes candelabros de cristal. En comparación con el salón de la casa de una dama de la ciudad, o una tienda de Grand Avenue, la biblioteca Carnegie de Spencer era extremadamente recargada. El techo era altísimo, las ventanas enormes. En el semisótano estaba instalada la biblioteca infantil, toda una innovación en una época en la que los niños solían permanecer encerrados en casa. Allí, los niños podían sentarse y leer en una bancada circular, mientras por encima de ellos un ventanal a nivel de planta se abría a un precioso parterre verde. El suelo de todo el edificio era de madera oscura de tablas anchas, siempre brillante. Crujía bajo los pasos de los clientes, y a veces ese crujido era el único sonido que se oía allí. La Carnegie era una biblioteca donde los libros se veían, no se escuchaban. Era un museo. Era tan silenciosa como una iglesia. O un monasterio. Era el santuario del saber, y en 1902 el saber equivalía a libros.

A mucha gente, cuando piensa en una biblioteca, se le viene a la mente una biblioteca Carnegie. Son las bibliotecas de nuestra infancia. El silencio, los altos techos, el mostrador central, con una bibliotecaria con el inevitable aspecto de matrona (al menos en nuestros recuerdos). Era como si hubiesen diseñado aquellas bibliotecas pensando en que eran el lugar ideal donde los niños pudieran perderse y donde nadie pudiera encontrarlos. Lo más maravilloso del mundo.

Cuando fui contratada, en 1982, la biblioteca Carnegie había desaparecido. Era bonita, pero pequeña. Demasiado pequeña para una ciudad en expansión. La escritura de propiedad del terreno especificaba que la ciudad debía utilizarla como biblioteca o devolverla a su dueño, y así fue como en 1971 la ciudad derribó el viejo edificio Carnegie para construir una biblioteca más grande, más moderna y eficiente, sin suelos de madera crujientes, sin iluminación tenue, sin estanterías altas e imponentes y sin salas en las que poder perderse.

Fue un desastre.

Spencer está construida siguiendo el estilo tradicional. Los edificios comerciales son de ladrillo; las casas de Third Street son viviendas de dos o tres plantas construidas en madera. La biblioteca era de hormigón. De una sola altura, acechaba en una esquina como un búnker. El parterre también había desaparecido, siendo sustituido por dos diminutos jardines, excesivamente umbríos para que allí pudiesen crecer plantas bonitas, por lo que pronto acabaron llenos de piedras. Las puertas de cristal de la entrada estaban más alejadas de la acera, pero el camino de acceso quedaba encerrado y era poco acogedor. El muro oriental, que daba justo a la fachada de la escuela de enseñanza secundaria de la ciudad, era de hormigón macizo. A finales de los setenta, Grace Renzig presionó al consejo directivo de la biblioteca con el único objetivo de conseguir que plantaran parras junto a aquella pared. Unos años después consiguió sus parras, pero ella acabó también plantada en la junta rectora durante casi veinte años.

La nueva Biblioteca Pública de Spencer era moderna, pero con una eficiencia fría y brutal. Le faltaba, indudablemente, calidez. La pared que daba a la cara norte estaba totalmente acristalada y tenía una vista encantadora sobre el callejón. Pero en invierno era imposible que la parte trasera de la biblioteca se caldease. El interior era una planta abierta, sin espacio alguno que poder destinar a almacén. Los empleados tampoco tenían reservada una zona especial. Había únicamente cinco enchufes. El mobiliario, fabricado por artesanos locales, era precioso pero poco práctico. Las mesas tenían unas patas tan prominentes que era imposible acercar a ellas más sillas de las que inicialmente podían arrimarse y eran de roble macizo con la superficie superior laminada, tan pesadas que no había quien las moviese. La moqueta era naranja, una pesadilla al más puro estilo Halloween.

O dicho de una manera más sencilla, no era un edificio adecuado para una ciudad como Spencer. La biblioteca siempre había estado bien dirigida. Su colección de libros era excepcional, sobre todo teniendo en cuenta que estaba en una ciudad del tamaño de Spencer, y las directoras siempre se habían caracterizado por adoptar muy pronto las nuevas tecnologías y las ideas más novedosas. En lo que respecta a entusiasmo, profesionalidad y experiencia, la biblioteca era de primera categoría. Pero después de 1971 todo esto quedó embutido en el edificio incorrecto. El exterior no encajaba con la zona. El interior no era ni práctico ni agradable. No te apetecía entrar allí y relajarte leyendo. Era frío en todos los sentidos imaginables de la palabra.

Iniciamos la remodelación —llamémoslo el «proceso de incorporación de calidez»— en mayo de 1989, justo en el momento en que el noroeste de Iowa empezaba a despertar y a cambiar de marrón a verde. De repente, los prados necesitaban segarse, los árboles de Grand Avenue se llenaban de hojas nuevas. En las granjas, las plantas crecían de pronto y finalmente veías el resultado de todo el tiempo dedicado a arreglar maquinaria, arar los campos y sembrar semillas. El clima era más cálido. Los niños sacaban a pasear sus bicicletas. En la biblioteca, después de casi todo un año de planificación, había llegado por fin el momento de ponerse a trabajar.

La primera fase de la remodelación consistió en pintar aquellas paredes de hormigón puro y duro. Decidimos dejar las estanterías, de dos metros ochenta de altura, atornilladas a las paredes, de modo que Tony Joy, nuestro pintor y marido de una de las empleadas, Sharon Joy, tuvo que limitarse a cubrirlas con algunas telas y apoyar la escalera contra ellas. Pero, en cuanto lo hizo, Dewey decidió escalar por allí.

—Vamos, Dewey, abajo.

Dewey no prestaba atención. Llevaba más de un año en la biblioteca, pero nunca la había visto desde una altura de casi tres metros. Fue como una revelación. El gato saltó de la escalera y subió a la estantería. Dio unos cuantos pasos y quedó fuera de nuestro alcance.

Tony trasladó la escalera. Dewey volvió a moverse. Tony subió hasta lo más alto, apoyó el codo en la estantería y se quedó mirando a aquel gato tan tozudo.

—Has tenido una mala idea, Dewey. Voy a pintar esta pared y luego te restregarás contra ella. Vicki descubrirá entonces que tiene un gato azul y ¿sabes qué pasará? Que me despedirán. —Dewey se limitó a seguir contemplando la biblioteca desde las alturas—. Te da lo mismo, ¿verdad? Muy bien, te he avisado. ¡Vicki!

—Estoy aquí.

—¿Has visto esto?

—Le has avisado como es debido. No te haré responsable de lo que pueda suceder.

No estaba preocupada por Dewey. Era el gato más consciente que había conocido en mi vida. Corría por las estanterías sin dar nunca un traspiés. Se restregaba intencionadamente con los expositores, como haría cualquier gato, sin tirar nunca ninguno al suelo. Sabía perfectamente que no sólo podía pasear por la estantería sin rozar la pintura húmeda, sino que además podía subir por una escalera sin derramar la lata de pintura que hubiera encima. Quien me preocupaba era Tony. No es fácil compartir una escalera con el rey de la biblioteca.

—Estoy de acuerdo con las condiciones, si tú lo estás —le dije.

—Es un riesgo que quiero correr —respondió él, bromeando.

En pocos días, Tony y Dewey se habían hecho buenos amigos. O tal vez sería mejor decir Tony y Dewkster, pues Tony lo llamaba así. Tony era de la opinión de que Dewey era un nombre demasiado blando para un gato macho. No le gustaba la idea de que los gatos callejeros se congregaran por las noches junto a la ventana de la biblioteca infantil para reírse de él. De modo que Tony decidió que su nombre auténtico no era Dewey, sino el Duque, como John Wayne.

—Sólo sus mejores amigos lo llaman Dewey —explicó Tony. Y a mí siempre me llamaba señora Presidenta.

—¿Qué opinas de este tono de rojo, señora Presidenta? —me preguntaba cuando me veía cruzar la biblioteca.

—No sé. Yo lo veo rosa.

Pero la pintura de color rosa no era nuestra mayor preocupación. De repente, resultaba imposible conseguir que nuestro gato, siempre tan educado y formal, bajase de las estanterías adosadas a la pared. Un día, Tony vio a Dewey encaramado en las estanterías de pared del lado opuesto de la biblioteca. Ahí fue cuando todo cambió para Dewey, cuando descubrió que podía encaramarse en lo más alto siempre que le apeteciera. Desde allí dominaba toda la biblioteca y había días que no quería ni bajar.

«¿Dónde está Dewey?», preguntaron todos y cada uno de los miembros del Club de Genealogía cuando llegaron para la reunión que celebraban cada primer lunes de mes. Como todos los clubes que se reunían en la biblioteca —nuestra Sala Redonda era el espacio de reuniones gratuito más grande de la ciudad y normalmente estaba siempre reservada—, los miembros del club estaban acostumbrados a tener a Dewey por allí. El ceremonial empezaba con el gato saltando sobre la mesa al principio de cada reunión. Luego inspeccionaba a los participantes, daba la vuelta y rodeaba a todos los sentados a la mesa, les olisqueaba la mano o les miraba la cara. Completado su circuito, elegía a una persona y se instalaba en su regazo. Independientemente del tema que ocupara la reunión, Dewey nunca se precipitaba ni alteraba su rutina. La única forma de romperle el ritmo era echándolo y cerrando la puerta.

La presencia de Dewey fue recibida al principio con cierta reticencia, sobre todo por parte de los grupos de gente de empresas o políticos que solían reunirse en la Sala Redonda, pero pasados unos meses incluso los vendedores lo consideraban una atracción. El Club de Genealogía lo consideraba casi como un juego, pues cada mes Dewey elegía a alguien distinto para pasar la reunión. Se reían e intentaban convencerlo para que eligiera su regazo, casi como hacían los niños a la hora del cuento.

—Dewey anda distraído últimamente —les expliqué—. Ha alterado su rutina desde que Tony empezó a pintar la biblioteca. Pero estoy segura de que en cuanto se dé cuenta de que ya han llegado...

Y como si lo hubiera escuchado, Dewey entró por la puerta, saltó sobre la mesa y empezó sus paseos.

—Avísenme para cualquier cosa que necesiten —les dije, volviéndome hacia la parte principal de la biblioteca. Nadie dijo nada, estaban ocupados contemplando a Dewey.

—Eso no es justo, Esther —oí que decía una voz que iba perdiéndose a lo lejos—. Debes de llevar atún en el bolsillo.

Cuando tres semanas después Tony acabó de pintar, Dewey era un gato distinto. A lo mejor se había convencido de que en realidad era el Duque, pues de pronto no tenía suficiente con echar sus siestas en el regazo de la gente. Quería explorar. Y escalar, y, lo que es más importante, explorar nuevos lugares que poder escalar. Fue lo que llamamos la «Fase Edmund Hillary» de Dewey, en honor al famoso escalador. Dewey no dejó de escalar hasta que alcanzó la cima de su Everest personal, una proeza que tardó más de un mes en conseguir.

—¿Alguien ha visto a Dewey esta mañana? —pregunté a Audrey Wheeler, que estaba sentada detrás del mostrador de préstamos—. No ha venido a desayunar.

—No lo he visto.

—Avísame si lo ves. Quiero estar segura de que no está enfermo.

Cinco minutos después, oí a Audrey murmurar lo que por estos lares es una exclamación sorprendente: «¡Por Dios bendito!».

Estaba en el centro de la biblioteca, con la mirada clavada en el techo. Y allí, por encima de las lámparas, mirando hacia abajo, estaba Dewey.

Cuando vio que lo mirábamos, Dewey echó la cabeza hacia atrás. Se hizo invisible al instante. Y luego, la cabeza del gato reapareció un poco más abajo de las lámparas. De inmediato desapareció de nuevo para volver a aparecer un poco más abajo. Era evidente que llevaba horas allá arriba, mirándonos.

—¿Cómo vamos a bajarlo de ahí?

—A lo mejor tendríamos que llamar al ayuntamiento —sugirió alguien—. Enviarán una escalera especial.

—Esperemos a ver qué hace —dije—. Ahí arriba no hace ningún daño y acabará bajando para comer.

Una hora después, Dewey apareció tan feliz en mi despacho, relamiéndose después de un desayuno tardío, y saltó a mi regazo para que lo acariciase. Era evidente que estaba acelerado con su nuevo juego, pero que no quería irse de la mano con su alegría. Sabía que se moría de ganas de decirme: *¿Qué te ha parecido eso?*

—No pienso ni mencionarlo, Dewey.

Él ladeó la cabeza.

—Hablo en serio.

De acuerdo, entonces. Me echaré una siestecita. Ha sido una mañana emocionante, ya sabes.

Pregunté, pero nadie lo había visto bajar. Necesitamos varias semanas de vigilancia constante para descubrir su método. Primero, Dewey saltaba sobre la mesa vacía que había en la sala del personal. Después sobre un archivador, que le daba acceso, con un salto largo, a la parte superior de la pared provisional que rodeaba la zona de empleados, donde podía esconderse detrás de un tapiz grande decorado con la historia de Spencer. Desde allí, estaba sólo a un metro y medio de las lámparas.

Podríamos haber movido los muebles, pero en cuanto se obsesionó por el techo, supimos enseguida que nada, excepto la edad y el dolor de huesos, impediría a Dewey pasearse por las lámparas. Cuando los gatos desconocen la existencia de algo, es fácil mantenerlos alejados de ello. Pero cuando no pueden conseguir una determinada cosa, y han decidido que ha de ser suya por todos los medios, resulta casi imposible frenarlos. Los gatos no son perezosos: hacen todo lo posible para desbaratar incluso los planes mejor urdidos.

Además, a Dewey le encantaba estar allí arriba. Le encantaba pasear por las lámparas, de extremo a extremo, hasta que encontraba un lugar que le resultaba interesante. Y entonces se acostaba, acomodaba la cabeza por el lateral de las luces y observaba. Y a los clientes les gustaba también. A veces, cuando Dewey deambulaba por allí, los veía mirando el techo, balanceando las cabezas de un lado a otro como el péndulo de un reloj. Le hablaban. Cuando los niños señalaban a Dewey, y él asomaba la cabeza por el borde de las lámparas, los pequeños gritaban extasiados. No paraban de preguntar.

—¿Qué está haciendo?

—¿Cómo ha subido hasta ahí?

—¿Por qué está ahí?

—¿Se quemará?

—¿Y si cae? ¿Se morirá?

—¿Y si cae encima de alguien? ¿Se morirá?

Cuando los niños descubrían que no podían subir al techo con él, le suplicaban que bajase.

—A Dewey le gusta estar ahí arriba —les explicábamos—. Está jugando. —Al final, incluso los niños comprendieron que cuando Dewey estaba en las lámparas, sólo bajaría cuando él así lo decidiese. Había descubierto que su séptimo cielo estaba allí arriba.

* * *

La remodelación oficial tuvo lugar en julio de 1989, porque julio era el mes con menos actividad en la biblioteca. Los niños estaban de vacaciones, lo que significaba que no había visitas de colegios ni actividades de guardería fuera de horas de clase. Una compañía de seguros de la ciudad nos prestó un almacén en la acera de enfrente. La biblioteca de Spencer tenía cincuenta y cinco grupos de estanterías, cincuenta mil libros, seis mil revistas, dos mil periódicos, cinco mil discos y cintas de casete y mil genealogías, todo eso sin mencionar los proyectores, las pantallas, las televisiones, las cámaras (de dieciséis y ocho milímetros), las máquinas de escribir, las mesas, los mostradores, las sillas, los archivadores, los tarjeteros y todo el material de oficina. Lo numeramos todo. El número adscrito correspondía a una cuadrícula donde se coordinaban dos colores, uno indicando su lugar en el almacén y el otro el lugar que ocuparía en la nueva disposición de la biblioteca. En la nueva moqueta azul, Jean Hollis Clark y yo dibujamos con tiza el lugar donde iría cada estantería, cada mesa y cada mostrador. Si una estantería quedaba desplazada un par de centímetros del lugar al que estaba destinada, los trabajadores tenían que moverla porque teníamos que cumplir la normativa de anchura de los pasillos ordenada por la ADA (ley para personas con discapacidad). Si una estantería quedaba desplazada un par de centímetros, la siguiente podía estarlo cinco. Y, en este caso, una persona con silla de ruedas podía quedarse sin lograr pasar por una esquina.

El traslado fue un verdadero esfuerzo ciudadano. Los miembros del Rotary Club nos ayudaron a sacar todos los libros de la biblioteca, los Golden Kiwanis nos ayudaron a introducirlos de nuevo. El gerente de desarrollo de la ciudad, Bob Rose, nos ayudó con el traslado de las estanterías. Jerry, el marido de Doris Armstrong, pasó más de una semana atornillando ciento diez placas de acero nuevas en los extremos de las estanterías, seis tornillos por placa, y no rechistó en ningún momento. Todo el mundo trabajó voluntariamente: el Club de Genealogía, la junta rectora, maestros, padres, los nueve miembros del comité directivo del Grupo de Amigos de la Biblioteca de Spencer. Los comerciantes de la ciudad colaboraron también, ofreciendo bebidas y tentempiés gratuitos a todo el mundo.

La remodelación funcionó como un reloj. En tres semanas exactas, nuestra pesadilla de Halloween quedó sustituida por una moqueta de un tono azul neutro y mobiliario retapizado en colores alegres. En la biblioteca infantil pusimos un sillón de dos plazas para que las madres pudieran leer cuentos a sus hijos cómodamente. En un armario encontré dieciocho grabados de Grosvenor, junto con siete viejos bocetos realizados a plumilla. La biblioteca no tenía dinero suficiente para enmarcarlos, de modo que distintos miembros de la comunidad «adoptaron» los grabados y pagaron los marcos. La nueva disposición en ángulo de las estanterías dirigía el ojo hacia los libros, hacia los miles de lomos de distintos colores que te invitaban a hojear, a leer, a relajarte.

Mostramos el nuevo aspecto de la nueva biblioteca al público con una tarde de puertas abiertas con galletas y té. Aquel día, no había nadie más feliz que Dewey. Lo había tenido durante tres semanas encerrado en mi casa y, durante aquel tiempo, su mundo había cambiado. Las paredes eran distintas, la moqueta era distinta, las sillas, las mesas y las estanterías habían cambiado de lugar. Incluso los libros olían de forma diferente después de su viaje al almacén, al otro lado de la calle.

Pero tan pronto como empezó a llegar gente, Dewey salió corriendo hacia la mesa de los refrescos para volver a ser el centro de la velada. Sí, la biblioteca había cambiado, pero lo que él más echaba de menos después de sus tres semanas fuera era la gente. No le gustaba nada estar lejos de sus amigos de la biblioteca. Y ellos también lo habían echado de menos. Cuando se acercaban a la mesa de las galletas, todo el mundo se paraba para acariciar a Dewey. Algunos se lo subían a la espalda para darle un paseo por las estanterías recolocadas. Otros se limitaban a mirarlo, hablarle y sonreírle. Tal vez la biblioteca hubiera cambiado, pero Dewey seguía siendo el rey.

Entre 1987, el año anterior a que Dewey cayera en nuestras manos, y 1989, el año de la remodelación, las visitas a la Biblioteca Pública de Spencer pasaron de sesenta y tres mil al año a más de cien mil. Era evidente que algo había cambiado. La gente veía la biblioteca de otra manera, la valoraba más. Y no sólo los ciudadanos de Spencer. Aquel año, el 19,4 por ciento de nuestros visitantes fueron personas procedentes de las zonas rurales del condado de Clay. Otro 18 por ciento procedía de los condados vecinos. Viendo estas cifras, ya nadie podía decir que la biblioteca no fuera un centro regional.

La remodelación ayudó, de eso no cabe duda. También la revitalización de Grand Avenue, y la economía, que estaba en auge, y la energía del personal, y nuestros nuevos programas de animación. Pero la mayor parte del cambio, lo que básicamente empujó a la gente a acudir a la biblioteca y lo que acabó convirtiendo la Biblioteca Pública de Spencer en un lugar de encuentro, y no en un almacén, fue Dewey.

Capítulo 14

LA GRAN
ESCAPADA DE DEWEY

F inales de julio es la mejor época del año en Spencer. El maíz alcanza los tres metros de altura, se cubre de matices dorados y verdes. Es tan alto, que la ley del Estado exige a los granjeros cortarlo a la mitad de su altura a cada kilómetro, en el punto donde las carreteras se cruzan en ángulo recto. A la Iowa rural le sobran cruces y le faltan señales de *stop*. El maíz cortado ayuda, porque así al menos ves los coches venir, y no hace ningún daño a los granjeros. Las mazorcas de maíz crecen en la parte central del tallo, no en su extremo superior.

En el verano de Iowa resulta muy fácil desatender el trabajo. El verde brillante, el sol ardiente, los campos infinitos. Dejas las ventanas abiertas y te entra el olor. Pasas la hora de la comida en el río, los fines de semana pescando cerca de Thunder Bridge. A veces resulta muy duro no disfrutar del aire libre.

«¿Será esto el cielo?», me gusta decir cada año.

«No», es la respuesta de mi imaginación. «Es Iowa».

En agosto de 1989, la remodelación había acabado. Cada vez teníamos más clientela. El personal estaba feliz. Dewey no sólo había sido aceptado por la comunidad, sino que además atraía a la gente y la inspiraba. La feria del condado de Clay, el mayor acontecimiento del año, estaba a punto de producirse en septiembre. Yo incluso tenía un mes de vacaciones en mis clases. Todo iba perfecto... excepto para Dewey. Mi niño mimado, el héroe de nuestra biblioteca, era un gato cambiado: distraído, nervioso y, por encima de todo, problemático.

El asunto empezó con las tres semanas que Dewey pasó en mi casa durante la remodelación, mirando el mundo exterior a través de las ventanas. Desde mi casa no se veía el maíz, pero sí podía oír los pájaros. Sentir la brisa. Oler todo lo que los gatos pueden oler cuando asoman la nariz al aire libre. Y ahora echaba de menos esas ventanas. En la biblioteca las había también, pero no se abrían. Olía a moqueta nueva, pero no a aire libre. Se oían camiones, pero no pájaros.

¿Cómo puedes enseñarme algo tan maravilloso para luego quitármelo?, gimoteaba.

Entre las dos puertas de acceso a la Biblioteca Pública de Spencer había un diminuto vestíbulo de cristal que ayudaba a aislar del frío en invierno ya que una de las dos puertas casi siempre permanecía cerrada. Dewey había odiado aquel vestíbulo durante dos años, pero cuando regresó de sus tres semanas de estancia en mi casa lo adoraba. Desde allí se oían los pájaros. Cuando estaban abiertas las puertas que daban al exterior, podía oler el ambiente. Y durante un buen rato, a primera hora de la tarde, incluso entraban los rayos del sol. Fingía que con aquello le bastaba, con sentarse en aquella franja de luz y escuchar los pájaros. Pero era más listo que eso. Si pasaba el tiempo suficiente en el vestíbulo, Dewey empezaba a sentir curiosidad y acababa cruzando la segunda puerta para salir al mundo exterior.

—¡Dewey, vuelve aquí! —le gritaba la empleada del mostrador de recepción cada vez que seguía a un cliente y atravesaba la primera puerta. El pobre gato no tenía ninguna oportunidad. El mostrador de préstamos daba justo al vestíbulo y quienquiera que estuviera allí lo veía de inmediato. De modo que Dewey dejó de hacer caso, sobre todo cuando la empleada de turno era Joy DeWall. Joy era la empleada más reciente y más joven, y la única que no estaba casada. Vivía con sus padres en un dúplex donde el arrendador no permitía animales, de modo que Dewey había ganado su corazón. El gato lo sabía, y no hacía ni caso a nada que ella le dijera. Así que Joy recurría a mí. Yo era la voz de la madre. Dewey siempre me escuchaba. Aunque en este caso estaba tan decidido a desobedecer, que me vi obligada a volver a recurrir a las amenazas.

—Dewey, ¿quieres que saque la jeringa y que te moje?

Se quedaba mirándome.

Sacaba la jeringa de detrás de mi espalda. Con la otra mano, mantenía abierta la puerta de la biblioteca. Dewey entraba de nuevo, cabizbajo.

Pero diez minutos más tarde volvía a oír:

—Vicki, Dewey ha vuelto a salir al vestíbulo.

Y siempre así. Tres veces al día. Había llegado el momento de imponer mi criterio. Salí como una flecha de mi despacho, ensayé mi mejor voz de madre, abrí la puerta del vestíbulo y le ordené:

—Entra ahora mismo, jovencito.

Y un joven de veinte años cumplidos que entraba en aquel momento casi se muere del susto. Antes de que acabara de pronunciar la frase, entró corriendo en la biblioteca, cogió una revista y escondió la cabeza detrás de ella. La típica situación embarazosa. Yo seguí sujetando la puerta, pasmada y sin decir nada, incapaz de creer que no hubiera visto al muchacho que tenía delante de mis narices, y Dewey entró tan tranquilo, como si nada hubiera pasado. Creo que casi le vi sonreír.

Una semana después, Dewey no apareció a la hora de comer, y no lo encontramos por ningún lado. Eso era normal, pues tenía un montón de lugares donde esconderse. Detrás del expositor que había junto a la puerta de acceso había un pequeño agujero que le servía de escondite y que, lo juro, era del tamaño de una caja de lápices, de ésas que tenían sesenta y cuatro colores y llevaban incorporado un sacapuntas. Había también el espacio que quedaba detrás del sofá marrón de la zona infantil, aunque allí siempre solía verse la cola asomando. Una tarde, Joy estaba colocando libros en la estantería inferior de la sección de «Clásicos del Oeste» cuando Dewey la sorprendió asomando la cabeza. En una biblioteca, los libros ocupan ambos lados de una estantería. Entre las dos hileras queda un espacio de diez centímetros. El escondite preferido de Dewey era entre los libros, un escondite rápido, a mano y seguro. La única manera de dar con él era retirando libros al azar y mirando detrás de ellos. Tampoco parece muy complicado, hasta que tienes en cuenta que en la Biblioteca Pública de Spencer había más de cuatrocientas estanterías. Entre los libros había un laberinto gigantesco, un increíble universo estrecho, propiedad exclusiva de Dewey.

Por suerte, casi siempre se escondía en su lugar favorito: las filas inferiores de «Clásicos del Oeste». Pero esta vez no fue así. Tampoco estaba detrás del sillón marrón, ni en el agujero de la entrada. Ni lo vimos mirándonos desde las lámparas del techo. Abrí las puertas de los baños para ver si se había quedado encerrado dentro. Pero no.

—¿Ha visto alguien a Dewey?

No. No. No. No.

—¿Quién cerró anoche?

—Yo —dijo Joy—, y estaba aquí, seguro. —Sabía que Joy nunca se habría olvidado de buscar a Dewey. Era la única empleada, además de mí, que se quedaba después de cerrar para jugar con él al escondite.

—Bien, entonces tiene que estar por el edificio. Al parecer ha encontrado un nuevo rincón donde esconderse.

Pero cuando regresé de comer, Dewey seguía sin aparecer. Y no había tocado su comida. Ahí fue cuando empecé a preocuparme.

—¿Dónde está Dewey? —preguntó un cliente.

Ya habíamos oído esa pregunta veinte veces, y estábamos sólo a media tarde. Dije al personal:

—Mejor que les expliquemos que Dewey no se encuentra bien. No es necesario alarmar a nadie. —Aparecería. Lo sabía.

Aquella noche, di vueltas en coche durante media hora en lugar de volver directamente a casa. No esperaba ver un esponjoso gato anaranjado rondando por el vecindario, pero nunca se sabe. Y no podía quitarme la idea de la cabeza: «¿Y si está herido? ¿Y si me necesita y no consigo encontrarlo? Estoy defraudándolo». Sabía que no estaba muerto. Era un gato sanísimo. Y también estaba segura de que no se había escapado. Aunque la idea iba cobrando más visos de realidad.

Al día siguiente no estaba en la puerta esperándome. Entré, y fue como si la biblioteca estuviese muerta. Noté un escalofrío recorriéndome la espalda, aunque la temperatura era de treinta y dos grados; sabía que algo iba mal.

Dije a las empleadas:

—Buscad por todas partes.

Miramos en todos los rincones. Abrimos todos los armarios y todos los cajones. Retiramos libros de las estanterías, esperando encontrarlo en su escondite habitual. Iluminamos con una linterna la parte posterior de las estanterías adosadas a la pared. Alguna de ellas se había separado unos pocos centímetros de la pared y era posible que Dewey, con sus paseos, hubiera caído por allí y se hubiera quedado atrapado. No era torpe, pero en la situación en la que nos encontrábamos teníamos que verificar todas las posibilidades.

¡El vigilante nocturno! Fue una idea repentina y corrí al teléfono.

—Hola, Virgil, soy Vicki, de la biblioteca. ¿Viste anoche a Dewey?

—¿A quién?

—A Dewey. El gato.

—No. No lo vi.

—¿Crees que podría haber comido alguna cosa que le sentara mal? ¿Detergente, quizá?

Dudó un momento.

—No creo.

No quería preguntarlo, pero tenía que hacerlo.

—¿Dejas alguna puerta abierta?

Esta vez dudó de verdad.

—Dejo la puerta trasera abierta cuando llevo la basura al contenedor.

—¿Cuánto tiempo?

—Cinco minutos, tal vez.

—¿La abriste hace dos noches?

—La abro todas las noches.

Mi corazón dio un vuelco. Allí estaba. Dewey nunca saldría tranquilamente por una puerta abierta, pero si llevaba algunas semanas dándole vueltas, echándole el ojo a aquella esquina, olisqueando el aire...

—¿Crees que se ha escapado? —preguntó Virgil.

—Sí, Virgil, creo que sí.

Comuniqué la noticia a las empleadas. La información, cualquier información, era buena para nuestro ánimo. Establecimos turnos para que dos personas se ocuparan de la biblioteca mientras el resto buscaba a Dewey. Los clientes habituales adivinaron enseguida que algo iba mal. «¿Dónde está Dewey?» pasó de ser una pregunta inocente a expresar su preocupación. Seguimos diciendo a la mayoría que no pasaba nada, pero a los clientes habituales les comunicamos que Dewey había desaparecido. Al instante, una docena de personas empezó a patrullar por las aceras. «Mira a toda esa gente. Mira todo su amor. Lo encontraremos enseguida», me repetía una y otra vez para mis adentros.

Me equivocaba.

Pasé la hora de la comida deambulando por las calles, buscando a mi *niño*. En la biblioteca vivía a salvo de todo. No era peleón. Era un remilgado con la comida. ¿Cómo iba a sobrevivir?

De la amabilidad de los desconocidos, naturalmente. Dewey confiaba en la gente. No dudaría en pedir ayuda.

Hablé con el señor Fonley, de la floristería Fonley, un establecimiento que tenía una entrada trasera por el callejón que había detrás de la biblioteca. No había visto a Dewey. Ni tampoco Rick Krebsbach, del estudio fotográfico. Llamé a los veterinarios de la ciudad. No teníamos centro de acogida de animales, de modo que pensé que si alguien lo encontraba lo llevaría a un veterinario. Si no lo reconocían, claro está. Les dije a los veterinarios:

—Si alguien aparece con un gato similar a Dewey, es Dewey. Creemos que se ha escapado.

«Todo el mundo conoce a Dewey. Todo el mundo quiere a Dewey. Si alguien lo encuentra, lo traerá enseguida a la biblioteca», me dije.

No quería que la noticia de su desaparición se divulgase por la ciudad. Había muchos niños que querían a Dewey, eso sin mencionar los estudiantes con necesidades especiales. Dios mío, ¿qué sería de Crystal? No quería asustarlos. Sabía que Dewey volvería.

Cuando a la tercera mañana vi que Dewey no estaba esperándome en la puerta, me desmoralicé. Me di cuenta de que, en el fondo, había esperado encontrármelo allí sentado. Y al ver que no estaba, me quedé destrozada. Y entonces comprendí la realidad. Dewey se había ido. Podía estar muerto. Seguramente nunca volvería. Sabía que el gato era importante, pero sólo en aquel momento me di cuenta del gran vacío que quedaría sin él. Para la ciudad de Spencer, Dewey era la biblioteca. ¿Cómo saldríamos adelante sin él?

Cuando Jodi tenía tres años, la perdí en el centro comercial de Mankato. Cuando miré hacia abajo, había desaparecido. Casi me ahogo cuando mi corazón me subió a la garganta a una velocidad vertiginosa. No la encontraba y me puse como loca. Mi niña. Mi niña. Ni siquiera podía pensar. Empecé a mirar entre los percheros, a recorrer los pasillos cada vez más rápido. Al final la encontré escondida en medio de una percha circular de vestidos, riendo. Llevaba todo el rato allí. Pero me sentí morir al pensar que la había perdido.

Y con Dewey me sentía igual. Fue entonces cuando me percaté de que Dewey no era sólo el gato de la biblioteca. Mi pesar no era por la ciudad de Spencer, ni por su biblioteca, ni siquiera por sus niños. Aquella angustia era por mí. Tal vez Dewey viviera en la biblioteca, pero era mi gato. Lo quería mucho. Y no era sólo de palabra. No era únicamente que me gustara algo de él, sino que lo quería. Pero mi *niño*, mi pequeño Dewey, se había ido.

Todo el mundo en la biblioteca estaba desanimado. El día anterior aún había esperanza. Creíamos que sólo era cuestión de tiempo. Pero ahora pensábamos que se había ido para siempre. Seguimos buscando, pero ya habíamos mirado por todas partes. No nos quedaban alternativas. Me senté y pensé en cómo iba a contárselo a la comunidad. Llamaría a la radio, pues era el canal de información de Spencer. Lo anunciarían enseguida. Mencionarían un gato naranja sin decir el nombre. Los adultos lo entenderían, y quizá ganáramos un poco de tiempo con los niños.

—¡Vicki!

Después el periódico. Seguro que el artículo saldría publicado al día siguiente. A lo mejor alguien se lo había quedado.

—¡Vicki!

¿Y si pegáramos carteles? ¿Y si ofreciéramos una recompensa?

—¡Vicki!

Pero ¿por qué engañar a la gente? Se había ido. De estar aquí, lo habríamos encontrado...

—¡Vicki! ¡Adivina quién está en casa!

Asomé la cabeza por la puerta del despacho y allí estaba, mi gran compañero anaranjado, en brazos de Jean Hollis Clark. Corrí a abrazarlo con todas mis fuerzas. Dewey apoyó la cabeza contra mi pecho. ¡Había salido del perchero circular, lo tenía delante de mí, mi *niño* acababa de aparecer!

—Oh, mi *niño*, mi pequeño. No vuelvas a hacerlo nunca más.

Dewey no necesitaba que se lo dijera. Adiviné al instante que no estaba para bromas. Ronroneaba como aquella primera mañana. Se alegraba de verme, se sentía agradecido de estar entre mis brazos. Parecía feliz. Pero yo lo conocía bien. Sabía que, en el fondo, estaba todavía temblando.

—Lo he encontrado debajo de un coche en Grand Avenue —estaba diciendo Jean—. Iba de camino a la farmacia White Drug y vi una cosa naranja con el rabillo del ojo.

Yo ni la escuchaba. Durante los días siguientes oiría aquella historia muchas veces más, pero en aquel momento ni la escuchaba. Sólo tenía ojos y oídos para Dewey.

—Estaba acurrucado junto a la rueda, en el extremo más alejado del coche. Lo llamé, pero no venía. Daba la impresión de que iba a salir corriendo, pero tenía demasiado miedo para hacerlo. Seguro que ha estado allí escondido todo este tiempo. ¿A que cuesta creerlo? Tanta gente buscándolo y lo teníamos aquí mismo.

Todo el personal se había congregado a nuestro alrededor. Sabía que todo el mundo quería cogerlo en brazos, mimarlo, pero yo no quería soltarlo.

—Tiene que comer —les dije. Alguien llegó con una lata de comida recién abierta y nos quedamos contemplando cómo Dewey la engullía sin parar. Imaginé que llevaba días sin comer.

Una vez cubiertas sus necesidades —comida, agua, caja de arena—, dejé que las empleadas lo cogieran. Fue pasando de mano en mano, como un héroe en el desfile de la victoria. Después de que todo el mundo le hubiera dado la bienvenida a casa, lo cogimos para mostrarlo al público. La mayoría no sabía nada de lo sucedido, pero había más de un cliente con lágrimas en los ojos. Dewey, nuestro hijo pródigo, que se había ido y acababa de volver con nosotros. La verdad es que cuando pierdes algo, luego todavía lo quieres más.

Aquella tarde le di un buen baño a Dewey, que toleró por vez primera desde el de aquella fría mañana de enero, hacía ya mucho tiempo. Estaba cubierto de aceite de motor, unas manchas que tardaron meses en desaparecer de su largo pelaje. Tenía un corte en una oreja y un rasguño en el morrito. Los lavé con cuidado y cariño. ¿Habría sido otro gato? ¿Un alambre? ¿La carrocería de un coche? Froté entre mis dedos la orejita herida y ni se estremeció. «¿Qué ha pasado aquí?», me habría gustado preguntarle, pero los dos habíamos llegado ya a un acuerdo. Nunca más volveríamos a hablar de aquel incidente.

Años después cogí la costumbre de dejar abierta una puerta lateral mientras celebrábamos las reuniones de la junta rectora. Cathy Greiner, una de las integrantes de la junta, siempre me decía:

—¿No te da miedo que Dewey se escape?

Y yo miraba a Dewey, que, como era habitual, estaba presente en la reunión, y él me devolvía la mirada. Y en esa mirada me decía que no tenía pensado escaparse. ¿Por qué no la verían también los demás?

—No se escapará —le respondía yo—. Está entregado en cuerpo y alma a la biblioteca.

Y lo estaba. Dewey no volvió al vestíbulo en los dieciséis años siguientes. Deambulaba por la puerta de entrada, sobre todo por las mañanas, pero nunca saludaba a los clientes fuera del edificio. Si se abrían las puertas y oía pasar camiones, corría directo hacia la sala de empleados. No quería ni oír hablar de acercarse a un camión. Dewey había tenido más que suficiente con su experiencia al aire libre.

Capítulo 15

EL GATO
FAVORITO
DE SPENCER

Cerca de un mes después de la escapada de Dewey, Jodi abandonó Spencer. No estaba muy segura de si iba a poder permitirme mandarla a la universidad, y ella no quería quedarse en casa. Jodi quería viajar, de modo que aceptó un trabajo como canguro en California y ahorró dinero para la universidad. Estoy segura de que no le supuso ningún problema que California estuviera muy lejos de mamá.

Durante su último fin de semana, me traje a Dewey a casa. Como siempre, se pegó a Jodi como un imán. Creo que lo que más le gustaba eran las noches con ella. Tan pronto como Jodi retiraba la colcha, Dewey saltaba a su cama. De hecho, él la obligaba a meterse en la cama. Cuando terminaba de cepillarse los dientes, él estaba ya sentado en la almohada, listo para acurrucarse a su lado. Y en cuanto se acostaba, él se pegaba a su cara. Ni siquiera la dejaba respirar. Ella lo empujaba hacia abajo, pero él volvía para arriba. Para abajo. Y volvía a pegarse a su cara. Para abajo. Pegado a su cuello.

—Quédate ahí abajo, Dewey.

Al final, Dewey claudicaba y dormía a su lado, acurrucado junto a su cadera. Jodi podía respirar, pero no podía moverse. ¿Sabría que la chica se iba, tal vez para siempre? Cuando dormía conmigo, Dewey entraba y salía de la cama, exploraba un rato la casa y volvía a acurrucarse a mi lado. Pero con Jodi no se iba. De vez en cuando bajaba para atacarle los pies, tapados por las mantas, pero no pasaba de allí. Aquella noche en concreto, Jodi no pegó ojo.

La siguiente ocasión que Dewey volvió a mi casa, Jodi ya no estaba. Pero encontró la manera de permanecer cerca de ella: pasando la noche en su habitación, acurrucado en el suelo junto a su radiador, soñando sin duda con las cálidas noches de verano que había pasado junto a Jodi.

—Lo sé, Dewey —le dije—. Lo sé.

Un mes después decidí hacer la primera fotografía oficial de Dewey. Me gustaría decir que fue por motivos sentimentales, que mi mundo estaba cambiando y quería inmortalizar aquel momento, o que me daba cuenta de que Dewey estaba en la cúspide de algo mucho más grande que lo que nunca podríamos haber imaginado. Pero el verdadero motivo fue un vale de descuento. Rick Krebsbach, el fotógrafo de la ciudad, ofrecía fotografías de mascotas a diez dólares.

Dewey era un gato de un trato tan agradable que me convencí de que hacerle una fotografía profesional, en un estudio fotográfico, sería cosa sencilla. Pero él mostró enseguida una cierta aversión por el estudio. Tan pronto como entró allí, empezó a mover la cabeza de un lado a otro, mirándolo todo. Lo instalé en una silla, y saltó de inmediato. Lo cogí y volví a instalarlo en la silla. Retrocedí un paso y Dewey volvió a saltar.

—Está nervioso. No ha salido mucho de la biblioteca —informé, mirando cómo Dewey olisqueaba el telón de fondo del estudio.

—Eso no es nada —dijo Rick.

—¿Tan complicados son los animalitos?

—Ni te lo imaginas —dijo, mientras observábamos a Dewey hundiendo la cabeza debajo de un cojín—. Un perro intentó darle un bocado a la cámara. Otro acabó comiéndose las flores de plástico. Y ahora que lo pienso, vomitó sobre ese cojín.

Cogí a Dewey rápidamente, pero el contacto no lo tranquilizó. Seguía mirándolo todo, más nervioso que interesado.

—También ha habido algún que otro pipí desafortunado. Tuve que tirar una sábana. Lo desinfecto todo, naturalmente, pero para un animal como Dewey esto debe de oler a zoo.

—No está acostumbrado a otros animales —expliqué, pero sabía que no era exactamente así. A Dewey nunca le habían importado los demás animales. Siempre había ignorado al perro lazarillo que entraba en la biblioteca. Ni siquiera prestaba atención a los dálmatas. No era miedo lo que sentía, sino confusión—. Sabe lo que se espera de él en la biblioteca, pero no comprende este lugar.

—Tómate todo el tiempo que quieras.

Tuve una idea.

—¿Puedo enseñarle la cámara a Dewey?

—Si crees que puede servir de algo…

Dewey posaba siempre para las fotografías que le tomábamos en la biblioteca, pero era con cámaras normales. La cámara de Rick era un modelo profesional grande y cuadrado. Dewey nunca había visto una cosa así, pero aprendía rápidamente.

—Es una cámara, Dewey. Una cámara. Estamos aquí para hacerte una foto.

Dewey olisqueó el objetivo. Se inclinó y lo miró, luego volvió a olisquearlo. Noté que empezaba a estar menos tenso, y supe que lo había entendido.

—Silla. Siéntate en la silla —le señalé.

Lo dejé en el suelo. Olisqueó de arriba abajo todas las patas y dos veces el asiento. Después saltó a la silla y se quedó mirando la cámara. Rick corrió y enseguida le hizo seis fotografías.

—No puedo creerlo —dijo cuando Dewey hubo saltado de la silla.

No quise decírselo a Rick, pero era lo que sucedía siempre. Dewey y yo teníamos una forma de comunicarnos que ni siquiera yo entendía. Él siempre sabía lo que yo quería, pero, por desgracia, eso no significaba que fuera a obedecer. Ni siquiera tenía que decirle que iba a cepillarlo o a bañarlo, bastaba con que yo pensase en ello y Dewey desaparecía. Recuerdo una tarde que pasé por su lado en la biblioteca. Él levantó la vista y me miró con su habitual indiferencia perezosa.

Hola, ¿qué tal estás?

Y yo pensé: «Oh, en este cuello hay dos nudos de pelo. Tendría que buscar unas tijeras y cortárselos». Pero tan pronto se formó esta idea en mi cabeza, Dewey había desaparecido.

Sin embargo, desde su escapada, Dewey había estado utilizando sus poderes para bien, no para hacer travesuras. No sólo anticipaba lo que yo quería, sino que además lo hacía. No cuando se trataba del cepillado o del baño, claro está, pero sí en todo lo relacionado con la biblioteca. Y ése fue uno de los motivos por los que se mostró tan dispuesto a posar para la fotografía. Quería lo mejor para la biblioteca.

—Sabe que es para la biblioteca —le expliqué a Rick, pero me di cuenta de que no me creía. ¿Por qué, al fin y al cabo, le importaría a un gato lo que sucediese en una biblioteca? ¿Y cómo podía relacionar una biblioteca con un estudio fotográfico que estaba a una manzana de distancia de ella? Pero era la verdad, y yo lo sabía.

Cogí a Dewey y lo acaricié en su lugar favorito, la parte superior de la cabeza, entre las orejas.

—Sabe lo que es una cámara. No le tiene miedo.

—¿Había posado alguna vez?

—Al menos dos o tres veces por semana. Para los visitantes. Le encanta.

—No es una actitud muy de gato.

Me habría gustado explicarle que Dewey no era un gato cualquiera, pero Rick llevaba toda la semana fotografiando mascotas. Seguramente había oído ya aquella historia cientos de veces.

Pero, aun así, quien observa la fotografía oficial de Dewey, la que Rick le hizo aquel día, comprende de inmediato que Dewey no es un gato cualquiera. Es precioso, sí, pero más que eso, está relajado. No tiene miedo a la cámara, no está confuso por lo que sucede. Tiene los ojos abiertos y la mirada limpia. El pelo perfectamente peinado. No parece una cría, pero tampoco un gato adulto. Es un jovencito que acude al fotógrafo para su fotografía de graduación, o un marinero que se saca una fotografía de recuerdo para que la tenga su chica, antes de hacerse a la mar por vez primera. Su postura es notablemente tiesa, la cabeza ladeada, los ojos mirando tranquilamente a la cámara. Cada vez que miro la foto sonrío al verlo tan serio. Parece que quiera posar para que se le vea fuerte y guapo, pero no acaba de conseguirlo porque es una monada.

Pocos días después de recibir las fotografías, vi que en Shopko, una cadena de grandes almacenes tipo Wal-Mart o Kmart, habían puesto en marcha un concurso de fotografías de mascotas para recaudar dinero con fines benéficos. Pagabas un dólar por dar tu voto y el dinero iba destinado a la lucha contra la distrofia muscular. Típico de Spencer. Siempre había en marcha alguna actividad para recaudar fondos, y los ciudadanos siempre colaboraban. Nuestra emisora local, KCID, promocionaba este tipo de iniciativas, y el periódico publicaba algún artículo. El resultado solía ser asombroso. En Spencer no tenemos mucho dinero, pero si alguien precisa que se le eche una mano, se la ofrecemos sin problemas. Eso es orgullo cívico.

Sentí el impulso repentino de apuntar a Dewey al concurso. La fotografía era para promocionar la biblioteca, al fin y al cabo, y ¿acaso no era ésta la oportunidad perfecta para promocionar este aspecto en concreto de la biblioteca? Unas semanas después, Shopko colgó una docena de fotografías de gatos y Dewey obtuvo un triunfo aplastante. Consiguió más del 80 por ciento de los votos, siete veces más que cualquier otro participante. Era escandaloso. Cuando me llamaron para comunicarme el resultado, casi me sentí incómoda.

Parte de la razón por la que Dewey ganó de forma tan abrumadora fue la fotografía. Dewey mira al espectador, pide que el espectador lo mire. Establece una conexión personal, aun cuando su pose tiene cierto aire de majestuosidad.

Parte de la razón es el aspecto de Dewey. Es un ídolo de función de tarde de los años cincuenta, afable y atractivo. Es tan guapo, que te sientes obligado a quererlo.

Parte de la razón es la personalidad de Dewey. Los gatos suelen aparecer aterrados en las fotografías, desesperados por olisquear la cámara o enfadados por todo lo que conlleva el proceso… y muchas veces, las tres cosas a la vez. En el caso de los perros parece como si fueran a volverse completamente locos, a tirar todo lo que encuentran en el estudio, a enrollarse en un cable eléctrico, y al final, a comerse la cámara. Dewey aparece tranquilo.

Pero, por encima de todo, Dewey dio una paliza a los demás concursantes porque la ciudad lo había adoptado. Y me di cuenta por vez primera de que no eran sólo los clientes habituales de la biblioteca, sino la ciudad entera. Mientras yo no le hacía caso, mientras estaba ocupada con los estudios, la remodelación y Jodi, Dewey había estado obrando su magia en silencio. Las historias, no sólo la de su rescate sino también la de su vida y sus relaciones, se habían estado filtrando por las grietas y cobrando nueva vida. No era únicamente el gato de la biblioteca, ya no. Era el gato de Spencer. Nuestra inspiración, nuestro amigo, nuestro superviviente. Era uno de nosotros. Y además, era nuestro.

¿Era una mascota? No. ¿Había creado una diferencia en la manera de cómo se veía la ciudad a sí misma? Por supuesto. No en todo el mundo igual, naturalmente, pero sí en la mayoría. Dewey nos recordaba, una vez más, que éramos una ciudad distinta. Que pensábamos en los demás. Que valorábamos las pequeñas cosas. Que comprendíamos que la vida no era cantidad, sino calidad. Dewey era una razón más para amar esta resistente pequeña ciudad de las llanuras de Iowa. El amor a Spencer, el amor a Dewey, se entremezclaban en la mentalidad pública.

Capítulo 16

EL FAMOSO
GATO DE BIBLIOTECA
DE IOWA

C on la perspectiva del tiempo transcurrido, veo ahora que la escapada de Dewey fue un punto de inflexión, una cana al aire al final de la juventud. Después de
aquello, se quedó más que satisfecho con la vida que le había tocado: ser el gato residente de la Biblioteca Pública de
Spencer, amigo, confidente y embajador de buena voluntad.
Recibía a la gente con renovado entusiasmo. Perfeccionó el
arte de gandulear entre la literatura de no-ficción para adultos, desde donde dominaba toda la biblioteca y tenía espacio suficiente para que la gente pasara por allí sin pisarlo. Si
estaba en plan contemplativo, se tendía boca abajo, con la
cabeza levantada y las patas delanteras cruzadas despreocu-
padamente delante de él. Era lo que llamábamos la «postura del Buda». Dewey podía permanecer en aquella posición
una hora entera, como un hombrecillo regordete en paz con
el mundo. Su otra postura favorita era tendido boca arriba,
espatarrado, cada pata señalando en una dirección distinta.
Se dejaba ir por completo.

Resulta asombroso cómo, cuando dejas de correr y empiezas a relajarte, el mundo viene a ti. Y si no el mundo, al
menos Iowa. Poco después del concurso de Shopko, Dewey

se convirtió en el protagonista de la columna «El chico de Iowa» que Chuck Offenburger publicaba en *The Des Moines Register.* «El chico de Iowa» era una de esas columnas que decía cosas como: «Fue la noticia más sorprendente con la que me topé desde que, hace unos años, descubrí que la Biblioteca Pública de Cleghorn, justo aquí al lado, había empezado a sacar en préstamo moldes para pasteles para sus clientes». De hecho, eso es exactamente lo que decía la columna, y sí, la Biblioteca Pública de Cleghorn, justo aquí al lado, ofrece en préstamo a sus clientes moldes para pasteles. Conozco al menos una docena de bibliotecas de Iowa con grandes colecciones de moldes para pasteles. Las bibliotecarias los tienen colgados en las paredes. Si quieres preparar un pastel especial, por ejemplo, un pastel en forma de Winnie the Pooh para un cumpleaños infantil, vas a la biblioteca. ¡Ésas son las bibliotecarias que prestan un verdadero servicio a la comunidad!

Cuando leí el artículo pensé: «Caramba, Dewey lo ha conseguido». Una cosa era que una ciudad adoptase un gato. Mucho mejor aún era que una región adoptara a ese gato, como el noroeste de Iowa había hecho con Dewey. La biblioteca recibía cada día visitantes procedentes de pequeñas ciudades y granjas de los condados vecinos. Los veraneantes de la zona del lago se acercaban también en coche para conocerlo y hacían correr la voz entre sus vecinos e invitados, que venían a verlo a la semana siguiente. Aparecía con frecuencia en los periódicos de las ciudades próximas. ¡Pero *The Des Moines Register!* Era el periódico diario de Des Moines, la capital del Estado, con una población de casi medio millón de habitantes. *The Des Moines Register* se leía en todo el Estado. En aquel momento era muy posible que más de medio millón de personas estuviera leyendo la noticia de Dewey. ¡Y eso era más gente de la que asistía a la feria del condado de Clay!

Después de lo de «El chico de Iowa», Dewey empezó a hacer apariciones regulares en los noticiarios televisivos locales que se emitían desde Sioux City, Iowa, y Sioux Falls, Dakota del Sur. Pronto empezó a aparecer también en canales de otras ciudades y Estados cercanos. La noticia empezaba siempre de la misma manera, con una voz en *off* que decía: «Una gélida mañana de enero, la Biblioteca Pública de Spencer no esperaba encontrar más que libros en su buzón...». Por mucho que la enmarcaran de distintas maneras, la fotografía era siempre la misma: un pobre gatito desamparado, prácticamente muerto de frío, pidiendo ayuda. La historia de la llegada de Dewey a la biblioteca era irresistible.

Pero también lo era su personalidad. Los cámaras de los noticiarios no estaban acostumbrados a filmar gatos —había miles de gatos en el noroeste de Iowa, de eso no me cabe la menor duda, pero ninguno había aparecido en pantalla—, de modo que siempre empezaban con lo que les parecía una buena idea:

—Dejémosle que actúe de forma natural.

—Pues muy bien, ahí lo tenéis, dormido dentro de una caja con la cola asomando por fuera y tendido de lado. Es de lo más natural.

Cinco segundos después:

—A lo mejor podría saltar, o hacer alguna cosa...

Dewey siempre les daba lo que querían. Saltaba por encima de la cámara para una toma de vuelo. Caminaba entre dos expositores para mostrar su destreza. Corría y daba un brinco desde el extremo de una estantería. Jugaba con un niño. Jugaba con su madeja de lana roja. Se sentaba tranquilamente encima de la pantalla del ordenador y miraba a la cámara, el modelo del decoro. No era fingido. Posar para la cámara formaba parte del trabajo de nuestro gato como director de publicidad de la biblioteca, y así lo hacía. Con entusiasmo.

La aparición de Dewey en *Living in Iowa,* una serie de la televisión pública de Iowa que se centra en los problemas, las actividades y los habitantes del Estado, es un ejemplo típico. El equipo de *Living in Iowa* llegó a la biblioteca a las siete y media de la mañana. Dewey estaba preparado. Saludó. Rodó por el suelo. Saltó entre las estanterías. Se acercó a olisquear la cámara. Se instaló justo al lado de la presentadora, una joven preciosa, ganándosela al instante.

—¿Puedo cogerlo en brazos? —preguntó.

Le enseñé el «transporte de Dewey»: encima del hombro izquierdo, con el trasero en el ángulo que forma el brazo doblado, la cabeza sobre la espalda del porteador. Quien quisiera tenerlo encima un buen rato, tenía que utilizar el «transporte de Dewey».

—¡Lo está haciendo! —dijo emocionada la presentadora al ver que Dewey se acurrucaba sobre su hombro.

Dewey levantó la cabeza.

¿Qué ha dicho?

—¿Cómo hago para tranquilizarlo?

—Acariciándolo, simplemente.

La presentadora le acarició la espalda. Dewey posó la cabeza en su hombro y se acurrucó contra su cuello.

—¡Lo está haciendo! ¡Lo está haciendo de verdad! Noto que ronronea. —La presentadora sonrió al cámara y musitó—. ¿Lo estás grabando?

Sentí la tentación de decirle: «Por supuesto que lo hace. Lo hace para todo el mundo», pero ¿por qué echar a perder su emoción?

El episodio dedicado a Dewey se emitió unos meses más tarde. Le pusieron por título *Historia de dos gatitos*

—sí, un juego de palabras en honor a Charles Dickens[8]—. El otro gatito era Tom, que vivía en la ferretería Kibby de Conrad, Iowa, una pequeña ciudad en la zona central del Estado. Al igual que Dewey, Tom había sido encontrado la noche más fría del año. El propietario del establecimiento, Ralph Kibby, llevó enseguida al veterinario a aquel congelado gatito.

—Le puso sesenta dólares en inyecciones —explicó en el programa—, y dijo que si seguía con vida a la mañana siguiente, teníamos alguna posibilidad.

Mirando el programa me di cuenta de por qué la presentadora estaba tan contenta aquella mañana. Había al menos treinta segundos de metraje con Dewey sobre su hombro, mientras que lo máximo que consiguió de Tom fue que le olisqueara el dedo.

Dewey no fue el único que amplió sus horizontes. Mi máster me permitió tener mucha actividad dentro de los círculos de las bibliotecas del Estado y después de graduarme fui elegida presidenta de la Iowa Small Library Association, un grupo de apoyo para bibliotecas de ciudades de menos de diez mil habitantes. Los grupos de apoyo, al menos cuando yo empecé en ello, tenían un alcance muy limitado. El grupo sufría un grave complejo de inferioridad. «Somos pequeños», pensaban. «¿A quién le importamos? Limitémonos a tomar un té con galletas y a cotillear un poco. Es lo que mejor sabemos hacer».

Pero yo sabía por propia experiencia que pequeño no equivalía a irrelevante, y me sentí inspirada.

—¿Creéis que las ciudades pequeñas no son importantes? —les pregunté—. ¿No creéis que vuestra biblioteca

---

[8] La autora hace referencia a *Historia de dos ciudades,* de Charles Dickens. *[N. de la T.]*

podría ayudar a marcar la diferencia? Mirad a Dewey. Todas
las bibliotecas del Estado conocen a Dewey Lee Más Libros.
Ha aparecido en la portada de la revista de las bibliotecas de
Iowa dos veces. Recibe cartas de admiradores de Inglaterra
y de Bélgica. Le han dedicado un artículo en la revista de las
bibliotecas del Estado... de Illinois. Cada semana recibo llamadas de bibliotecarios que se preguntan cómo pueden convencer a su consejo rector para que les permita tener un gato. ¿Os parece irrelevante todo esto?

—¿Piensas que todos tendríamos que tener gatos?

—No. Pero deberíais creer en vosotros mismos.

Y así lo hicieron. Dos años después, la Small Library
Association era una de las asociaciones más activas y res-
petadas del Estado.

Pero el logro más importante de Dewey no llegó como
consecuencia de mis esfuerzos, sino por correo. Una tarde,
la biblioteca recibió un paquete con veinte ejemplares del número de junio-julio de 1990 de *Country,* una revista de difu-
sión nacional con más de cinco millones de ejemplares en cir-
culación. No era extraño recibir revistas de editores que
esperaban captar la suscripción de la biblioteca, pero ¿veinte
ejemplares? Yo no había leído nunca *Country Magazine,* ni
había hablado nunca con nadie de *Country Magazine,* pero
me gustó el eslogan de su cabecera: «Para aquellos que viven
o añoran el campo». Decidí hojearla. Y allí, en la página cincuenta y siete, había un artículo de dos páginas a todo color
sobre Dewey Lee Más Libros, el gato de la Biblioteca Pública de Spencer, complementado con fotografías que había en-
viado una señora de la ciudad a quien yo ni siquiera conocía,
pero cuya hija frecuentaba la biblioteca. Era evidente que al
llegar a casa le contaba cosas sobre Dewey.

No era más que un pequeño artículo, pero su impacto fue extraordinario. Durante años, los visitantes conti-

nuaron explicándome que había sido su inspiración. Los periodistas que me llamaban solicitando información para redactar otros artículos sobre Dewey solían citármelo. Y más que eso, transcurrida una década, abrí un día el correo y me encontré con una copia del artículo perfectamente conservada, arrancada con cuidado de la revista. La mujer que me escribía quería que yo supiese lo mucho que la historia de Dewey había significado para ella.

En Spencer, la gente que se había olvidado de Dewey, o que nunca había mostrado interés por él, tomó debida nota. Incluso la camarilla del Sister's Café se mostró animada. Lo peor de la crisis de las granjas había pasado y nuestros líderes buscaban la manera de atraer nuevos negocios. Dewey tenía el tipo de proyección a nivel nacional que ellos soñaban y, naturalmente, esa energía y excitación agitaban a toda la ciudad. Está claro que nadie ha instalado aquí una fábrica a causa del gato, pero tampoco nadie ha instalado nunca una fábrica en una ciudad de la que jamás haya oído hablar. Una vez más, Dewey estaba jugando su papel, aunque esta vez no sólo en Spencer, sino también en un universo más grande, más allá de los maizales de Iowa.

Pero el mayor cambio fue el relacionado con el orgullo. Los amigos de Dewey estaban orgullosos de él, y todo el mundo se sentía orgulloso de tenerlo en la ciudad. Un hombre que había vuelto a Spencer con motivo de la reunión del veinte aniversario de su promoción en el instituto, pasó por la biblioteca para hojear los periódicos de aquel año. Dewey, naturalmente, se lo ganó de inmediato. Pero en cuanto oyó hablar de los amigos de Dewey y vio los artículos que se habían escrito sobre él, se quedó verdaderamente impresionado. Nos escribió luego para darnos las gracias y para explicarnos que en Nueva York no paraba de hablar sobre su maravillosa ciudad natal y su querido gato de biblioteca.

Y no era el único. Cada semana teníamos a tres o cuatro personas que aparecían por la biblioteca con la única intención de saludar a Dewey.

—Estamos aquí para ver al famoso gato —explicó un día un anciano, acercándose al mostrador.

—Está durmiendo en la parte trasera. Iré a buscarlo.

—Gracias —dijo, haciendo un gesto en dirección a una mujer más joven que iba acompañada por una niña rubia que se escondía detrás de su pierna—. Quería que mi nieta Lydia lo conociera. Viene desde Kentucky.

Cuando Lydia vio a Dewey, sonrió y levantó la vista hacia su abuelo, como queriéndole pedir permiso.

—Adelante, cariño. Dewey no te morderá. —La niña extendió el bracito con desconfianza en dirección al gato; dos minutos más tarde, estaba completamente estirada en el suelo, acariciándolo.

—¿Lo ves? —le indicó el abuelo a la madre de la niña—. Ya te dije que el viaje merecía la pena. —Supuse que debía de referirse a Dewey o a la biblioteca, pero sospeché que había también algo más.

Más tarde, mientras la madre acariciaba a Dewey junto con su hija, el abuelo se me acercó y me dijo:

—Muchas gracias por haber adoptado a Dewey. —Era como si quisiera decir alguna cosa más, pero creo que ambos entendimos que ya había dicho suficiente. Treinta minutos después, cuando se iban, oí a la joven decirle al anciano:

—Tenías razón, papá. Ha sido estupendo. Ojalá hubiésemos venido antes.

—No te preocupes, mamá —declaró la pequeña—. Vendremos a verlo también el año que viene.

Orgullo. Confianza. La garantía de que este gato, esta biblioteca, esta experiencia, quizá incluso esta ciudad, eran algo realmente especial. Dewey no estaba más guapo ni era más simpático después del artículo publicado en *Country*; de hecho, la fama nunca lo cambió. Lo único que Dewey quería era un lugar cálido donde echar sus siestas, una lata de comida fresca y el amor y la atención de todo aquel que ponía el pie en la Biblioteca Pública de Spencer. Pero, por otro lado, Dewey *había cambiado* porque la gente lo miraba ahora de otra manera.

¿La prueba de ello? Antes del artículo de *Country* nadie había asumido la culpa de haber dejado al pobre Dewey en el buzón. Todo el mundo conocía la historia pero nadie confesaba su acción. Después de que Dewey llegara a los medios de comunicación, once personas distintas se me acercaron confidencialmente y me juraron por la tumba de su madre (o por la vida de su madre, si todavía no había muerto) haber lanzado a Dewey por la ranura. No se culpabilizaban, sino que se atribuían el mérito.

—Siempre supe que acabaría bien —decían.

¡Once personas! ¿A que cuesta creerlo? Aquello debió de ser una fiesta salvaje destinada a salvar gatos callejeros.

LA RUTINA DIARIA

Desarrollada por Dewey Lee Más Libros después de su lamentable travesura fuera de la Biblioteca Pública de Spencer y seguida durante el resto de su vida.

7.30. Llega mamá. Pedir comida, pero sin mostrar mucha impaciencia. Mirar todo lo que ella hace. Seguir sus pasos. Hacerla sentirse especial.

8.00. Llega el personal. Dedicar una hora a saludar a todo el mundo. Averiguar quién tiene una mala mañana y concederle el honor de acariciarme todo el tiempo que quiera. O hasta...

8.58. Hora de prepararse. Tomar posiciones junto a la puerta principal, preparado para recibir al primer cliente del día. Tiene además el beneficio añadido de alertar a las empleadas distraídas de la hora que es. Odio cuando abren con retraso.

9.00-10.30. Se abren las puertas. Recibir a los clientes. Seguir a los más agradables, ignorar a los tontos, pero darles a todos la oportunidad de iluminar su jornada prestándome atención. Acariciarme es un regalo a los clientes por su visita a la biblioteca.

10.30. Encontrar un regazo para echar la siesta. Los regazos son para echar la siesta. Jugar en los regazos es de gatos pequeños.

11.30-11.45. Relajación. Entre los libros de noficción para adultos, boca arriba, las patas cruzadas delante del cuerpo. Los humanos lo llaman la «postura del Buda». Yo lo llamo «el León». *Hakuna Matata*. No, no sé qué quiere decir, pero los niños no paran de hablar de él.

11.45-12.15. Tumbarse. Cuando lo de mantener la cabeza levantada empieza a cansarme, asumo la «postura de tumbado»: la espalda completamente pegada al suelo, las patas estiradas en las cuatro direcciones. Las caricias están garantizadas. Pero no me duermo. Si te duermes, eres vulnerable a recibir un posible golpe de lucha libre en el estómago. Odio el golpe de lucha libre en el estómago.

12.15-12.30. Comida en la sala de empleados. ¿Alguien ha traído yogur? ¿No? Entonces no importa.

12.30-13.00. ¡Paseo en carrito! Cuando las empleadas de la tarde guardan los libros en las estanterías, saltar al carrito y dar una vuelta por la biblioteca. No sabes lo relajante que es eso de dejarse ir y dejar las patas colgando entre las barras metálicas.

13.00-15.55. Tiempo libre por la tarde. Ver cómo va el día. Una excursión hasta las lámparas para echar otra siesta. Saludar a la clientela de la tarde. Pasar diez minutos con mamá. Se recomienda un buen lametón de pelo, aunque no es obligatorio. Y no olvidarse de encontrar una buena caja donde echar la siesta. ¡Si es posible, no olvidarse de esto!

15.55. Cena. Siguen pensando que la hora de la cena es a las cuatro de la tarde. Si me quedo el tiempo suficiente allí sentado, al final aprenderán.

16.55. Mamá se va. Saltar a su alrededor para que se acuerde de que quiero jugar. Un salto desde una estantería, complementado con alguna acrobacia, siempre funciona.

17.30. Juego. Mamá lo llama la «pista de Buda». Yo lo llamo «juego de pelota», porque no hay nada mejor que perseguir a esa pelota por esa pista. Exceptuando mi madeja de lana roja. Adoro mi madeja de lana roja. ¿Quiere alguien jugar a balancearla delante de mí?

20.55. El último turno se va. Repetir la rutina de las 16.55, pero no esperar los mismos resultados a menos que a Joy le toque el turno de noche. Joy siempre encuentra tiempo para arrugar un papel y lanzármelo al otro lado de la biblioteca. Correr detrás del papel lo más rápido posible, pero una vez lo alcances, ignorarlo siempre.

21.00-7.30. ¡Mi tiempo! No os importa en absoluto, fisgones.

Capítulo 17
DEWEY
EN EL MUNDO MODERNO

 o soy una ingenua. Sé que no todo el mundo en Spencer aceptaba a Dewey. Como el caso de aquella mujer que seguía escribiendo cartas con regularidad amenazando con traer a su vaca a la ciudad si no se ponía fin a la injusticia y el horror de tener un gato viviendo en un edificio público. Ella era la que más se hacía oír, pero no era la única persona que no comprendía el fenómeno Dewey.

—¿Qué tiene este gato de especial? —se preguntaban algunos mientras tomaban una taza de café en el Sister's Café—. No sale de la biblioteca para nada. Duerme un montón. No *hace* nada.

Con lo que daban a entender que Dewey no creaba puestos de trabajo. Dewey aparecía regularmente en revistas, periódicos y en la radio, pero no mejoraba nuestros parques municipales. Tampoco asfaltaba carreteras. Ni se pateaba la calle en busca de nuevas oportunidades de negocio. Lo peor de la crisis de las granjas había pasado, la moral iba en ascenso; había llegado el momento de que Spencer extendiera sus alas y atrajese a nuevos empleados a nuestra valiente ciudad del Medio Oeste bastante alejada de las carreteras principales.

La comisión para el desarrollo económico de Spencer se apuntó su primer gran triunfo en 1992, cuando Montfort, una importante empresa del sector de la industria cárnica con sede en Colorado, decidió alquilar el matadero situado al norte de la ciudad. En 1952, cuando empresarios de la ciudad empezaron a explotar aquella propiedad, la planta era el orgullo de Spencer. Estaba en manos de empresarios locales, dirigida a nivel local y empleaba a trabajadores locales pagándoles muy buenos salarios. En 1974, el sueldo era de quince dólares la hora, el trabajo mejor pagado de la ciudad. Los camiones hacían colas de más de un kilómetro a la espera de ser cargados. La empresa procesaba diversos productos bajo la marca Spencer Foods. Esa marca era nuestro motivo de orgullo, sobre todo cuando ibas a Sioux Falls o a Des Moines y veías el nombre de Spencer en los mejores establecimientos de alimentación.

En 1968 las ventas empezaron a caer. El proceso de conglomerados cárnicos se había trasladado a ciudades próximas con plantas más efectivas y mano de obra más barata. Los propietarios intentaron introducir una nueva marca para los productos y modernizar la planta, pero nada funcionó. A principios de la década de 1970, la Spencer Packing Company fue vendida a un competidor con infraestructura de ámbito nacional. Y cuando los trabajadores se negaron a aceptar sueldos fuera de convenio a cinco dólares y medio la hora, la empresa cerró la planta y trasladó su trabajo a Skylar, Nebraska. Land O'Lakes, el fabricante de la famosa margarina, fue el siguiente en instalarse aquí, pero la recesión de mediados de los ochenta obligó también a su cierre. La empresa carecía de vínculos con la comunidad y no tenía motivos económicos para permanecer aquí.

Diez años más tarde, Montfort negoció un alquiler con el propietario ausente de la planta. Sólo necesitaban dividir nuevamente por zonas el edificio para poder ampliarlo y mejorarlo. El país estaba lleno de pequeñas ciudades ansiosas por obtener puestos de trabajo, pero Montfort ofrecía para los puestos que en 1974 se pagaban a quince dólares la hora un sueldo de cinco dólares prácticamente sin beneficios adicionales. Era un trabajo de matadero, un trabajo física y psicológicamente abrumador, eso sin mencionar el olor, el ruido, la suciedad y la contaminación. La gente local no quería ese trabajo, y duraron poco allí. Acabaron ocupando los puestos emigrantes hispanos en su mayoría. Las ciudades próximas a Spencer que tenían mataderos, como Storm Lake, ya tenían un 25 por ciento o más de la población de origen hispano.

Pero aun así, Montfort había pasado como una apisonadora por docenas de ciudades y ni siquiera se había molestado en abordar nuestras preocupaciones ni en ofrecer concesiones. Los líderes de la ciudad estaban a favor de la planta, ¿por qué preocuparse entonces por los ciudadanos? El consejo municipal ofreció el habitual foro público sobre los cambios de zonas propuestos. La reunión solía desarrollarse en una pequeña sala de las dependencias del ayuntamiento delante de cinco personas. La demanda fue tan grande en aquella ocasión que el debate se celebró en la sala de mayor aforo de la ciudad, el gimnasio del instituto. Aquella noche se presentaron tres mil personas, más del 25 por ciento de la población de la ciudad. La verdad es que no podía considerarse un debate.

—Los mataderos son sucios. ¿Qué piensan hacer con los desperdicios?

—Los mataderos son ruidosos. Esa fábrica está sólo a un kilómetro y medio de la ciudad.

—Y eso sin contar con los olores.

—¿Y los camiones de cerdos? ¿Desfilarán por Grand Avenue? ¿Ha pensado alguien en el tráfico?

—Queremos puestos de trabajo locales. ¿De qué modo van a beneficiar a la ciudad estos puestos?

Aparte del consejo para el desarrollo económico y el consejo municipal, sólo había un centenar de personas en el gimnasio apoyando el matadero. Al día siguiente, la propuesta de cambio de zonas perdió la votación.

Hubo quien dijo —los que apoyaban a Montfort en los consejos para el desarrollo económico y los consejos municipales de las ciudades vecinas— que los resultados de la votación tenían motivaciones racistas.

—La nívea Spencer —decían en tono burlón— no quiere llenarse de mexicanos.

No creo que fuera eso. Spencer no es una ciudad racista. En los años setenta, por ejemplo, recibimos un centenar de familias de refugiados procedentes de Laos. Cierto es que al ver los cambios que habían sufrido ciudades como Storm Lake y Worthington no nos gustaba lo que veíamos, pero el problema eran los mataderos en sí mismos, no los trabajadores. Spencer se unió aquel día no en contra de los emigrantes, sino en contra de la contaminación, el tráfico y el desastre medioambiental. No estábamos dispuestos a vender nuestra forma de vida a cambio de doscientos puestos de trabajo que podían contarse entre los peores del país. De haberlo hecho, habría significado que no habíamos aprendido nada de Land O'Lakes, que abandonó aquel edificio cuando más lo necesitábamos. Tal vez, como algunos sugirieron, estábamos dándole la espalda al progreso económico por conservar el tipo de ciudad —una ciudad basada en comercios locales, granjas y pequeñas fábricas— que no puede sobrevivir en la Norteamérica moderna. Lo único que yo sé es que Spencer sería una ciudad distinta si lo primero que se viera (y oliera y escuchara) al llegar a ella desde el norte fuera un matadero, y pienso que estamos mejor sin él.

Spencer no es una ciudad antiempresarial. En cuestión de un año, el antiguo matadero quedó convertido en una planta de almacenaje de productos refrigerados. El almacenaje no supuso tantos puestos de trabajo, pero los sueldos eran mejores y ni contaminaba, ni hacía ruido, ni empeoraba el tráfico. Apenas te dabas cuenta de que estaba allí.

Dos años después, en 1994, Spencer recibió con los brazos abiertos lo que muchos consideran el mayor y peor conglomerado de empresas posible: Wal-Mart. Los comerciantes de la ciudad se oponían a Wal-Mart, sobre todo a unos grandes almacenes Wal-Mart, de modo que solicitaron los servicios de un consultor para que los asesorara. Al fin y al cabo, los pequeños negocios eran el alma de la ciudad. ¿Por qué deberían entregar todo lo que habían invertido y sucumbir ante un competidor de ámbito nacional?

—Wal-Mart será lo mejor que pueda pasarles a los negocios de Spencer —les informó el consultor—. Si intentan competir con él, perderán. Pero si encuentran un campo al que Wal-Mart no llegue, por ejemplo, si proporcionan productos especializados, o servicios personalizados, saldrán ganando. ¿Por qué? Porque Wal-Mart atraerá más clientes a la ciudad. Así de sencillo.

El consultor tenía razón. Hubo perdedores, el más evidente Shopko, que cerró y abandonó la ciudad, pero los negocios de los pequeños comerciantes han mejorado notablemente desde la llegada de Wal-Mart, que logró lo que décadas atrás había conseguido el ferrocarril: convirtió Spencer en un destino regional.

También, 1994 fue el año en que la Biblioteca Pública de Spencer entró en la era moderna. Se acabó el anticuado sistema de gestión de libros, con sus fichas, sus sellos, sus cajones clasificados, sus bandejas de salida, sus papeletas de último aviso, sus complejos sistemas de archivo y, por supuesto, sus docenas y docenas de cajas. Y llegó un sistema completamente automatizado complementado con… ocho ordenadores. Las bandejas para las fichas, donde Dewey solía sestear por las tardes, fueron sustituidas por un ordenador exclusivo para préstamos. La máquina de escribir de Kim, que tanto le gustaba a Dewey cuando era pequeñito, se quedó en silencio e inmóvil para siempre. Celebramos una fiesta, cogimos todos los archivadores, arrojamos al suelo los miles de fichas y pusimos en funcionamiento el único ordenador de acceso público que las sustituiría a todas ellas. Los tres armarios de fichas, con sus centenares de minúsculos cajones, fueron vendidos en subasta. Compré uno de ellos para tenerlo en casa. Lo conservo en el sótano junto con un pupitre de tapa móvil de los años cincuenta procedente de la escuela de Moneta. En el armario de fichas guardo todo mi material de manualidades, mientras que en el pupitre guardo, perfectamente conservados después de treinta años, todos los documentos y trabajos de Jodi de su época en la escuela elemental.

Después del avance tecnológico de 1994, la gente empezó a utilizar la biblioteca de otra manera. Antes de la llegada de los ordenadores, cuando un estudiante tenía que realizar un trabajo sobre los monos, por ejemplo, buscaba todos los libros que tuviésemos sobre monos. Lo que hace ahora es llevar a cabo una investigación previa a través del ordenador y mirar un solo libro. Las visitas de clientes a la biblioteca aumentaron entre 1994 y 2006, pero sólo se llevaron una tercera parte de los libros que antes se llevaban. En 1987, cuando Dewey llegó, era normal que el buzón estuviese siempre rebosante de libros. Pero ahora llevamos una década sin que la caja se llene. Nuestros productos más populares para llevar a casa son las películas clásicas en formato DVD —las tiendas de vídeo de la ciudad no las tienen—

y los videojuegos. Tenemos diecinueve ordenadores para uso público, dieciséis de ellos con acceso a Internet. Aun siendo pequeños, tenemos la décima parte de todos los ordenadores destinados al público de la red de bibliotecas del Estado de Iowa.

Antes, el trabajo de un bibliotecario solía consistir en archivar y responder a preguntas sobre referencias. Ahora consiste en entender de ordenadores e introducir datos. Para realizar un seguimiento del funcionamiento de la biblioteca, la empleada que estaba en el mostrador de préstamos solía hacer una marca en un papel cada vez que un cliente entraba en la biblioteca. Ya pueden imaginarse lo preciso que podía llegar a ser ese sistema, sobre todo cuando la biblioteca estaba llena y la empleada estaba ocupada respondiendo a preguntas sobre referencias. Ahora disponemos de un contador electrónico que registra a todas las personas que entran por la puerta. El sistema de salida nos dice exactamente cuántos libros, juegos y películas entran y salen, y realiza incluso el seguimiento de los productos más populares y de los que llevan años sin que nadie les haga caso.

Pero, pese a todo esto, la Biblioteca Pública de Spencer sigue siendo básicamente la misma. La moqueta es distinta. La ventana trasera, la que daba al callejón, se ha cerrado y su espacio se ha cubierto con estanterías. Hay menos madera, menos cajones y más electrónica. Pero sigue habiendo grupos de niños riendo y prestando atención a los cuentos. Estudiantes del instituto que vienen a pasar el rato. Gente mayor que lee el periódico señalando las líneas con el dedo. Hombres de negocios leyendo periódicos. La biblioteca no ha sido nunca una silenciosa catedral del conocimiento al estilo de las Carnegie, pero sigue siendo un lugar relajado y relajante.

Y cuando entras en la biblioteca, aún ves los libros: estantería tras estantería e hilera tras hilera de libros. Las portadas puede que sean más coloridas, el grafismo más expresivo y las letras menos curvilíneas pero, en general, los libros son muy similares a como eran en 1982, 1962 o 1942. Y eso no cambiará. Los libros han sobrevivido a la televisión, a la radio, a las películas sonoras, a las circulares (las primeras revistas), a los diarios (los primeros periódicos), a las teleseries como *Punch and Judy* y a las representaciones de Shakespeare. Han sobrevivido a la Segunda Guerra Mundial, a la Guerra de los Cien Años, a la Peste Negra y a la caída del Imperio Romano. Incluso han sobrevivido al oscurantismo de la Edad Media, cuando prácticamente nadie podía leer y los libros tenían que ser copiados a mano. Internet tampoco acabará con ellos.

Ni tampoco con la biblioteca. Tal vez no seamos el silencioso depósito de libros de antaño, pero servimos a la comunidad mejor que nunca. Estamos conectados con el mundo más que nunca. Podemos pedir un libro a cualquier hora y en cualquier momento, hacemos búsquedas con sólo pulsar una tecla, nos comunicamos con otros bibliotecarios mediante un tablón de anuncios electrónico a través del cual nos intercambiamos consejos e información esencial para que las bibliotecas sean cada vez mejores y más eficientes, y accedemos a cientos de periódicos y revistas por menos de lo que costaban diez suscripciones hace tan sólo diez años. El número de personas que frecuentan la Biblioteca Pública de Spencer sigue en aumento. ¿Qué importancia tiene que vengan a mirar libros, a alquilar películas, a jugar con videojuegos o, simplemente, a ver un gato?

A Dewey todo eso le traía sin cuidado, naturalmente. Siempre se centraba en el aquí y ahora. Y la nueva biblioteca le encantaba. Había perdido unas cuantas cajas, era evidente, pero en una biblioteca que pide libros casi a diario siempre hay cajas. Tal vez los ordenadores parezcan fríos en comparación con el viejo sistema manual de madera, papel y tinta, pero para Dewey eran cálidos. En el sentido más literal. Le encantaba sentarse sobre las pantallas y disfrutar del calor que desprenden. Le hice una foto sentado encima de una pantalla que acabó convirtiéndose en la imagen de nuestras nuevas tarjetas de préstamo electrónicas. La empresa que hizo las tarjetas la encontró preciosa. Cada vez que acudía a una convención de bibliotecas, veía a Dewey en un cartel enorme decorando el *stand*.

Casi igual de estupendos, al menos desde el punto de vista de Dewey, eran los nuevos postes detectores colocados junto a la puerta de entrada, que pitaban si alguien intentaba salir sin registrar el material que tomaba prestado. El nuevo lugar favorito de Dewey era justo al lado del detector de la izquierda —igual que prefería el hombro izquierdo para el «transporte de Dewey». ¿Sería zurdo?—. Cada día pasaba la primera hora sentado junto a aquel poste, siempre puntual, exactamente a las nueve menos dos minutos. Con Dewey y los postes en la entrada, apenas había espacio para que los clientes pudieran pasar. Antes resultaba difícil ignorar al gato cuando se colocaba en la entrada para saludar, pero ahora, con los detectores, era casi imposible.

REGLAS BÁSICAS PARA GATOS
QUE TIENEN QUE DIRIGIR UNA BIBLIOTECA

Según Dewey Lee Más Libros.
Publicadas por vez primera en el boletín informativo de la Sociedad de Gatos de Biblioteca y reeditadas desde entonces en diversos lugares del mundo.

1. EMPLEADOS: Si te sientes especialmente solo y quieres recibir más atención de los empleados, sién-

tate sobre los documentos, proyecto u ordenador en el que estén trabajando en ese momento… pero siéntate dándole la espalda a la persona y con una actitud distante, para no dar la sensación de estar muy necesitado. Asegúrate, además, y para conseguir el máximo efecto, de ir frotándote continuamente contra la pierna izquierda de aquel empleado que vaya vestido de marrón oscuro, azul o negro.

2. CLIENTES: Independientemente del tiempo que el cliente tenga pensado permanecer en la biblioteca, instálate sobre su maletín o mochila de libros para echar un sueñecito hasta que te echen de allí porque tienen que irse.

3. ESCALERAS DE MANO: No desperdicies nunca una oportunidad de subir por las escaleras. No importa qué humano esté en la escalera. Lo único que importa es que llegues arriba y te quedes allí.

4. HORA DE CIERRE: Espera a que falten diez minutos para la hora de cierre para despertarte de tu siesta. Cuando los empleados estén a punto de apagar las luces y cerrar la puerta, haz todas las monerías posibles para conseguir que se queden más rato a jugar contigo. Aunque no siempre suele funcionar, a veces no pueden resistirse a jugar un ratito contigo al escondite.

5. CAJAS: Tus humanos tienen que entender que todas las cajas que entran en la biblioteca son tuyas. No importa lo grandes o pequeñas que sean o lo llenas que estén, ¡son tuyas! Si no consigues meter todo el cuerpo en una caja, utiliza aquella parte que sí quepa para convertirla en tu propiedad y echar una siesta. Yo he utilizado una pata o dos, la cabe-

za y a veces incluso sólo la cola, y todo funciona igual de bien para disfrutar de un sueño reparador.

6. REUNIONES: No importa el grupo, la hora, o el tema a tratar, si hay una reunión programada en la sala de reuniones, tiene la obligación de asistir. Si te dejan fuera cerrando la puerta, maúlla lastimeramente hasta que te dejen entrar o hasta que alguien abra la puerta para ir al baño o salir a beber agua. Una vez hayas conseguido entrar, recorre la sala y saluda adecuadamente a todos los asistentes. Si hay una película o pasan diapositivas, salta a la mesa que esté más cercana a la pantalla, instálate allí y mira la película hasta que termine. Cuando salgan los títulos de crédito, finge que estás de lo más aburrido y abandona la reunión antes de que finalice.

Y la regla de oro del gato de biblioteca, aplicable en cualquier momento:

¡Nunca olvides, ni permitas que los humanos olviden, que ese tugurio es tuyo!

Capítulo 18

UN GATITO
ENTRE LIBROS

L os ordenadores no fueron el único cambio en la vida de nuestro gato. Crystal, la amiga de Dewey de la clase de educación especial, acabó sus clases e inició una vida que me cuesta imaginarme, pero rezo para que sea feliz. La pequeña que tenía miedo a Dewey superó su miedo a los gatos. Seguía acercándose al mostrador de vez en cuando para pedirnos que encerráramos a Dewey, pero ahora lo decía con una sonrisa. Como a cualquier niña de diez años, le gustaba que los adultos hicieran lo que ella pedía. Los demás niños de su edad, aquellos con quienes Dewey pasaba la hora del cuento aquel primer año, también empezaban a hacerse mayores. Los niños de secundaria que jugaban a tirarle lápices también se habían ido. Dewey llevaba seis años en la biblioteca y era inevitable que muchos de los niños que había conocido se marcharan o siguieran con su vida.

Jean Hollis Clark, mi secretaria, dejó la biblioteca para ir a trabajar a otra parte. Fue sustituida por Kay Larson, a quien yo conocía desde hacía años. Kay era tranquila y práctica, la típica mujer fuerte de las granjas de Iowa. Era ingeniera química y había trabajado en plataformas petrolíferas en el Golfo antes de casarse con un granjero y volver a Iowa. En la zona no había trabajo para ingenieros, de modo que estuvo un tiempo trabajando en el matadero antes de aterrizar en un puesto en la minúscula biblioteca de Petersen, a cincuenta kilómetros al sur de Spencer. Tal vez estaría mejor que dijera «el» puesto, pues la biblioteca de Petersen estaba regentada por una sola persona.

Contraté a Kay porque sabía mucho de ordenadores y necesitábamos a alguien capaz de ponernos al día en lo que a la nueva tecnología se refiere. Sabía también que le gustaban los gatos. De hecho, tenía veinte gatos en su granero y dos en casa.

—El típico gato macho —decía con el pragmatismo característico de Iowa siempre que Dewey adoptaba alguna postura desafiante o se negaba a dar uno de sus abrazos a algún cliente. Consideraba a Dewey inteligente y bonito, pero tampoco nada especial.

Pero a Dewey nunca le faltaron amigos. Tony, nuestro pintor, rascaba a «Dewkster» siempre que venía a ver a su esposa Sharon, que estaba esperando su tercer hijo. Era un embarazo inesperado, pero los dos estaban muy felices. Sharon llamó desde el hospital el día del nacimiento.

—Emmy tiene síndrome de Down —informó.

En ningún momento había sospechado que algo pudiese ir mal, y la noticia fue una conmoción. Sharon estuvo unos meses de baja y cuando volvió a la biblioteca estaba completamente enamorada de Emmy. Hay cosas que están más allá de la comprensión o la influencia de un gato.

Y eso volví a verlo con Doris Armstrong, la vieja amiga de Dewey. Doris seguía viniendo con regalitos y sorpresas para Dewey, y le encantaba balancearle su querida madeja roja de Navidad para que saltara feliz. Era tan sociable y tan encantadora como siempre, pero poco después de que termináramos con la remodelación de la biblioteca empezó a sufrir graves ataques de pánico. Luego empezaron a temblarle las manos, y al final, apenas si podía poner las fundas a los libros. Ya no acariciaba a Dewey con confianza, pero a él no le importaba. Cuanto más temblaba ella, más restregaba él su lomo contra su brazo y más rondaba por su mesa para darle compañía.

Entonces, una mañana, Dewey entró en mi despacho gimoteando. Eso era raro, pero hizo señas de querer conducirme hacia su recipiente de la comida, por lo que pensé que quería comer algo más. Pero encontré a Doris tendida en el suelo de la sala de empleados. Sufría un ataque de vértigo tan impresionante que no podía ni levantarse. Pasó unos días sin apenas poder comer de lo mareada que se sentía. La siguiente ocasión en que me la encontré en el suelo, no sólo tenía vértigo, sino que además estaba segura de estar sufriendo un infarto. Unos meses después, Doris encontró un gatito negro. Vino con el animalito a la biblioteca y, con manos temblorosas, me lo dio para que lo cogiera en brazos. El corazón del gatito iba acelerado, sus pulmones apenas podían coger aire. Estaba débil, asustado y enfermo.

—¿Qué hago? —me preguntó. Yo no sabía qué decirle.

Al día siguiente, Doris llegó a la biblioteca llorando. Se había llevado al gatito a casa y había muerto durante la noche. A veces, un gato es algo más que un animal, y hay ocasiones en que la pérdida que más te duele no es precisamente la más obvia. Dewey pasó el día sentado junto a Doris, y ella incluso consiguió posar las manos sobre él y acariciarlo, pero su presencia no la consolaba. Poco después, Doris Armstrong se jubiló y se trasladó a vivir con su familia en Minnesota.

Pero, a pesar de los cambios, la vida de Dewey siguió siendo esencialmente la misma. Los niños se hicieron mayores, pero siempre había más niños que cumplían cuatro años. El personal fue cambiando e, incluso con nuestro escaso presupuesto, conseguimos realizar nuevas contrataciones. Dewey tal vez no consiguiera nunca tener otra amiga como Crystal, pero cada semana seguía recibiendo en la puerta a los niños de educación especial. Desarrolló incluso relaciones con clientes como Mark Carey, propietario de la tienda de electrodomésticos de la esquina. Dewey sabía que Mark no era amante de los gatos, pero empezó a coger la maliciosa afición de saltar sobre la mesa y darle unos sustos de muerte. Mark le cogió el gusto a darle una patada a Dewey siempre que lo encontraba dormitando en una silla, aunque no hubiese nadie más en la biblioteca.

Una mañana vi a un hombre de negocios, todo trajeado, sentado en una mesa leyendo *The Wall Street Journal*. Era como si hubiese entrado para matar el tiempo antes de acudir a una reunión, de modo que lo último que esperaba aquel hombre era ver una esponjosa cola anaranjada asomando a su lado. Miré con atención y me di cuenta de que Dewey acababa de instalarse sobre una hoja de su periódico. Dios. Un hombre de negocios. Un hombre de negocios ocupado a punto de acudir a una reunión. «Oh, Dewey», pensé, «estás forzando demasiado la situación». Entonces me di cuenta de que el hombre sujetaba el periódico con la mano derecha y acariciaba a Dewey con la izquierda. Uno ronroneaba y el otro sonreía. Ahí fue cuando fui consciente de que Dewey y la ciudad habían entrado en una zona de bienestar, que el esquema general de nuestras vidas estaba fijado, al menos por unos años.

Tal vez por eso no me sorprendí la mañana que llegué a la biblioteca y lo encontré deambulando sin parar de un lado a otro. Dewey nunca se mostraba tan agitado, ni mi presencia lo calmaba. Cuando abrí la puerta, dio unos cuantos pasos y se detuvo, esperando que lo siguiera.

—¿Quieres ir al baño, Dewey? Sabes que no tienes por qué esperarme.

No era el baño, y tampoco tenía ningún interés en desayunar. Siguió deambulando de un lado a otro, exigiendo mi presencia con gemidos. Dewey nunca gemía a menos que sintiese algún tipo de dolor, pero lo conocía bien. No le dolía nada.

Intenté ponerle más comida. Nada. Miré a ver si tenía alguna porquería pegada al pelo. Eso lo volvía loco. Le toqué el morrito para ver si tenía fiebre y miré los oídos por si fuera alguna infección. Nada.

—Hagamos la ronda, Dewey.

Como todos los felinos, Dewey tenía bolas de pelo. Siempre que sucedía, nuestro gato, tan fanáticamente limpio, estaba atormentado. Pero nunca se comportaba de un modo tan raro, de modo que me preparé para encontrarme con la madre de todas las bolas de pelo. Repasé las hileras de novelas y de libros de no-ficción, miré en todos los rincones. Pero no encontré nada.

Dewey me esperaba en la biblioteca infantil. El pobre gato estaba hecho un lío. Pero tampoco encontramos nada allí.

—Lo siento, Dewey. No sé qué intentas decirme.

Cuando llegaron las empleadas, les dije que vigilaran a Dewey. Yo estaba tremendamente ocupada y no podía pasarme toda la mañana jugando a las adivinanzas con el gato. Si Dewey seguía comportándose de aquella manera durante las horas siguientes, lo llevaría a la consulta del doctor Esterly. Sabía que le encantaría.

Dos minutos después de que la biblioteca abriese, Jackie Shugars entró corriendo en mi despacho.

—No vas a creértelo, Vicki, pero Dewey acaba de hacerse pipí sobre las fichas.

Me levanté de un salto.

—¡No puede ser!

La automatización de la biblioteca no estaba aún completada. Cuando se retiraba un libro en préstamo, seguíamos poniendo el sello a dos fichas. Una iba dentro del libro que el cliente se llevaba a casa, la otra quedaba archivada en una gran bandeja, junto a muchas fichas más. Cuando el cliente devolvía el libro, retirábamos esa ficha y devolvíamos el libro a la estantería. De hecho, había dos bandejas, una a cada lado del mostrador de entrada. Seguro que Dewey se había hecho pipí en la esquina frontal derecha de una de ellas.

No estaba enfadada con Dewey, sino preocupada por él. Llevaba años en la biblioteca y nunca se había portado mal. Aquello estaba completamente fuera del guión. Pero no tuve mucho tiempo para estudiar detenidamente la situación pues uno de nuestros clientes habituales llegó en aquel momento y me susurró al oído:

—Es mejor que bajes, Vicki. En la biblioteca infantil hay un murciélago.

Y tanto que había un murciélago, colgado por los talones de una viga del techo. Y también estaba allí Dewey, pegado a *mis* talones.

He intentado decírtelo. He intentado decírtelo. Y ahora mira qué has hecho. Has permitido que un cliente lo encontrara. Podríamos habernos ocupado del tema antes de que llegara nadie. Ahora hay niños en la biblioteca. Y yo que pensaba que tú los protegías.

¿Han recibido ustedes algún sermón por parte de un gato? No es una experiencia agradable. Sobre todo si tiene razón. Y muy especialmente cuando hay un murciélago de por medio. Odio a los murciélagos. No soportaba la idea de tener uno en la biblioteca, y me costaba imaginarme la sensación de estar toda la noche encerrado allí con esa cosa volando. Pobre Dewey.

—No te preocupes, Dewey. Los murciélagos duermen durante el día. No le hará daño a nadie.

Dewey no parecía muy convencido, pero ahora no podía distraerme con eso. No quería asustar a los clientes, sobre todo a los niños, de modo que llamé al bedel del ayuntamiento y le dije:

—Ven a la biblioteca enseguida. Y tráete una escalera.

Llegó y se encaramó a la escalera para echarle un vistazo.

—Es un murciélago, tienes razón.

—Shhh. No hables alto.

Bajó de la escalera.

—¿Tienes un aspirador?

Sentí un escalofrío.

—No utilices el aspirador.

—¿Y algún envase? Algo que tenga tapa.

Me quedé mirándolo. Aquello era asqueroso.

Alguien dijo entonces:

—Tenemos una taza de café vacía. Tiene tapa.

El mal trago terminó en cuestión de segundos. Gracias a Dios. A continuación, me tocaba solucionar el lío que había montado Dewey con las fichas.

—Es culpa mía —le dije a Jackie, que seguía en el mostrador de préstamos.

—Lo sé. —Jackie tiene un sentido del humor muy curioso.

—Dewey simplemente trataba de alertarnos. Lo limpiaré.

—Supuse que lo harías.

Retiré veinte fichas. Debajo había un montón de excrementos de murciélago. Dewey no sólo había intentado llamar mi atención, sino que además había utilizado sus glándulas olfativas para camuflar el hedor del intruso.

—Dewey, debes de tenerme por una estúpida.

A la mañana siguiente, Dewey inició lo que denominé su «fase centinela». Cada mañana olisqueaba tres rejillas de la calefacción: la de mi despacho, la que había junto a la puerta de entrada y la de la biblioteca infantil. Volvía a olisquearlas después de comer. Sabía que aquellas rejillas iban a parar a alguna parte y que, por lo tanto, eran puntos de acceso. Había asumido la responsabilidad de utilizar su potente olfato para protegernos, para ser nuestro proverbial canario en la mina de carbón. Su actitud podía resumirse como: *Si no podéis ni daros cuenta de que hay un murciélago en la biblioteca, ¿cómo vais a ser capaces de cuidar de toda esta gente?*

Supongo que tener un gato vigilante podría ser divertido. ¿Qué le preocupaba a Dewey? ¿Un atentado terrorista contra la Biblioteca Pública de Spencer? Tal vez piensen que soy una sentimental, pero lo encontré cautivador. Hubo un momento de su vida en el que Dewey no se sintió satisfecho hasta que amplió su mundo a la calle que había delante de la biblioteca. Ahora esa historia había recorrido el país entero y no quería nada más que acurrucarse en la biblioteca y proteger a sus amigos. Un gato así se hace querer, ¿verdad?

Y el mundo lo quería también, porque la fama de Dewey no hacía más que crecer. Aparecía en todas las revistas de gatos: *Cats, Cat Fancy, Cats & Kittens*. Si una revista tenía la palabra «gato» en su título, Dewey aparecía en ella. Apareció incluso en *Your Cat*, una destacada publicación de la prensa felina británica. Marti Attoun, un joven periodista *free lance*, se desplazó hasta Spencer con un fotógrafo. Su artículo apareció publicado en *American Profile* un fin de semana, como suplemento en más de mil periódicos. Después, en verano de 1996, un director de documentales de Boston apareció insólitamente en Spencer, Iowa, cámara en mano, dispuesto a que Dewey protagonizara su primera película.

Gary Roma estaba recorriendo el país, desde la Costa Este a Dakota del Norte, para crear un documental sobre gatos. Llegó esperando encontrar lo que solía filmar en otras bibliotecas: gatos corriendo a esconderse, muertos de miedo, detrás de las estanterías, alejándose, durmiendo, e incluso haciendo todo lo posible para evitar enfrentarse a la cámara. Dewey era exactamente todo lo contrario. No sobreactuó, sino que realizó sus actividades habituales y todo lo que se le pidió hacer. Gary llegó a primera hora de la mañana y sorprendió a Dewey esperándome en la puerta. Lo filmó sentado junto a los postes detectores saludando a los clientes, acostado en la «postura del Buda», jugando con sus juguetes favoritos, Marty Mouse y la madeja de lana roja, sentado en el hombro de un cliente y durmiendo en una caja.

—Es lo mejor que he filmado hasta ahora. Si no le importa, volveré después de comer —dijo Gary.

Después del almuerzo, me senté para ser entrevistada. Y realizadas unas cuantas preguntas de introducción, Gary me preguntó:

—¿Qué significa «Dewey»?

—Dewey es estupendo para la biblioteca. Alivia el estrés. Te hace sentirte como en casa. La gente lo quiere, especialmente los niños —le expliqué.

—Sí, pero ¿cuál es su significado más profundo?

—No existe un significado más profundo. A todo el mundo le gusta pasar el rato con Dewey. Nos hace felices. Es uno de nosotros. ¿Qué otra cosa puede haber más profunda que esto?

Siguió presionándome con lo del significado. La primera película de Gary se titulaba: *Lejos del suelo y lejos de la pared: un documental sobre el tope de la puerta*, y me lo imaginé presionando a todos sus interlocutores:

—¿Qué significa para usted el tope de la puerta?

—Impide que la puerta golpee la pared.

—Sí, pero ¿cuál es su significado más profundo?

—Puedo utilizarlo también para mantener la puerta abierta.

—Más profundo.

—Hummm, ¿para que la habitación se ventile?

Gary debió de conseguir el significado más profundo de los topes de las puertas porque una crítica menciona a lingüistas diseccionando la etimología del concepto y a filósofos reflexionando sobre un mundo sin puertas.

Unos seis meses después de la filmación, en verano de 1997, celebramos una fiesta para el estreno de *Un gatito entre libros*. La biblioteca estaba abarrotada. La película empezaba con un plano de lejos de Dewey sentado en el suelo de la biblioteca de Spencer, meneando lentamente la cola. A medida que la cámara activaba el zoom y lo seguía hasta debajo de una mesa, por algunas estanterías y luego, finalmente, en un paseo a bordo de su carro favorito, se oía mi voz en *off:* «Una mañana, llegamos al trabajo y cuando fuimos a abrir el buzón para sacar los libros que pudiera haber allí, nos encontramos a este diminuto gatito. Estaba enterrado entre toneladas de libros, el buzón estaba lleno hasta los topes. La gente venía y escuchaba la historia sobre cómo había llegado Dewey hasta nosotros, y decía: "Oh, pobrecito. Un día te dejaron caer en una caja de depósito". Y yo replicaba: "Pero el pobrecito cayó con buen pie. Aquél fue el día de mayor suerte en la vida de este chico, porque aquí es el rey, y lo sabe"».

Con estas últimas palabras, Dewey se quedaba mirando fijamente a la cámara y, la verdad, quedaba claro que yo tenía razón. Era el rey.

A aquellas alturas, ya estaba acostumbrada a recibir llamadas extrañas sobre Dewey. A la biblioteca llegaban un par de solicitudes de entrevistas por semana y los artículos sobre nuestro famoso gato aparecían en el buzón casi semanalmente. La fotografía oficial de Dewey, la que le había hecho Rick Krebsbach justo después de que Jodi se marchara de Spencer, había aparecido en revistas, boletines informativos, libros y periódicos desde Minneapolis, Minnesota, hasta Jerusalén, Israel. Había aparecido incluso en un calendario de gatos (Dewey era míster Enero). Pero incluso yo me sorprendí al recibir una llamada telefónica de la sucursal de Iowa de una compañía de comida para animales.

—Hemos estado siguiendo a Dewey —dijeron—, y estamos impresionados. —¿Y quién no lo estaría?—. Nos parece un gato extraordinario. Y es evidente que la gente lo quiere. —¡No me digas!—. Nos gustaría utilizarlo para una campaña publicitaria impresa. No podemos ofrecerle dinero, pero sí comida para toda la vida.

Tengo que admitir que me sentí tentada. Dewey era muy quisquilloso con la comida y nosotros éramos unos padres permisivos. Cada día tirábamos platos llenos de comida porque simplemente no le gustaba el olor, y donábamos cien latas al año de comida que no degustaba. Ya que la campaña *Dad de comer al gatito*, concebida para obtener dinero con la calderilla del cambio y las latas de refresco vacías, no cubría los costes, y yo había jurado no utilizar jamás ni un penique de la subvención municipal para el cuidado de Dewey, la mayor parte de aquel dinero salía de mi bolsillo. Estaba subvencionando personalmente la alimentación de una buena parte de los gatos de Spencer.

—Hablaré con la junta rectora de la biblioteca.

—Le mandaremos muestras.

Cuando se celebró la siguiente reunión de la junta, la decisión ya estaba tomada. No por mí, ni por la junta rectora, sino por el mismo Dewey. El señor Remilgado rechazó las muestras gratuitas.

¿Pretendes tomarme el pelo?, me dijo con una mueca de desdén. *No puedo asociarme con esta basura.*

—Lo siento —le dije al fabricante—. Dewey sólo come Fancy Feast.

Capítulo 19

EL PEOR
COMEDOR
DEL MUNDO

E l refinamiento de Dewey en cuestiones de comida no era sólo una cuestión de personalidad. Padecía una enfermedad. Es completamente cierto. En lo que al sistema digestivo se refiere, nuestro gato tenía un auténtico problema.

A Dewey nunca le había gustado que le acariciaran la barriga. Podías acariciarle el lomo, rascarle las orejas, incluso tirarle de la cola y meterle el dedo en el ojo, pero jamás acariciarle la barriga. No le di mucha importancia a ese detalle hasta que el doctor Esterly trató un día de limpiarle las glándulas anales cuando tendría unos dos años.

—Sólo tengo que presionar hacia abajo las glándulas y apretarlas para limpiarlas —explicó—. Serán treinta segundos.

Parecía sencillo. Yo sujeté a Dewey mientras el doctor Esterly preparaba los utensilios, un simple par de guantes y un trocito de papel de cocina.

—No pasa nada, Dewey —susurré—. Se habrá acabado antes de que te des cuenta.

Pero en el instante en que el doctor Esterly empezó a presionar, Dewey se puso a gemir. No era una simple protesta. Era un grito de terror que salía de la base de su estómago. Su cuerpo se puso tenso como si acabara de ser atravesado por un rayo y empezó a patalear como un loco. Luego acercó la boca a mi dedo y me mordió. Con fuerza.

El doctor Esterly me miró el dedo.

—No debería haber hecho esto.

Me froté la herida.

—No pasa nada.

—Sí, sí que pasa. Un gato no debería morder así.

Pero a mí no me preocupaba. Dewey no era así. Lo conocía bien y no era un gato que se dedicase a morder. Y vi el pánico reflejado en sus ojos. No miraba a nada en concreto, sino que tenía la mirada fija. El dolor había resultado cegador.

A partir de aquello, Dewey odió al doctor Esterly. Incluso odiaba la idea de meterse en el coche porque pensaba que íbamos a ver al doctor Esterly. Tan pronto como deteníamos el vehículo al llegar al aparcamiento del veterinario, se echaba a temblar. El olor del vestíbulo le despertaba un miedo incontrolable. Hundía la cabeza bajo mi brazo, como queriendo decirme: *Protégeme.*

Y tan pronto como oía la voz del doctor Esterly, Dewey se ponía a aullar. Muchos gatos odian la consulta del veterinario, pero lo tratan como a cualquier otro humano del mundo exterior. Pero Dewey no. Temía al doctor Esterly incondicionalmente. Si oía su voz en la biblioteca, Dewey refunfuñaba y corría al otro extremo de la sala. Si el veterinario conseguía llegar hasta él y acariciarlo, el gato salía corriendo, miraba a su alrededor presa del pánico y desaparecía. Creo que reconocía el olor del doctor Esterly. Aquella mano era para el gato la mano de la muerte. Era su más temible enemigo, y resulta que era uno de los hombres más agradables de la ciudad.

Después del incidente de las glándulas anales, pasaron unos años tranquilos, pero Dewey acabó rondando de nuevo las gomas elásticas. Cuando era pequeñito, su afición a las gomas elásticas era poco entusiasta y lo distraíamos fácilmente. Pero a los cinco años, Dewey empezó a tomárselo en serio y yo empecé a encontrar los restos pegajosos de las gomas por el suelo casi cada mañana. La caja de arena no sólo estaba llena de gusanitos de caucho, sino que además de vez en cuando había alguna gotita de sangre. A veces, Dewey salía del trastero como si alguien le hubiese encendido un petardo en el trasero.

El doctor Esterly diagnosticó estreñimiento. Estreñimiento severo.

—¿Qué tipo de comida toma Dewey?

Puse los ojos en blanco. Dewey iba camino de convertirse en el peor comedor del mundo.

—Es muy caprichoso. Tiene un sentido del olfato muy agudo, de modo que adivina sin problemas si una lata ya estaba abierta o si está un poco pasada en algún sentido. La comida para gatos no es de la mejor calidad, ya se sabe. No son más que restos de carne. De modo que no hay que culparlo por eso.

El doctor Esterly me miró como una maestra de parvulario miraría a una madre que acaba de excusar el mal comportamiento de su hijo. Somos sobreprotectores, ¿verdad?

—¿Siempre come comida de lata?

—Sí.

—Eso está bien. ¿Bebe mucha agua?

—Nunca.

—¿Nunca?

—El gato evita el cacharrito del agua como si allí hubiese veneno.

—Más agua —me dijo el doctor Esterly—. Eso solucionaría el problema.

«Gracias, doctor, nada que objetar. Excepto que... ¿ha probado usted alguna vez a darle de beber a un gato en contra de su voluntad? Es imposible».

Empecé tratando de engatusarlo. Pero Dewey rechazaba el agua, asqueado.

Probé con el soborno.

—Nada de comida hasta que no bebas un poco de agua. No me mires así. Puedo aguantar más que tú. —Pero no podía, y siempre acababa yo cediendo.

Empecé a acariciar a Dewey mientras comía. Lentamente, las caricias se convertían en presión.

«Si le obligo a agachar la cabeza hacia el agua», pensé, «tendrá que beber por fuerza». No es necesario que diga que este plan tampoco funcionó.

A lo mejor era el agua. Probamos con agua caliente. Probamos con agua fría. Probamos cambiándole el agua cada cinco minutos. Probamos de distintos grifos. Era a mediados de los años noventa y no había todavía agua embotellada o, al menos, no la había en Spencer, Iowa. Probamos poniéndole hielo en el cacharrito del agua. A todo el mundo le gusta el agua helada, ¿verdad? De hecho, el hielo funcionó. Dewey le dio un lametón. Pero ya está. ¿Cómo podía sobrevivir un animal sin beber agua?

Unas semanas después, entré en el baño de empleados y me encontré a Dewey en el inodoro con la cabeza completamente hundida en la taza. Lo único que se veía era su trasero levantado. ¡Agua del inodoro! El muy degenerado.

«Bien», pensé, «por lo menos no morirá de deshidratación».

La puerta del baño de empleados estaba siempre abierta, a menos que estuviese ocupado, de modo que allí estaba la fuente de agua de Dewey. Pero también le gustaba el lavabo de señoras de la parte delantera de la biblioteca. Joy DeWall era la empleada que pasaba más tiempo colocando los libros en las estanterías. Dewey siempre la observaba mientras cargaba los libros en el carrito, y cuando lo tenía lleno, saltaba dentro. Iba mirando las estanterías a medida que el carrito desfilaba por delante de ellas, y cuando veía alguna cosa que le gustaba, le indicaba a Joy que quería saltar, como si fuese en una especie de autobús para gatos. Sabía que ella era muy fácil de convencer, de manera que siempre le suplicaba que lo dejara entrar en aquel baño. Una vez dentro de su santuario, saltaba al lavabo y maullaba para que le abriera el grifo. Bebía de aquella agua. La miraba. Algo había en su forma de salir del grifo que lo fascinaba. Podía pasarse una hora entera mirando el agua, tocándola con la patita de vez en cuando.

Pero aquello no solucionaba su problema de estreñimiento, ni tampoco sus viajes a su real taza de porcelana. Por mucho que mirara o bebiera el agua, Dewey seguía con problemas. Cuando la cosa se ponía muy fea, el gato solía esconderse. Una mañana, la pobre Sharon Joy abrió el cajón superior del mostrador de préstamos para coger un pañuelo de papel y acabó cogiendo… un puñado de pelo. Se cayó literalmente de la silla del susto.

—¿Cómo te has metido aquí? —preguntó, mirando el lomo de Dewey. Tenía la cabeza y el trasero completamente metidos en el cajón.

Buena pregunta. El cajón llevaba toda la mañana sin abrirse, de modo que Dewey debió de introducirse en él a lo largo de la noche. Miré debajo de la mesa. Estaba segura de que tenía que haber una pequeña abertura detrás de los cajones. Pero se trataba del cajón superior, a un metro de distancia del suelo. El señor Espalda de Goma había conseguido llegar a la rendija de arriba y entrar por un rincón, un espacio que no se abría más que escasos centímetros.

Intenté sacarlo de allí, pero Dewey me apartó y ni siquiera se movió. Él no era así. Era evidente que algo iba mal. Como sospechaba, Dewey tenía estreñimiento. Estreñimiento severo. Otra vez. Y en esta ocasión, el doctor Esterly lo examinó a fondo, palpando y presionando durante un buen rato la sensible barriga de Dewey. Me resultó tremendamente doloroso verlo. Definitivamente, aquello era el fin de la relación entre el gato y el médico.

—Dewey tiene megacolon.

—Tendrá que explicarme un poco qué quiere decir esto, doctor.

—Dewey tiene el colon distendido. Esto hace que su contenido intestinal se estanque en su celoma. —Silencio—. El colon de Dewey está siempre distendido. Esto le permite acumular más heces de lo normal. Cuando Dewey intenta expulsarlas, su abertura al mundo exterior resulta demasiado pequeña.

—Y una cantidad algo mayor de agua no solucionará el problema, ¿verdad?

—Me temo que no tiene curación. Es una enfermedad rara. —De hecho, ni siquiera se conocía la causa. Al parecer, el colon distendido de los felinos no era una prioridad en el mundo de la investigación.

Si Dewey hubiese vivido en el callejón, su megacolon le habría acortado la vida. Pero en un entorno controlado como el de la biblioteca, cabía esperar toda una vida de estreñimiento periódico severo, acompañado con una forma de comer muy meticulosa. Cuando el desagüe se atasca, los gatos se vuelven muy melindrosos con todo lo que meten en su organismo. Sí, ya les dije que tenía una enfermedad.

El doctor Esterly sugirió una comida para gato muy cara, de esa que sólo puede adquirirse en el veterinario. Ya no recuerdo el nombre, ¿tal vez algo así como «Dieta de laboratorio» o «Fórmula para gato maduro con problemas intestinales»? La factura casi me destroza el presupuesto. Odiaba tener que gastar treinta dólares en algo que sabía que nunca funcionaría.

Se lo dije al doctor Esterly:

—Dewey es muy quisquilloso con la comida. Esto no se lo va a comer.

—Póngaselo en su recipiente habitual. No le dé nada más. Lo comerá. Ningún gato se deja morir de hambre.

—Y mientras yo recogía las cosas añadió, tanto para él como para mí—: Tendremos que vigilar muy de cerca a Dewey. Si algo le sucede, habrá más de diez mil personas muy infelices.

—Más que eso, doctor Esterly. Muchas más.

Le puse en su recipiente la nueva y estupenda comida. Dewey ni la probó. La olisqueó enseguida y se apartó.

Esta comida no es buena. Quiero la de siempre, por favor.

Al día siguiente, repitió su sutil aproximación. En lugar de olisquearla y marcharse, se sentó junto al recipiente de la comida y maulló protestando.

¿Por qué? ¿Qué he hecho yo para merecer esto?

—Lo siento, Dewey. Son órdenes del médico.

Después de dos días así, se sentía débil, pero no dio su brazo a torcer. Ni siquiera había tocado la comida con la patita. Fue entonces cuando me di cuenta de lo tozudo que llegaba a ser. Tremendamente tozudo. Era un gato meloso. Complaciente. Pero cuando se trataba de un principio importante, como la comida, Dewey nunca cedía ni obedecía como un perro.

Pero tampoco yo. Mamá también podía ser muy tozuda.

De modo que Dewey, a mis espaldas, recurrió a todo el personal. Primero se dirigió a Sharon, saltando sobre su mesa y frotándose contra su brazo. Se instaló allí para verla comer, y ella le dio a entender que su comida estaba muy buena.

Viendo que eso no funcionaba, probó con su vieja amiga Joy, que siempre claudicaba. Después lo intentó con Audrey, con Cynthia, con Paula, con todo el mundo, hasta el final. Lo intentó con Kay, aun sabiendo que ella era una persona práctica y que no se andaba con tonterías. Kay no tenía tiempo para debilidades. Pero incluso a ella la vi flaquear. Intentaba hacerse la dura, pero empezaba a sentir un sincero cariño hacia Dewey.

Pero no permití que nadie cediera. Aquella vez iba a ganar yo. Tal vez en aquel momento la situación me rompiese el corazón, pero al final Dewey me lo agradecería. Y además… ¡yo era mamá, y allí mandaba yo!

Al cuarto día, incluso se me acercaron clientes:

—¡Dale de comer, Vicki! Está hambriento. —Dewey había estado actuando descaradamente para sus admiradores como un gato hambriento, y era evidente que le había funcionado.

Al final, al quinto día, claudiqué y le di a Dewey una lata de su marca favorita, Fancy Feast. Se la tragó sin ni siquiera detenerse a coger aire.

Eso es, dijo, relamiéndose y retirándose luego a un rincón para regalarse un largo baño de cara y orejas. *Ahora todos nos sentimos mejor, ¿a que sí?*

Aquella noche salí y le compré un montón de latas. No podía seguir con aquella batalla. «Mejor un gato estreñido», me dije, «que un gato muerto».

Durante dos meses, Dewey estuvo feliz. Yo estuve feliz. Todo en el mundo era maravilloso.

Entonces, Dewey decidió que no le gustaban las latas de Fancy Feast de sabor a pollo con trozos. Decidió que no iba a comer ni un bocado más de Fancy Feast de sabor a pollo con trozos. Quería algo nuevo, y rápidamente, gracias. Compré un nuevo sabor, algo que resultase más oloroso. Dewey lo olisqueó y se largó.

No, eso tampoco.

—Te lo comerás, jovencito, o te quedas sin postre.

Al final del día, el amasijo seco seguía allí. ¿Qué se suponía que tenía que hacer? ¡El gato estaba enfermo! Fueron cinco intentonas, pero acabé encontrando un sabor que le gustaba. Aunque sólo duró unas semanas. Después volvió a querer una novedad. Dios mío. No sólo había perdido una batalla, sino la guerra en su totalidad.

En 1997, la situación era completamente absurda. ¿Cómo podía no echarme a reír al ver una estantería entera llena de latas de comida para gato? Y no exagero. Guardábamos todas las cosas de Dewey en dos estanterías de la sala de empleados, y una de ellas estaba destinada única y exclusivamente a comida. Siempre teníamos a mano cinco sabores distintos, como mínimo. El gatito tenía preferencias típicas del Medio Oeste. Sus sabores favoritos eran «Buey», «Trozos de pollo», «Buey con hígado» y «Pavo», pero nunca sabías cuál de todos ellos le apetecería a cada momento. Odiaba el pescado, pero acabó enamorándose de las gambas… durante una semana. Luego ya no volvió a tocarlas.

Por desgracia, Dewey continuaba con su estreñimiento, de modo que, siguiendo las instrucciones del doctor Esterly, copié una página de un calendario y la colgué en la pared. Cada vez que alguien encontraba un regalito en la caja de arena de Dewey, apuntaba la fecha. Toda la biblioteca conocía el calendario como: «El gráfico de caquitas de Dewey».

Me imagino lo que debía de pensar alguien como Sharon. Era muy graciosa, y adoraba a Dewey, pero era también melindrosa. Hablábamos de caquitas sin parar. Debía de tenerme por loca. Pero también apuntaba las fechas en el calendario y nunca protestó. Naturalmente, Dewey sólo utilizaba la caja un par de veces por semana, de modo que ni siquiera acabamos con la tinta del bolígrafo.

Cuando Dewey pasaba tres días sin ir, lo encerraba en el trastero para una cita romántica con su arena. Dewey odiaba quedarse encerrado, sobre todo en un trastero oscuro. Y yo lo odiaba casi tanto como Dewey, sobre todo en invierno, pues allí no había calefacción.

—Es por tu bien, Dewey.

Pasada media hora, lo dejaba salir. Si no aparecían pruebas en la caja de arena, le concedía una hora para que paseaseun rato y luego volvía a encerrarlo media hora más. Si no había nada, volvía luego a la caja. El límite lo puse en tres veces. Si después de tres veces seguía sin hacer nada, significaba que realmente no le salía.

La estrategia fracasó por completo. Dewey empezó a estar tan mimado que al final se negaba a hacer sus necesidades a menos que alguien lo llevara a la caja. Dejó de ir por la noche, lo que significaba que lo que tenía que hacer yo siempre a primera hora de la mañana era llevarlo —sí, llevarlo en brazos— hasta su caja de arena. ¡Era el rey!

* * *

Lo sé, lo sé. Era una boba. Le consentía todo al gato. Pero ¿qué podía hacer? Sabía lo mal que se sentía Dewey. No sólo por la relación que tenía con él, sino porque yo también tenía los mismos problemas. No exactamente los mismos problemas —no sufría un megacolon—, pero una enfermedad para toda la vida no era algo que me resultara extraño. Había entrado y salido de los hospitales más veces que muchos médicos. Me habían tenido que llevar en ambulancia dos veces a Sioux Falls. Y había acudido a la Clínica Mayo para tratarme de síndrome del intestino irritable, hipertiroidismo, migrañas agudas y por la enfermedad de Grave, entre otras cosas. Hubo una época en que sufrí una urticaria en las piernas durante dos años seguidos. Resultó que era alérgica al reclinatorio de la iglesia. Un año después, me quedé repentinamente paralizada. Pasé media hora sin poder moverme. Las empleadas tuvieron que subirme a un coche, llevarme a casa y acostarme en la cama. Volvió a sucederme en una boda. Tenía un tenedor lleno de tarta nupcial a punto de meterme en la boca y no podía bajar el brazo. Ni siquiera podía mover la lengua para explicar qué me sucedía. Gracias a Dios que estaba allí mi amiga Faith. La causa resultó ser un descenso repentino de la tensión arterial provocado por uno de los medicamentos que tomaba.

Pero lo peor, con diferencia, fueron los bultos en el pecho. Ni siquiera ahora me siento del todo cómoda hablando del tema. He compartido mi experiencia con muy pocas personas, y romper ese silencio resulta difícil. No quiero que nadie me vea como una mujer que no está entera del todo o, incluso peor, como una impostora.

De todo lo que me ha pasado en la vida —el marido alcohólico, la beneficencia, la histerectomía sorpresa—, mi doble mastectomía ha sido con diferencia la más dura. Lo peor de todo no fue el proceso en sí, aunque probablemente sea la situación físicamente más dolorosa que he soportado en mi vida. Lo peor fue tomar la decisión. Pasé prácticamente un año con esa agonía. Viajé a Sioux City, a Sioux Falls y a Omaha, a más de tres horas de camino, para visitar a diferentes médicos, pero no conseguía hacerme a la idea.

Mi madre y mi padre me animaron para que me sometiera a la intervención.

—Tienes que hacerlo. Tienes que curarte. Tu vida está en juego —me decían.

Hablé con mis amigos, que me habían ayudado al finalizar mi matrimonio y en los diversos problemas que había tenido desde entonces, pero por vez primera no me contestaron. No podían hacerlo, admitieron después. Un cáncer de mama era algo demasiado serio.

Tenía que operarme. Lo sabía. De no hacerlo, era sólo cuestión de tiempo que empezara a oír constantemente la palabra «cáncer». Pero yo era una mujer sola. Salía con hombres con regularidad, aunque no fuesen citas especialmente exitosas. Mi amiga Bonnie y yo nos reímos aún cuando pensamos en el *cowboy*, a quien conocí en un baile en West Okojobi. Nos veíamos en Sioux City y en una ocasión me llevó a uno de esos locales de música *country* con el suelo lleno de serrín. No puedo recordar qué tal era la comida porque hubo una pelea, alguien sacó un cuchillo y yo pasé veinte minutos agazapada en el baño de mujeres. El *cowboy* me llevó a su casa muy cortésmente y me enseñó a fabricar balas. Hablo en serio. Durante el camino de vuelta, pasó con el coche por los corrales de ganado. Encontraba de lo más romántico ver los establos a la luz de la luna.

Y aun así, pese a mis fracasos, seguía esperando la llegada del hombre perfecto. No quería que esa esperanza muriese. Pero ¿quién me querría si no tenía pechos? Lo que me preocupaba no era perder mi sexualidad. Era perder mi feminidad, mi identidad como mujer, mi imagen. Mis padres no lo entendían, y mis amigos estaban demasiado asustados como para poder ayudarme. ¿Qué hacer?

Una mañana, alguien llamó a la puerta de mi despacho. Era una mujer a la que no había visto en mi vida. Entró, cerró la puerta y dijo:

—Tú no me conoces, pero soy paciente del doctor Kohlgraf. Me envía él. Hace cinco años me sometí a una doble mastectomía.

Hablamos durante dos horas. No recuerdo su nombre, ni he vuelto a verla nunca más (ella no era de Spencer), pero recuerdo exactamente todo lo que me dijo. Hablamos de todo: del dolor, de la intervención, de la recuperación, pero, sobre todo, de las emociones. ¿Seguía sintiéndose mujer? ¿Seguía siendo ella? ¿Qué veía cuando se miraba en el espejo?

Cuando se marchó, no sólo supe cuál era la decisión más adecuada, sino que además estaba preparada para tomarla.

Una mastectomía doble es un proceso de varias fases. Primero, me quitaron el pecho. Después me pusieron unos implantes temporales que se conocen con el nombre de «expansores». Me pusieron unos drenajes en las axilas —unos tubos que salían de mi carne, literalmente— y cada dos semanas me ponían una inyección de solución salina para expandir el tamaño de mi pecho y estirar la piel. Por desgracia, los peligros de los implantes de silicona aparecieron en la prensa durante mis primeras semanas de convalecencia, y la Food and Drug Administration prohibió temporalmente la realización de nuevos implantes. Acabé llevando durante ocho meses los expansores temporales, que tenían que ser sólo para cuatro semanas. Tenía tanto tejido conectivo bajo las axilas que sufría pinchazos de dolor siempre que variaba la presión atmosférica. Durante años, Joy siempre me preguntaba lo mismo cuando veía un nubarrón:

—Vicki, ¿crees que lloverá?

—Sí —le respondía—, pero no en los próximos treinta minutos. —La intensidad del dolor me permitía adivinar si iba a llover al cabo de diez minutos. Cuando llegaba a su máximo significaba que estaba a punto de llover. Joy y yo nos reíamos porque casi siempre lo adivinaba, aunque lo que más me apetecía en aquel momento fuera sentarme allí mismo y echarme a llorar.

Nadie conocía mi dolor, ni mis padres, ni mis amigos, ni mis empleadas. El médico escarbó en el interior de mi cuerpo y sacó de allí hasta el último gramo de carne que pudo encontrar. Aquel sentimiento de vacío, de dolor, de algo arrancado, me acompañaba siempre, a cada minuto, pero a veces el dolor me desbordaba de un modo tan repentino, y tan salvaje, que me obligaba a tumbarme en el suelo. Estuve casi un año fuera de la biblioteca, trabajando a medias. La mayoría de los días luchaba para llegar al despacho, aun sabiendo que no debería estar allí. Con Kay como responsable, la biblioteca podía seguir funcionando sin mí, pero no estaba muy segura de si yo podía seguir funcionando sin ella. Sin la rutina. Sin la compañía. Sin la sensación del deber cumplido. Y sobre todo, sin Dewey.

Siempre que en el pasado lo había necesitado, Dewey había estado a mi lado. Se había sentado encima de la pantalla del ordenador cuando yo pensaba que la vida me superaría y se había sentado a mi lado en el sofá esperando que Jodi viniera a acompañarnos. Ahora había pasado de sentarse a mi lado a trepar, primero una pata y luego la otra, y sentarse en mi regazo. Había dejado de caminar a mi lado e insistía, en cambio, en saltar a mis brazos. Tal vez pueda parecer una tontería, pero para mí era tremendamente importante, pues no tenía a nadie a quien acariciar. Entre mi persona y el mundo se había establecido una distancia enorme, y no había nadie que me abrazara, que me dijera que todo saldría bien. No fue sólo la operación. Durante dos años, mientras agonizaba pensando en qué decisión tomar, sentía mi pérdida y soportaba el dolor físico, Dewey me tocaba a diario. Se sentaba encima de mí. Se acurrucaba entre mis brazos. Y cuando aquello terminó, cuando por fin volví a algo que recordaba mi personalidad habitual, él volvió a sentarse a mi lado. Nadie entendía lo que yo había pasado durante aquellos dos años; nadie excepto Dewey, claro está. Dewey comprendía que el amor era una constante, pero que podía aumentar hasta alcanzar un nivel más elevado cuando realmente era necesario.

Cada mañana, desde su primera semana en la biblioteca, Dewey me había esperado en la puerta de entrada. Me miraba mientras yo iba acercándome, y en cuanto abría la puerta daba media vuelta y corría hacia su recipiente de comida. Entonces, una de las peores mañanas de aquellos dos años terribles, empezó a saludarme con la pata. Sí, a saludarme con la pata. Yo me detenía y lo miraba. Él se detenía y me miraba, y volvía a saludarme con la pata.

A la mañana siguiente volvió a repetirlo. Y a la otra. Y a la otra, hasta que finalmente comprendí que aquélla era nuestra nueva rutina. Durante el resto de su vida, siempre que Dewey veía mi coche llegando al aparcamiento, empezaba a rascar la puerta de entrada con la pata derecha. El saludo continuaba mientras yo cruzaba la calle y me aproximaba a la puerta. Era un saludo enloquecido. Ni maullaba ni caminaba de un lado a otro. Permanecía sentado, muy quieto, y saludando con la pata, como si quisiera darme la bienvenida a la biblioteca y, al mismo tiempo, quisiera también recordarme que él estaba allí. Como si yo pudiera olvidarme de ello. Cada mañana, ese saludo de Dewey al acercarme a la puerta de la biblioteca me hacía sentir mejor: respecto al trabajo, respecto a la vida, respecto a mí misma. Si Dewey me saludaba con la pata, todo iba a salir bien.

—Buenos días, Dewey —le decía, con mi corazón cantando y la biblioteca cobrando vida incluso en las mañanas más oscuras y frías. Lo miraba y le sonreía. Él se frotaba contra mis tobillos. Mi colega. Mi niño. Entonces lo cogía en brazos y lo llevaba hasta la caja de arena. ¿Cómo negarle ese capricho?

Capítulo 20

LOS NUEVOS
AMIGOS DE DEWEY

L a tarde del 7 de junio de 1999, recibí una llamada de un admirador de Dewey.

—Pon la radio, Vicki. No vas a creértelo.

La puse, justo a tiempo para escuchar: «Y ahora ya conocen... el resto de la historia».

Cualquiera que se haya criado en la época de la radio conoce esta despedida del programa de Paul Harvey, *El resto de la historia*, uno de los programas más populares de la historia de la radio. En cada emisión se relata una anécdota menor, aunque reveladora, de la vida de una persona conocida. El reclamo está en que nadie sabe de quién está hablando Paul Harvey hasta su famosa frase de cierre.

«Y ese niño», podría decir, «el que tanto deseaba talar aquel cerezo, creció y se convirtió nada más y nada menos que en George Washington, el padre de nuestra patria. Y ahora ya conocen... el resto de la historia».

Paul Harvey estaba explicando en aquellos momentos la historia de un gato que inspiró a una ciudad y se hizo famoso en todo el mundo... y todo empezaba en un buzón de una biblioteca una fría mañana de enero en una pequeña ciudad de Iowa. Y ahora ya conocen... el resto de la historia.

¿A quién le importa si nadie del programa de Paul Harvey nos llamó para verificar los hechos? ¿A quién le importa que no supieran ni el 10 por ciento del resto de la historia, la parte que convirtió a Dewey en un gato tan especial? Cuando terminó la emisión, me quedé sentada y pensé: «Ya está. Dewey lo ha conseguido de verdad». Y entonces, como con Dewey estaba acostumbrada a lo más inesperado, me dije: «Me pregunto qué sucederá a continuación».

Llevaba años yendo al periódico y a la emisora de radio para darles noticias de Dewey. Con Paul Harvey, decidí esperar. Como si Dewey no tuviera ya bastantes admiradores. Los clientes me preguntaban a diario por las últimas ocurrencias de Dewey. Los niños entraban corriendo en la biblioteca, impacientes y con una sonrisa, con ganas de ver a su amigo. Pero aquella buena noticia sobre Dewey ya no impresionó al resto de la ciudad. De hecho, me preocupaba la posibilidad de que hubiera gente que empezara a pasar del asunto. Dewey, imaginaba, estaba quizá un poco sobreexpuesto.

Pero sólo en Spencer. El resto del mundo aún no se había cansado. Además de estar integrada en diversos comités de bibliotecas del Estado, yo era uno de los seis instructores de los programas de formación continuada del sistema bibliotecario de Iowa. Daba clases en la Iowa Communication Network (ICN), un sistema por teleconferencia que comunicaba bibliotecas, instalaciones militares, hospitales y escuelas de todo el Estado. Siempre que me sentaba en nuestra sala de la ICN para impartir la primera clase del curso, la primera pregunta que se me formulaba era:

—¿Dónde está Dewey?

—Sí —apuntaba otra bibliotecaria—, ¿podemos verlo?

Por suerte, Dewey asistía a todas las reuniones que se celebraban en la sala de la ICN. Prefería las reuniones con gente de verdad, pero las teleconferencias tampoco estaban mal. Colocaba al gato sobre la mesa y pulsaba una tecla para que apareciera en todas las pantallas del Estado. Casi era posible ver cómo en Nebraska se quedaban boquiabiertos.

—Es una monada.

—¿Crees que en mi biblioteca deberíamos tener un gato?

—Sólo si es el gato adecuado —les decía siempre—. No puede ser un gato cualquiera. Tiene que ser especial.

—¿Especial?

—Tranquilo, paciente, solemne, inteligente y, sobre todo, extrovertido. Un gato de biblioteca tiene que querer a la gente. Ayuda también que sea guapo y que llegue con una historia inolvidable. —No mencioné amar, amar de la forma más absoluta y con todo su corazón, el hecho de ser un gato de biblioteca.

—Muy bien —les dije por fin—. Se acabó la diversión. Volvamos ahora a la censura y a la política de adquisiciones.

—Un minuto más, por favor. Quiero que todos mis empleados conozcan a Dewey.

Miré a mi gran colega anaranjado, que se había repanchigado en su lugar favorito encima de la mesa.

—Te gusta esto, ¿verdad?

Me regaló una mirada inocente.

¿A quién? ¿A mí? Simplemente estoy haciendo mi trabajo.

Pero no eran sólo los bibliotecarios los que amaban a Dewey. Una mañana, estaba yo trabajando en mi despacho cuando Kay me llamó desde el mostrador de recepción. Había llegado una familia formada por una pareja joven y sus dos hijos.

—Esta familia tan simpática —dijo Kay, sin apenas disimular su asombro— es de Rhode Island. Han venido a conocer a Dewey.

El padre me tendió la mano.

—Estábamos en Minneapolis, de modo que decidimos alquilar un coche y venir hasta aquí. Los niños adoran a Dewey.

¿Estaba loco aquel hombre? Minneapolis estaba a cuatro horas y media en coche.

—Estupendo —dije, estrechándole la mano—. ¿Y cómo conocieron a Dewey?

—Leímos un artículo sobre él en la revista *Cats*. Somos amantes de los gatos.

Era evidente.

—De acuerdo —accedí, porque no se me ocurría otra cosa que decir—. Vayamos a conocerlo.

Gracias a Dios, Dewey estaba tan dispuesto a gustar como siempre. Jugó con los niños. Posó para las fotografías. Le enseñé a la niña el «transporte de Dewey» y la pequeña lo paseó por toda la biblioteca cargándolo sobre su hombro izquierdo (siempre el izquierdo). No sé si el viaje de nueve horas de ida y vuelta mereció la pena, pero la familia se marchó feliz.

—Ha sido extraño —dijo Kay en cuanto la familia se hubo ido.

—Y tanto. Te apuesto lo que quieras a que esto no vuelve a suceder nunca más.

Pero sucedió. Y muchas veces más. Venían de Utah, de Washington, de Misisipi, de California, de Maine, de cualquier rincón del mapa. Parejas mayores, jóvenes, familias. Muchas estaban viajando por todo el país y se apartaban de su camino ciento cincuenta o incluso trescientos kilómetros, para pasar el día en Spencer. Me acuerdo de muchas de sus caras, pero los únicos nombres que recuerdo son los de Harry y Rita Fein, de Nueva York, porque después de conocer a Dewey siguieron enviándole cada año un regalo de cumpleaños y un regalo de Navidad de veinticinco dólares para comida y productos. Me gustaría haber guardado la información sobre los demás visitantes, pero al principio me parecía muy poco probable que viniera gente a vernos expresamente. ¿Por qué tomarse la molestia? Cuando nos dimos cuenta del poder de atracción de Dewey, las visitas eran tan habituales que ya no nos parecían algo excepcional y que mereciese la pena apuntar.

¿Cómo supo de la existencia de Dewey toda esa gente? No tengo ni idea. La biblioteca nunca buscó hacer publicidad del gato. Nunca nos pusimos en contacto con ningún periódico, exceptuando *The Spencer Daily Reporter*. Jamás contratamos una agencia de publicidad ni un director de marketing. Después del de Shopko, ya no apuntamos a Dewey a ningún concurso. No éramos el servicio de contestador de Dewey, ya no. Cogíamos el teléfono y siempre era una nueva revista, otro programa de televisión, otra emisora de radio que solicitaba una entrevista. O abríamos el correo y nos encontrábamos con un artículo sobre Dewey de una revista de la que ni habíamos oído hablar, o de un periódico del otro extremo del país. Una semana después de aquello, se presentaba una nueva familia en la biblioteca.

¿Qué esperaban encontrar aquellos peregrinos? Un gato maravilloso, naturalmente, pero la verdad es que en cualquier refugio de animales de Estados Unidos hay gatos maravillosos a la espera de ser acogidos por una familia. ¿Por qué ir tan lejos? ¿Serían el amor, la paz, la comodidad, la aceptación, un recordatorio de las alegrías más simples que nos da la vida? ¿Querrían simplemente pasar su tiempo con una auténtica estrella?

¿O esperaban encontrar un gato, una biblioteca, una ciudad, una experiencia que fuera genuina? ¿Que no fuera del pasado o momentánea? ¿Que fuera distinta a la vida que llevaban pero que, a la vez, les resultara familiar? ¿Era eso Iowa? Tal vez el «corazón del país» no sea tan sólo el punto central del territorio, quizá sea también el punto central en el pecho de muchas personas.

Fuese lo que fuese lo que andaban buscando, Dewey se lo daba. Los artículos de las revistas y los programas de los medios de comunicación conmovían a la gente. Recibíamos constantemente cartas que empezaban: «Nunca antes había escrito a un desconocido, pero me he enterado de la historia de Dewey y...». Los visitantes, todos, se marchaban de aquí locamente enamorados. Lo sé no sólo porque me lo decían, o porque lo veía en su mirada y en su sonrisa, sino también porque regresaban a casa y explicaban su historia a los demás. Les enseñaban las fotografías. Al principio, enviaban cartas a amigos y parientes. Después, con los avances de la tecnología, les enviaban mensajes de correo electrónico. La carita de Dewey, su personalidad, su historia, todo se magnificó. Dewey recibía cartas de Taiwán, Holanda, Sudáfrica, Noruega, Australia... Tenía amigos por correspondencia en media docena de países. Era como si en una pequeña ciudad del noroeste de Iowa se hubiese iniciado un murmullo y la red de comunicación humana lo hubiera transportado por todo el mundo.

Siempre que pienso en la popularidad de Dewey, acude a mi mente Jack Manders. Jack está ahora jubilado en Michigan, pero cuando Dewey llegó era profesor de instituto y presidente de la junta rectora de nuestra biblioteca. Unos años después, cuando su hija fue admitida en una universidad de la Costa Este, Jack se encontró asistiendo en Nueva York a una recepción para los padres de los nuevos alumnos. Allí, en un sofisticado club nocturno de Nueva York, saboreando lentamente un Martini, inició una conversación con una agradable pareja del norte del Estado de Nueva York. Le preguntaron de dónde era.

—De una pequeña ciudad de la que nunca habrán oído hablar.

—Oh. ¿Está cerca de Spencer?

—De hecho —les dijo él, sorprendido—, es Spencer.

La pareja levantó la vista.

—¿Ha ido alguna vez a la biblioteca?

—Constantemente. De hecho, soy miembro de su junta rectora.

La encantadora y elegante mujer se volvió hacia su marido y, casi con una sonrisilla infantil, exclamó:

—¡Es el papá de Dewey!

Algo similar le sucedió a otro miembro de la junta, Mike Baehr, en un crucero por el Pacífico sur. Durante el acto de recepción y presentaciones, Mike y su esposa se dieron cuenta de que había muchos pasajeros que no habían oído hablar nunca de Iowa. Y casi al mismo tiempo se dieron cuenta también de que los cruceros tienen una jerarquía social basada en la cantidad de cruceros en los que te has embarcado, y, como aquélla era su primera experiencia en ese campo, ellos estaban en la cola de la orden de importancia. Entonces, se les acercó una mujer que les dijo:

—He oído que son de Iowa. ¿Conocen ustedes a Dewey, el gato de la biblioteca?

¡Una forma estupenda de romper el hielo! Mike y Peg salieron directamente fuera de la lista de los inferiores y Dewey fue la comidilla de todo el crucero.

No quiero decir con esto que todo el mundo conociera a Dewey. Por famoso y popular que llegara a ser, siempre había alguien que no tenía ni idea de que la Biblioteca Pública de Spencer tuviera un gato. Una familia podía venir en coche desde Nebraska para ver a Dewey. Le traían regalos, se pasaban un par de horas jugando con él, haciéndole fotografías, hablando con las empleadas. Diez minutos después de su partida, alguien se acercaba al mostrador, evidentemente preocupado, y nos decía en voz baja:

—No quiero alarmarles, pero acabo de ver un gato en el edificio.

—Sí —le respondíamos también en voz baja—. Vive aquí. Es el gato de biblioteca más famoso del mundo.

—Oh —decía esa persona con una sonrisa—, entonces me imagino que ya lo sabían.

Pero los visitantes que de verdad me conmovieron, los que recuerdo con toda claridad, fueron unos jóvenes padres de Texas con su hija de seis años. En cuanto entraron en la biblioteca vi perfectamente que era un viaje especial para la niña. ¿Estaría enferma? ¿Tendría algún trauma? No sé por qué, pero tuve la sensación de que los padres estaban concediéndole un deseo, y que era precisamente ése. La niña quería conocer a Dewey. Y, me di cuenta, le traía un regalo.

—Es una ratita de juguete —me explicó el padre. Sonreía, pero se adivinaba que estaba inmensamente preocupado. No era una visita habitual.

Y cuando le sonreí, yo también lo hice pensando en una única cosa: «Espero que el ratoncito sea de esos que llevan hierba gatera en el interior». Dewey solía pasar épocas en las que no hacía ni caso a cualquier juguete que no llevara hierba gatera dentro. Por desgracia, estábamos en una de esas épocas.

Pero lo que dije fue:

—Iré a buscar a Dewey.

Dewey estaba dormido en su nueva camita forrada con piel que teníamos siempre fuera de mi despacho, delante de un radiador. Al despertarlo, probé con la telepatía.

—Por favor, Dewey, por favor. Esta vez es importante.

Estaba tan cansado, que apenas abrió los ojos.

La niña dudaba al principio, como tantos niños, así que la madre acarició primero a Dewey. Dewey se dejó hacer, como un saco de patatas. La niña acabó alargando el brazo para acariciarlo y el gato se despertó y se acurrucó contra su mano. El padre se sentó y colocó a Dewey y a la niña en su regazo. El animal se acercó a la niña enseguida.

Permanecieron así sentados un par de minutos hasta que la niña le mostró a Dewey el regalo que le había traído, envuelto cuidadosamente en papel de regalo y con un lazo. Dewey levantó la vista, pero yo sabía que estaba cansado, que habría preferido pasarse la mañana dormitando en el regazo de la niña. «Vamos, Dewey», pensé, «espabila». La niña desenvolvió el regalo y vi que se trataba de un ratoncito de juguete normal y corriente, nada de hierba gatera. Mi corazón dio un vuelco. Aquello acabaría en desastre.

La niña balanceó el ratoncito delante de los ojos adormilados de Dewey para llamar su atención. Lo lanzó entonces con delicadeza a pocos centímetros de distancia. Tan pronto como impactó contra el suelo, Dewey saltó sobre el ratón. Lo persiguió, lo lanzó al aire, lo golpeó con las patas. La niña se reía encantada. Dewey jamás volvió a jugar con aquel juguete, pero mientras la niña estuvo allí se mostró encantado con el ratoncito. Le entregó al ratón hasta el último gramo de energía que llevaba dentro. Y la niña estaba radiante. Simplemente radiante. Había hecho cientos de kilómetros para ver un gato, y no había quedado defraudada. ¿Por qué me preocupaba tanto por Dewey? Siempre cumplía con su obligación.

DESCRIPCIÓN DEL PUESTO DE TRABAJO DE DEWEY

Escrito como respuesta a la pregunta: «¿Y en qué consiste el trabajo de Dewey?», que empezó a formularse con frecuencia después de que la gente se enterara de que Dewey recibía un 15 por ciento de descuento en la consulta del doctor Esterly por ser empleado de la biblioteca.

1. Reducir el estrés de todos los humanos que le prestan atención.
2. Sentarse delante de la puerta cada mañana a las nueve en punto para saludar al público que llega a la biblioteca.
3. Verificar todas las cajas que entran en la biblioteca por cuestiones de seguridad y para evaluar su nivel de confort.
4. Asistir a todas las reuniones de la Sala Redonda como embajador oficial de la biblioteca.
5. Ofrecer alivio cómico al personal y a los visitantes.
6. Instalarse sobre las mochilas y los maletines mientras los clientes estudian o intentan localizar los documentos que necesitan.
7. Generar publicidad gratuita a la Biblioteca Pública de Spencer, tanto a nivel nacional como mundial. (Esto conlleva posar para los fotógrafos, sonreír a la cámara y, en general, ser una monada).
8. Intentar conseguir el título del «gato más remilgado del mundo» rechazando todo tipo de comida, excepto la más cara y deliciosa.

Capítulo 21

¿QUÉ ES LO QUE
NOS HACE ESPECIALES?

S iempre recordaré al anterior alcalde. Cuando me veía,
me decía con una sonrisa:

—¿Seguís las chicas de la biblioteca tan cautivadas por
ese gato?

A lo mejor trataba de ser gracioso, aunque yo no podía evitar sentirme ofendida. ¡Chicas! Tal vez pretendiera ser
un término cariñoso, pero yo tenía la sensación de que estaba catalogándome, de que hablaba en nombre de un amplio bloque de líderes de la comunidad que ni siquiera concebían la posibilidad de montar tanto alboroto con cosas como
libros, bibliotecas y gatos. Eso eran cosas de «chicas».

¿Volvería a necesitar un gato la ciudad? Estábamos en
el siglo XXI, al fin y al cabo, y Spencer era una ciudad próspera. A finales de la década de los noventa, el edificio del
YMCA dio por finalizada una remodelación que había costado dos millones de dólares. El hospital Regional de Spencer se había ampliado dos veces. Gracias a donaciones por
un importe de ciento setenta mil dólares y a doscientos cincuenta voluntarios, el modesto campo de deportes que estaba planeado para East Lynch Park acabó convirtiéndose en
un gigantesco terreno para instalaciones deportivas, de casi

tres mil metros cuadrados de superficie, que recibió el nombre de The Miracle, en South Fourth Street. ¿Por qué no dar simplemente el siguiente paso y atraer... un casino?

Cuando en 2003 Iowa decidió emitir varias licencias para la construcción de casinos, algunos líderes de nuestra comunidad lo vieron como una oportunidad para catapultar Spencer hasta convertirla en la ciudad pequeña más grande de los Estados Unidos. Adularon a promotores, eligieron incluso una localización junto al río, al sudoeste de la ciudad, y trazaron los planos. Pero, para la mayoría, el casino de 2003 era algo muy similar a lo que había sido el matadero en 1993: la oportunidad de disfrutar de un empujón económico, pero a un coste demasiado elevado. Era evidente que el casino generaría puestos de trabajo y, según las estimaciones, más de un millón de dólares en las contribuciones benéficas anuales obligatorias, pero ¿volveríamos a ser algún día la ciudad que éramos? ¿Perderíamos nuestra identidad y nos convertiríamos, para nosotros mismos y para todo el mundo, en «la ciudad-casino»? El debate se prolongó y al final el proyecto del casino siguió el mismo destino que el de la planta Montfort: la comunidad votó en su contra. El casino fue autorizado en el condado de Palo Alto, situado al este del nuestro, y construido en Emmetsburg, a treinta y cinco kilómetros de aquí.

Tal vez cuando votamos en contra del casino, volvimos a dar la espalda al futuro. Tal vez traicionamos con ello nuestra historia como ciudad progresista. Tal vez fuimos ingenuos. Pero en Spencer, creemos que es mejor aprovechar lo que ya tenemos.

Tenemos la feria del condado de Clay, una de las mejores de los Estados Unidos en su categoría y una tradición que se remonta a casi cien años. El condado de Clay tiene menos de veinte mil habitantes, pero la feria atrae a más de trescientas mil personas durante sus nueve días de rodeos, concursos, comida y diversión. Tenemos una pista grande para las carreras y las competiciones de arrastre de tractor, una pista aparte para los caballos y establos metálicos que albergan de todo, desde pollos hasta llamas. Hay carros de los que antiguamente se utilizaban para transportar heno que llevan al visitante desde el aparcamiento (un prado) hasta la puerta principal. Hemos instalado incluso una especie de telesillas para trasladar a la gente de un extremo al otro de la feria. A unos quince kilómetros de Spencer, en la carretera principal hay un cartel que durante todo el año va anunciando las semanas que faltan para la feria. Está pintado en un edificio de ladrillo construido en la cima de la colina más elevada de la zona.

Tenemos Grand Avenue, un tesoro histórico, una calle reconstruida en 1931 y revitalizada en 1987. A finales de los años noventa, el responsable de la planificación urbanística de la ciudad, Kirby Schmidt, dedicó dos años a la investigación del eje principal de nuestra ciudad. Kirby es uno de los hijos de la ciudad que a punto estuvo de abandonar Spencer durante la crisis de los años ochenta. Su hermano se marchó a vivir a la Costa Este, su hermana a la Costa Oeste. Kirby reunió a su familia alrededor de la mesa de la cocina y decidieron quedarse. La economía dio un vuelco y Kirby consiguió un puesto en el ayuntamiento. Unos años después, le di la llave de la biblioteca y empezó a venir cada mañana a las seis para investigar microfichas, periódicos antiguos e historia local. Durante aquellas visitas a primera hora, Dewey dormía: por las mañanas sólo tenía ojos para mí.

La sección de Grand Avenue comprendida entre Third y Eighth Street fue incluida en 1999 en el Registro Nacional de Lugares Históricos. La zona aparece citada como un ejemplo destacado de *art déco* de la pradera y como uno de los escasos modelos que todavía perviven de la planificación urbanística de la época de la Depresión. Normalmente, para entrar en el Registro son necesarias dos o tres solicitudes, pero, gracias a Kirby Schmidt, Grand Avenue lo consiguió a la primera y por votación unánime. Por aquella misma época, la hermana de Kirby abandonó Seattle para regresar a Spencer junto con su familia. Quería criar a sus hijos a la antigua: en Iowa.

Spencer posee otro atractivo único y muy valioso: su gente. Somos gente del Medio Oeste buena, sólida y trabajadora; orgullosos, pero humildes. No somos fanfarrones. Creemos que la valía de cada uno se mide por el respeto de tus vecinos, y no hay otro lugar donde nos gustaría más estar que junto a estos vecinos aquí, en Spencer, Iowa. Estamos unidos no sólo a esta tierra, que nuestras familias han trabajado durante generaciones, sino también entre nosotros. Y uno de esos hilos que nos mantienen unidos, un hilo brillante que destaca entre cientos de puntadas de nuestro inmenso tapiz, es Dewey.

En la sociedad actual, la gente cree que para ser reconocido tienes que «hacer» alguna cosa, y con ello nos referimos a hacer algo provocador, y a ser posible que quede inmortalizado por una cámara. Esperamos que una ciudad famosa sea aquella que ha sobrevivido a un *tsunami* y a un incendio forestal, o que ha dado un presidente, o que encubre algún crimen horrible. Esperamos que un gato famoso salve a un niño de un edificio en llamas, encuentre su camino de vuelta a casa después de haber sido abandonado en el otro extremo del país, o que maúlle el himno nacional de las barras y estrellas. Y que ese gato no sólo sea heroico y tenga mucho talento, sino que además domine los medios de comunicación, sea atractivo y tenga un buen agente de relaciones públicas, pues, de lo contrario, nunca conseguirá aparecer en *The Today Show*.

Pero Dewey no era nada de eso. Nunca realizó hazañas espectaculares. Nunca tuvo a nadie detrás que lo empujara hacia el éxito. Nunca quisimos que fuese más que el querido gato de biblioteca de Spencer, Iowa. Y eso es lo que él quería también. Sólo se escapó una vez, y para desplazarse únicamente a dos manzanas de distancia, e incluso esto ya le pareció muy lejos.

Dewey no era especial por haber *hecho* algo extraordinario, sino porque *era* extraordinario. Era como una de esas personas normales y corrientes que, cuando las conoces de verdad, destaca entre la multitud. Se trata de esas personas que no faltan jamás al trabajo, que nunca se quejan, que nunca piden más de lo que les corresponde. Son esos bibliotecarios, vendedores de coches o camareros excepcionales que ofrecen un servicio excelente siguiendo sus propios principios, que van más allá de su puesto de trabajo porque sienten pasión por él. Conocen lo que tienen que hacer en la vida y lo hacen excepcionalmente bien. Algunos ganan premios, otros ganan mucho dinero, y la mayoría lo dan por sentado. Los dependientes. Los cajeros de los bancos. Los mecánicos de automóviles. Las madres. El mundo tiende a reconocer a los únicos y a los provocadores, a los ricos y a los egoístas, no a los que hacen las cosas ordinarias extraordinariamente bien. Dewey era de origen humilde (un callejón de Iowa), sobrevivió a una tragedia (un buzón helado), encontró su lugar (una biblioteca de una ciudad pequeña). Tal vez ésa sea la respuesta. Encontró su lugar. Su pasión, su objetivo, era convertir ese lugar, por pequeño y remoto que pueda parecer, en un lugar mejor para todo el mundo.

No pretendo quitarle el mérito a un gato que se ha caído de una autocaravana Winnebago y luego pasa cinco meses volviendo a casa superando ventiscas de nieve y calores abrasadores. Ese gato es una inspiración: nunca se da por vencido, siempre recuerda la importancia del hogar. En su tranquilo caminar, Dewey nos enseñó también estas lecciones. Durante la larga noche que pasó en el buzón nunca se dio por vencido y vivió consagrado a la biblioteca que se convirtió en su hogar. Dewey no hizo una única heroicidad, pero consiguió algo heroico cada día. Dedicó su tiempo a ir cambiando las vidas aquí en Spencer, Iowa, de una en una.

Sin duda alguna habrán visto algún día los hilillos que salen de una mazorca de maíz. Son los filamentos. Cada uno de ellos está conectado a un punto concreto de la mazorca. Ese punto concreto sólo dará un grano si el polen fecunda ese filamento en particular. La mazorca se va haciendo poco a poco, grano tras grano. Para que la mazorca se complete, es necesario que todos los filamentos queden fecundados. Así es como funcionaba Dewey. Iba ganándose corazones día tras día, una persona tras otra. Nunca excluyó a nadie, ni dio por sentado el cariño de nadie. Si una persona era receptiva, allí estaba él. Si no lo era, Dewey hacía lo posible para conseguir que lo fuera. Quizá conozcan a Wilbur, el cerdo del cuento *La telaraña de Charlotte*[9]. Dewey tenía esa personalidad: entusiasta, honesto, encantador, radiante, humilde (para ser gato) y, por encima de todo, amigo de todo el mundo. No era sólo su belleza, ni su estupenda historia. Dewey tenía carisma, como Elvis, o como cualquiera de esas personas que sigue viva en nuestra memoria para siempre. En Estados Unidos hay docenas de gatos de biblioteca, pero ninguno se acerca ni de lejos a to-

---

[9] Cuento infantil escrito por E. B. White en 1952 que narra la historia de una araña que vivía en un establo y su amigo, el cerdo Wilbur. *[N. de la T.]*

do lo que consiguió Dewey. No era simplemente un gato más que la gente podía acariciar y sonreír al mirarlo. Todos los clientes habituales de la biblioteca, *todos y cada uno de ellos*, tenían la sensación de mantener una relación única con Dewey. Dewey conseguía que todo el mundo se sintiese especial.

Sharon solía venir a visitar a Dewey con su hija Emmy, que tenía síndrome de Down, sobre todo los domingos, que era cuando a ella le tocaba darle de comer. Los sábados por la noche, Emmy siempre le preguntaba a su madre:

—¿Es mañana el día de Dewey?

Lo primero que hacía Emmy al llegar «el día de Dewey» era buscar al gato. Cuando era más joven, solía estar esperándola en la puerta, pero a medida que fue haciéndose mayor, Emmy lo encontraba tomando el sol al lado de una ventana. Lo cogía y se lo llevaba a su madre, para acariciarlo las dos.

—Hola, Dewey. Te quiero —decía Emmy con voz cariñosa, utilizando el mismo tono con el que su madre se dirigía a ella. Para Emmy, aquélla era la voz del amor. Sharon siempre tenía miedo de que Emmy lo acariciase con excesiva fuerza, pero Emmy y Dewey eran amigos, y ella lo comprendía tan bien como cualquiera de nosotros. Siempre fue maravillosamente cuidadosa con él.

Yvonne Berry, una mujer soltera que rozaba ya los cuarenta, acudía a la biblioteca tres o cuatro veces por semana. Siempre que llegaba, Dewey la buscaba y pasaba quince minutos en su regazo. Luego intentaba convencerla para que le abriera la puerta del baño y poder pasar a jugar con el agua. Era su ritual. Pero el día que Yvonne tuvo que practicarle la eutanasia a su gato, Dewey permaneció sentado con ella más de dos horas. No sabía qué había pasado, pero intuía que alguna cosa iba mal. Años después, cuando ella me contó esa anécdota, comprendí que el detalle seguía siendo importante para ella.

Se había producido el cambio de siglo, todo cambiaba, y Dewey estaba madurando. Pasaba más tiempo en su camita y el juego enloquecido se había visto sustituido por tranquilos paseos en el carrito con Joy. En lugar de saltar al carrito, maullaba para que Joy lo subiera y pudiera instalarse allí tranquilamente, en la popa, como el capitán de un barco. Dejó de trepar a las lámparas del techo, más por aburrimiento, creo, que por problemas físicos. No soportaba que lo acariciasen con brusquedad, pero seguía encantado con las caricias delicadas, como las de aquel vagabundo que se convirtió en uno de sus mejores amigos. En una ciudad como Spencer resulta muy difícil ser invisible, pero aquel hombre anduvo muy cerca. Aparecía por la biblioteca cada día, sin afeitar, despeinado y sucio. Nunca cruzaba una palabra ni miraba a nadie. Sólo quería a Dewey. Lo cogía y se lo subía al hombro. El gato se quedaba allí, ronroneando durante veinte minutos mientras el hombre le contaba sus secretos.

Cuando Dewey dejó de pasearse por la parte superior de las estanterías de pared, Kay cogió su antiguo colchoncito para dormir y lo colocó encima de la estantería que tenía sobre su mesa. Así el gato podía acurrucarse en su camita y ver trabajar a Kay. Kay siempre estaba atenta a las necesidades de Dewey: le cambiaba la comida, le cepillaba el pelaje, le daba malta para las bolas de pelo, me ayudaba a bañarlo. No tenía tanta paciencia ni era tan delicada como yo, pero incluso su forma más dura de tratarlo acababa siempre con un momento de ternura y una palmadita en la cabeza. Un día, poco después de que Kay le instalara la camita de aquella manera, Dewey saltó a ella y la estantería se cayó. El gato cayó también hacia un lado, agitando las cuatro patas. Los blocs de notas y los clips se dispersaron hacia el otro. Pero antes de que el último clip hubiera caído al suelo, Dewey ya estaba allí para inspeccionar los daños.

—En esta biblioteca hay pocas cosas que temer, ¿verdad? —bromeó Kay, con una sonrisa asomando en las comisuras de su boca, una sonrisa que le llegaba hasta el corazón.

Sólo el cepillo y el baño, habría dicho Dewey de ser sincero. Cuanto más mayor se hacía, más odiaba Dewey que lo peinaran.

Tampoco tenía tanta paciencia con los niños de preescolar, que tenían más tendencia a darle golpes o a tirarle de la cola. Cada vez estaba un poco más rígido y ya no le gustaban los golpecitos que podían darle sin querer. Nunca atacó a ningún niño, y rara vez huía de ellos. Simplemente, empezó a salir corriendo y a esconderse cuando algunos pequeños se le acercaban, intentando evitar la situación antes de que empezara.

Los bebés eran otra historia. Un día vi a Dewey instalarse a escasos centímetros de una pequeña que estaba en una sillita que habían dejado en el suelo. En todos aquellos años, nunca había visto al gato relacionarse con bebés, de modo que me dio un poco de miedo. Los bebés son delicados, y las madres primerizas más todavía. Pero Dewey se limitó a sentarse con cara de aburrimiento, mirándolo desde cierta distancia y como diciendo: *Simplemente pasaba por aquí.* Entonces, cuando pensó que yo no lo miraba, se acercó un centímetro más. *Sólo me acomodo un poco mejor*, decía su lenguaje corporal, *aquí no hay nada que ver.* Pero un minuto después volvió a repetirlo. Y otra vez más. Poco a poco, centímetro a centímetro, fue avanzando a rastras hasta colocarse pegado al cochecito. Asomó la cabeza por el borde de la sillita, como si quisiera confirmar que el bebé estaba dentro, y luego se instaló con la cabeza reposando sobre sus patas delanteras. El bebé sacó la manita por el extremo y le rascó la oreja. Dewey movió la cabeza para que la pequeña pudiera tocarlo mejor. La niña se rió, pataleó y le apretujó la oreja. Dewey permaneció sentado sin moverse, sin cambiar de expresión.

En 2002 contratamos a una nueva ayudante para la biblioteca infantil, Donna Stanford. Donna había dado la vuelta al mundo como reclutadora de la organización de voluntarios Peace Corps y acababa de regresar al noroeste de Iowa para atender a su madre, aquejada de la enfermedad de Alzheimer. Donna era callada y seria, rasgos por los que al principio pensé que Dewey pasaba unas horas al día con ella en la biblioteca infantil. Tardé mucho tiempo en darme cuenta de que Donna no conocía a nadie en la ciudad, exceptuando a su madre, y que incluso un lugar como Spencer —o tal vez especialmente un lugar con lazos tan estrechos como Spencer— podía parecer frío e intimidar a un extraño. El único ciudadano que le había tendido una mano a Donna era Dewey, que se subía a su hombro mientras ella iba de un lado a otro archivando libros. Cuando se cansaba de eso, saltaba a su regazo para que Donna lo acariciara. A veces, le leía cuentos. Un día, los sorprendí: Dewey con los ojos cerrados, Donna enfrascada en sus pensamientos. Creo que le di un susto de verdad.

—No pasa nada —le dije—. Cuidar del gatito forma parte de tu puesto de trabajo.

Luego estaba el novio de Jodi, Scott. Al pobre Scott lo lanzaron directamente al ruedo en su primer viaje a Spencer: las bodas de oro de mis padres. Aquello no fue una simple reunión familiar. El acto se celebró en el Centro de Convenciones de Spencer, con un aforo para cuatrocientas cincuenta personas. Pero había tanta gente que ni siquiera allí cabíamos todos. Cuando los niños Jipson subieron al escenario para interpretar, en este caso, *You are my sunshine*, con letra relacionada con la familia especialmente creada para la ocasión, y *Look at Us*, de Vince Gill, rematada por la voz desafinada de mi hermano Doug, aún había más de cien personas haciendo cola fuera para felicitar a mi madre y a mi padre. Al fin y al cabo, durante toda su vida habían tratado a todo el mundo como su familia.

En cuanto mi hija se marchó de casa, mi relación con Jodi mejoró de forma drástica. Nos dimos cuenta de que éramos grandes amigas, pero unas pésimas compañeras de apartamento. Reíamos sobre el presente, pero jamás hablábamos del pasado. A lo mejor es lo que sucede siempre con madres e hijas. Pero eso no significaba que no pudiéramos intentarlo.

—Sé que hemos tenido momentos complicados, Jodi...

—Pero ¿de qué hablas, mamá?

¿Por dónde empezar? Por mi salud. Por mis ausencias. Por el lío que tenía siempre en su habitación. Por Brandi.

—En Mankato, ¿recuerdas? Pasábamos por delante de una tienda y tú me decías: «Quiero esa blusa, mamá, pero ya sé que no tenemos dinero, de modo que no pasa nada». No es que la quisieses, sino que la necesitabas, pero nunca querías que me sintiese mal. —Suspiré—. No tenías más que cinco años.

—Mamá, la vida es así.

Y fue entonces cuando me di cuenta de que tenía razón. Lo bueno, lo malo, la vida es así. Hay que dejar pasar las cosas. No hay ninguna necesidad de preocuparse por lo que ya ha pasado. La pregunta que hay que hacerse es la siguiente: ¿Con quién vas a compartirlo mañana?

Aquella noche, después de la fiesta, Jodi y yo acompañamos a Scott a la biblioteca para que conociese a Dewey.

En aquel momento supe que la relación iba en serio: Jodi nunca le había presentado a Dewey a ningún novio, y ninguno de sus anteriores novios, que yo supiese, se había mostrado interesado en conocerlo. Dewey, naturalmente, se sintió tremendamente feliz al ver a Jodi. Era su amor eterno. Scott les dejó un rato a solas a los dos y luego cogió a Dewey con delicadeza y lo acarició. No en la barriga, algo que Dewey aborrecía, sino por el lomo. Lo paseó por toda la biblioteca con el «transporte de Dewey». Sacó la cámara y le hizo una fotografía para su madre. La mujer había oído comentar las historias de Dewey y era una gran admiradora suya. Mi corazón se deshizo al verlos juntos. Scott era cariñoso y tierno. ¿Y cómo no enamorarme de un chico lo bastante detallista como para pensar en una fotografía para su madre?

Nunca se me había ocurrido que no fuera normal que el novio de una mujer adulta fuese a una biblioteca para conocer al gato de su madre. Dewey formaba parte de la familia; su opinión contaba. ¿Cómo podía alguien plantearse en serio formar parte de esta familia sin conocerlo? Y yo confiaba en Dewey incluso para que oliera de lejos una rata; era mi centinela, siempre protegía a sus seres queridos. Al ver a Scott con Dewey, y a Dewey con Scott, supe todo lo que necesitaba saber.

Nunca se me había pasado por la cabeza considerar a Dewey el gato de la biblioteca. Dewey era mi gato. Yo era la persona a quien más quería. Y yo también buscaba en él amor y consuelo. No era el sustituto de un marido, ni de un hijo. Yo no estaba sola, tenía muchos amigos. Me sentía realizada, amaba mi trabajo. Vivíamos separados. Podíamos pasar días enteros en la biblioteca sin apenas vernos. Pero incluso sin verlo, sabía que estaba allí. Habíamos elegido, me di cuenta, compartir nuestras vidas pero no sólo en el futuro, sino para siempre.

Dewey era para mí más especial que cualquier otro animal que hubiese conocido en mi vida. Era más especial de lo que jamás imaginé podía llegar a ser un animal. Pero eso no alteraba una verdad fundamental. Era mi gato, pero pertenecía a la biblioteca. Su lugar estaba entre el público. Dewey se sentía feliz en mi casa durante un par de días, pero tan pronto como subíamos al coche y nos dirigíamos hacia el centro de la ciudad, apoyaba sus patitas en el salpicadero y miraba nervioso por la ventana. Tenía que tomar las curvas despacio, para que no se cayera. Cuando olía el Sister's Café, Dewey sabía que estábamos ya a escasas manzanas de distancia. Y entonces era cuando se emocionaba de verdad. Se acercaba al reposabrazos y ponía las patitas contra la ventanilla lateral, ansioso por que se abriera la puerta. *¡Ya estamos aquí! ¡Ya estamos aquí!* Miraba por encima del hombro y cuando entrábamos por el callejón era casi como si estuviera gritándomelo. Y en cuanto se abría la puerta, saltaba a mis brazos y cruzábamos juntos el umbral. Aquello era para él una bendición.

No había nada que a Dewey le gustara más que estar en su hogar.

Capítulo 22

DEWEY VIAJA
A JAPÓN

Recibimos el mensaje por correo electrónico desde Japón a principios de 2003. De hecho, el mensaje venía de Washington, D.C., *en nombre* de unas personas de Tokio. Tomoko Kawasumi representaba a la televisión pública japonesa, que deseaba filmar a Dewey. La compañía estaba realizando un documental para presentar una nueva tecnología de alta definición y quería captar una audiencia lo más amplia posible. Decidieron primero realizar un documental sobre animales, después se concentraron sólo en los gatos. Habían descubierto a Dewey a través de un artículo publicado en una revista japonesa llamada *Nekobiyori*. ¿Nos importaría si un día se desplazaba a Spencer un equipo de rodaje?

Resultaba gracioso, pues no teníamos ni idea de que Dewey hubiese aparecido en una revista japonesa.

Unos meses después, en mayo, llegaron a la Biblioteca Pública de Spencer seis personas procedentes de Tokio. Habían volado hasta Des Moines, alquilado una furgoneta y viajado en ella hasta Spencer. Iowa en mayo está precioso. El maíz queda justo al nivel de los ojos, una altura entre un metro y un metro veinte, por lo que pueden verse los campos perdiéndose en la lejanía. Naturalmente, de Des Moines a Spencer hay trescientos veinte kilómetros, y eso es exactamente lo que ves, kilómetro tras kilómetro. ¿Qué pensarían seis personas de Tokio después de ver sólo maíz de Iowa durante tres horas y media? Tendríamos que preguntárselo, pues seguramente son las únicas personas de Tokio que han hecho alguna vez ese trayecto en coche.

El equipo de rodaje disponía de un día para la filmación, por lo que me preguntaron si podían llegar a la biblioteca antes de las siete. Era una mañana triste y lluviosa. La intérprete, que era la única mujer del grupo, me pidió si podía dejar abierta la primera puerta de entrada para así instalar las cámaras en el vestíbulo. Y mientras descargaban su equipo, apareció Dewey. Estaba medio dormido, estirando las patas traseras mientras iba caminando, como suelen hacer los gatos al despertarse. Cuando me vio, vino corriendo y me saludó.

Oh, eres tú. ¿Qué haces aquí tan temprano? No te esperaba hasta dentro de veinte minutos.

Con aquel gato podías saber la hora exacta.

En cuanto el equipo hubo instalado sus cámaras, la intérprete dijo:

—Nos gustaría que volviera a saludar.

Caramba. Intenté explicarle, de la mejor forma que pude, que Dewey sólo saludaba una vez, cuando me veía llegar por la mañana. El director, el señor Hoshi, no quiso comprenderlo. Estaba acostumbrado no sólo a dar órdenes, sino también a que se obedecieran. Definitivamente, era el que mandaba allí. Y quería el saludo en aquel mismo momento.

De modo que volví al coche y me aproximé de nuevo a la biblioteca, fingiendo que aún no había entrado aquella mañana. Dewey se limitó a mirarme.

¿Qué? Si hace cinco minutos estabas aquí.

Entré en la biblioteca, encendí las luces, las volví a apagar, regresé al coche, esperé cinco minutos y volví a entrar en la biblioteca. El señor Hoshi creyó que así podría engañar a Dewey y hacerle creer que era una nueva mañana.

Pero no.

Pasamos una hora intentando que Dewey saludase. Al final les dije:

—Miren, el pobre gato lleva todo este tiempo aquí sentado esperando su comida. Tengo que darle de comer. —El señor Hoshi lo entendió. Cogí a Dewey en brazos y lo llevé a su caja de arena. Lo último que quería era que los japoneses filmaran caquitas volando. Dewey hizo sus necesidades y comió sin prisas su desayuno. Cuando hubo acabado, el equipo de rodaje se había instalado en el interior. Habían recorrido medio mundo, y nunca llegaron a conseguir su tan deseado saludo.

Pero sí consiguieron todo lo demás. Dewey tenía casi quince años y sus movimientos eran más lentos, pero no había perdido en absoluto su entusiasmo por los desconocidos. Sobre todo si se trataba de desconocidos con cámaras. Se acercó a todos y cada uno de los miembros del equipo y los saludó restregándose contra sus piernas. Lo acariciaron, lo llevaron en brazos de un lado a otro y uno de los cámaras se tendió en el suelo para captar un plano de lo que Dewey podía ver desde la altura de sus ojos. La intérprete me pidió muy educadamente si podía colocar a Dewey en una estantería. Allí lo dejé sentado y lo filmaron. Saltó de estantería en estantería. Luego me dijo la intérprete:

—Ahora que camine por la estantería entre los libros y salte al llegar al final.

Y yo me dije: «Espera un momento. Es un gato, no un animal domesticado que actúa en un circo, y lo que me estás pidiendo es algo muy concreto. Espero que no hayáis venido hasta aquí esperando ver un espectáculo, porque de ninguna manera Dewey se pondrá a caminar por esa estantería, zigzagueará entre los libros que están expuestos y saltará al final cuando le dé la orden».

Me acerqué al final de la estantería y dije:

—Ven aquí, Dewey. Ven aquí. —Dewey caminó hasta el final de la estantería, zigzagueó entre los libros y saltó a mis pies.

Durante cinco horas seguidas, el señor Hoshi estuvo dando órdenes y Dewey obedeciendo. Se sentó encima de la pantalla del ordenador. Se sentó en una mesa. Se sentó en el suelo con las patas cruzadas y mirando a la cámara. Paseó en su carrito favorito con las patas colgando entre las aberturas de la rejilla metálica, completamente relajado. Sin perder ni un minuto de tiempo, corre, corre, corre. Una niña de tres años y su madre accedieron a aparecer en la película, de modo que coloqué a Dewey en el sillón de descanso entre las dos. La niña estaba nerviosa y no paraba de coger a Dewey y tirar de él. Pero a Dewey no le molestó. Permaneció sentado durante aquellos penosos cinco minutos y en ningún momento se olvidó de mirar con dulzura a la cámara.

Llevaba toda la mañana explicándole a la intérprete que recibíamos visitas de gente de todo el país que querían conocer a Dewey, pero tenía la sensación de que el señor Hoshi no me creía. Y entonces, justo después de comer, llegó una familia de New Hampshire. ¡En el momento oportuno! La familia había asistido a una boda en Des Moines y había decidido alquilar un coche y desplazarse hasta Spencer para conocer a Dewey. ¿Es necesario recordar que estamos hablando de un recorrido de tres horas y media?

El señor Hoshi se mostró tremendamente atento con los visitantes. Les hizo una larga entrevista. Los filmó mientras ellos filmaban también a Dewey con su videocámara (seguramente de fabricación japonesa). Le enseñé a la niña, que tendría cinco o seis años, cómo realizar el «transporte de Dewey» y cómo acunarlo hasta que el gato apoyó la cabeza en su espalda y cerró los ojos. La familia permaneció una hora en la biblioteca y el equipo de filmación japonés se marchó poco después. En cuanto se fueron, Dewey cayó dormido y permaneció así durante el resto del día.

Recibimos dos copias del DVD. Después de dieciséis años, yo no quería hablar demasiado de Dewey, pero aquello me pareció especial. Llamé al periódico. La tienda de electrodomésticos de la esquina nos alquiló una pantalla gigante de televisión y la llevamos a la biblioteca. Dewey había aparecido ya en la radio de Canadá y Nueva Zelanda y en periódicos y revistas de docenas de países. Su fotografía había sido publicada en todo el mundo. Pero aquello era distinto. ¡Era televisión a nivel mundial!

Le había echado un pequeño vistazo al vídeo y estaba un poco nerviosa. El documental resultó ser un viaje en orden alfabético al mundo de los gatos. Aparecían veintiséis gatos, uno para cada letra del alfabeto. Sí, de nuestro alfabeto. El documental era en japonés, pero era el alfabeto romano.

Le expliqué al público:

—En el documental aparecen muchos gatos más. Dewey sale casi al final, y todo está en japonés. De modo que creo que es mejor que votemos. ¿Pasamos la película a velocidad rápida hasta llegar a la parte en la que sale Dewey o la vemos entera?

—¡La vemos entera! ¡La vemos entera!

Pero diez minutos después, todo el mundo empezó a decir:

—¡Rápido! ¡Rápido!

Digamos que resultaba extremadamente aburrido ver gatos saltando y entrevistas en japonés. Paramos la película cuando salían gatos especialmente bonitos, o cada vez que salía un norteamericano en pantalla. La detuvimos dos veces por este motivo, pero una de las mujeres resultó ser inglesa. La mayoría del metraje, sin embargo, era de gente japonesa con sus mascotas.

Cuando llegamos a la letra «W», se oyó un grito en toda la sala, despertando sin duda a los que estaban ya dormitando. Allí estaba nuestro Dewey, junto con las palabras «Gato trabajador»[10], tanto en inglés como en japonés. Entendimos solamente tres palabras: «América», «Iowa-shun» y «Spencer». Otro grito. Y unos segundos más tarde oímos: «Dewey Lee Más Libros».

Y allí estaba Dewey, sentado delante de la puerta de entrada (tengo que admitir que lo del saludo habría estado muy bien), luego sentado en una estantería, Dewey caminando entre dos estanterías, Dewey sentado, y sentado, y sentado, y dejándose acariciar por un niño debajo de una mesa y... sentado. Un minuto y medio, y se acabó. Ni la niña con Dewey en su regazo. Ni el paseo en su hombro. Ni el carrito de los libros. Ni la familia de New Hampshire. Ni siquiera habían utilizado la toma de Dewey caminando por la estantería, zigzagueando entre los libros y saltando al final. Habían cruzado medio mundo para filmar un minuto y medio de un gato sentado.

Silencio. Un silencio de asombro.

Y luego un estallido de vítores. Nuestro Dewey era una estrella internacional. Allí estaba la prueba. ¿Y qué si no teníamos ni idea de lo que decía el presentador? ¿Y qué si la

---

[10] Dewey aparece en la «W» por *Working Cat*, «Gato trabajador». *[N. de la T.]*

parte en que salía Dewey no duraba más que un típico intermedio publicitario? Aparecía nuestra biblioteca. Aparecía nuestra bibliotecaria. Aparecía nuestro Dewey. Y, estaba clarísimo, el presentador decía: «América», «Iowa-shun» y «Spencer».

La ciudad de Spencer no ha olvidado nunca aquel documental japonés. Tal vez sí su contenido. En la biblioteca guardamos las dos copias, pero nadie las mira nunca. *Un gatito entre libros* es mucho más popular. Pero el hecho de que un equipo de rodaje se desplazase desde Tokio hasta Spencer es algo que nunca olvidaremos. La emisora de radio local y el periódico emitieron y publicaron la noticia en profundidad, y la gente pasó meses frecuentando la biblioteca para hablar del tema.

—¿Cómo eran los del equipo?

—¿Qué hicieron?

—¿Adónde fueron mientras estuvieron en la ciudad?

—¿Qué más filmaron?

—¿Verdad que es increíble?

—¿Verdad que es increíble?

—¿Verdad que es increíble?

La televisión japonesa impulsó a Dewey hasta la cima. Incluso hoy en día, cuando la gente de Spencer habla de Dewey, la conversación siempre gira en torno a: «Y esos japoneses que se desplazaron hasta aquí, hasta Spencer, para filmarlo». ¿Qué más se puede decir?

Pero los residentes de Spencer no son los únicos que recuerdan el documental. Después de que saliera en antena, recibimos varias cartas de Japón y cuarenta solicitudes de postales de Dewey. La página web de la biblioteca lleva la cuenta del origen de los visitantes y, desde verano de 2004, Japón ha sido el segundo país más popular, sólo después de los Estados Unidos, con más de ciento cincuenta mil visitas en tres años. No sé por qué, pero no creo que estén interesados en mirar los libros que tenemos.

Pero la invasión japonesa no fue lo único especial que sucedió durante el verano de 2003, al menos para mí. El año anterior, Scott pidió por fin la mano de Jodi en Nochebuena, durante la tradicional cena en casa de mis padres. Mi hija me rogó que me encargara de las flores y la decoración, dos de mis grandes aficiones.

Pero había algo que me inquietaba. Mi hermana Val era la dama de honor de Jodi y sabía que las dos estaban hablando de vestidos. Yo nunca tuve la oportunidad de poder elegir mi vestido de novia. Una chica de Hartley canceló su boda en el último momento y mi madre compró aquel vestido para mí. Yo deseaba más que nada en el mundo ayudar a Jodi a elegir su vestido de novia. Quería que fuese un vestido especial. Quería formar parte de todo aquello. Llamé a Jodi y le dije:

—He soñado toda mi vida con ayudarte a elegir tu vestido de novia. Val tiene dos hijas y ya tendrá su oportunidad.

—Me encantaría hacerlo contigo, mamá.

El corazón me subió a la garganta. Por el temblor de la voz de Jodi, noté que a ella acababa de sucederle lo mismo. Somos dos tontas sentimentales.

Pero soy también una persona práctica.

—Tú concreta un poco tu elección —le dije—. Cuando hayas encontrado media docena de vestidos que te gusten, iré a verte para ayudarte en la decisión final. —Jodi nunca acababa de decidirse con la ropa. Guardaba sus prendas en la caja original porque siempre acababa devolviéndolas. Mi hija vivía a más de tres horas de distancia, en Omaha, Nebraska, y no quería matarme realizando aquel recorrido cada fin de semana durante seis meses seguidos.

Jodi fue primero de tiendas con sus amigas. Meses después, me desplacé a Omaha para ayudarla a tomar la decisión final. Pero no conseguimos decidirnos. Entonces vimos uno que todavía no se había probado. Y en cuanto se puso aquel vestido, lo supimos. Estábamos las dos en el probador y nos echamos a llorar.

Unos meses más tarde, volvimos a ir las dos juntas de compras y ella me eligió un vestido precioso. Poco después, Jodi me llamó y me dijo:

—Acabo de comprarle un vestido a la abuela.

—No me digas —le respondí—. He estado en Des Moines para un asunto relacionado con la biblioteca y también le he comprado uno. —Y cuando nos vimos, nos dimos cuenta de que le habíamos comprado a mi madre el mismo vestido. Nos reímos una buena temporada con aquella anécdota.

La boda se celebró en julio en la iglesia católica de St. Joseph, en Milford, Iowa. Jodi planificó toda la boda desde Omaha y yo me encargué del trabajo duro. Mis viejas amigas de Mankato, Trudy, Barb, Faith e Idelle, vinieron unos días antes de la ceremonia para ayudarme a prepararlo todo. Jodi y yo éramos unas perfeccionistas, no queríamos ni una sola flor fuera de lugar. Trudy y Barb estaban hechas un manojo de nervios cuando decoramos el garaje de mis padres para celebrar allí la recepción, pero realizaron un trabajo precioso. Cuando terminaron, aquello no parecía un garaje en absoluto. Al día siguiente decoraron la iglesia, y luego el restaurante para la cena previa a la boda.

Fue una boda con treinta y siete invitados, sólo familiares y amigos íntimos. Mis amigas no asistieron a la ceremonia, sino que se quedaron en una sala manteniendo las mariposas en calor. Se supone que deben conservarse en hielo, en animación suspendida, para luego calentarlas y «despertarlas» quince minutos antes de que tengan que echarse a volar. Faith se puso el nombre de «BBBBB», la Bella y Boba

Gran Cuidadora de Mariposas[11], pero se tomó el trabajo muy en serio. Estaba tan nerviosa con las mariposas, que la noche anterior a la boda se las llevó a casa de Trudy, en Worthington, Minnesota, a una hora de camino, y las guardó toda la noche a los pies de la cama.

Cuando los invitados salieron de la boda, los padres de Scott entregaron un sobre a cada uno de ellos. Mi hermano Mike, que estaba al lado de la novia, puso al instante cara de sorpresa. Jodi lo miró de reojo.

—¿Qué? —dijo Mike—. ¿Está vivo?

—Bueno, lo *estaba*.

Leí la leyenda de las mariposas, que no tienen voz. Cuando son liberadas, se elevan hacia el cielo y le cuentan nuestros deseos a Dios.

Cuando los invitados abrieron sus sobres, mariposas de todos los tamaños y colores salieron volando hacia un cielo azul deslumbrante, un susurro de Dios. La mayoría desapareció en el aire. Tres se quedaron pegadas al vestido de Jodi. Una de ellas estuvo durante más de una hora merodeando por el ramo de la novia.

Después de las fotografías de rigor, los invitados se apiñaron en un autobús. Mientras mis amigas lo limpiaban todo, el resto nos fuimos a West Okojobi para dar un paseo por el lago a bordo de *The Queen II,* el famoso barco turístico de la zona. Después, Jodi y Scott decidieron subir a la noria de Arnold Park, la misma que giraba resplandeciente la noche en que, hacía ya muchas décadas, mi madre y mi padre se enamoraron al son de la música de Tommy Dorsey en el Roof Garden. Con los demás observándolos, Jodi y Scott subieron a la noria, junto con el niño que había portado los anillos y la niña encargada del ramo, arriba, hasta aquel cie-

---

[11] *Beautiful Bog Boobed Butterfly Babysitter,* en el original. *[N. de la T.]*

lo azul y despejado, como un par de mariposas saliendo de sus sobres y tomando altura.

La carta que Jodi envió después de su luna de miel hablaba por sí sola: «Gracias, mamá. Fue una boda perfecta». No había otras seis palabras que pudieran hacerme más feliz.

* * *

Ojalá la vida fuera tan fácil. Ojalá Dewey, Jodi y toda la familia Jipson pudieran quedarse como estaban justo en aquel momento, en verano de 2003. Pero a pesar de que la noria giraba, y de que Dewey se había convertido en una estrella en Japón, seguía habiendo una mancha en aquella idílica imagen. Sólo unos meses antes, mi madre había sido diagnosticada de leucemia, la última de la larga lista de enfermedades que la habían puesto a prueba. Dicen que el cáncer, como la suerte, es cosa de familia. Por desgracia, el cáncer ha calado hondo en la familia Jipson.

Capítulo 23

RECUERDOS
DE MAMÁ

En 1976, mi hermano Steven fue diagnosticado de un linfoma de Hodgkin en fase cuatro, la forma más avanzada de un cáncer mortal. Los médicos le dieron dos meses de vida. Tenía diecinueve años.

Steven afrontó el cáncer con más dignidad que nadie que haya conocido en mi vida. Luchó contra él, pero no desesperadamente. Vivió también su vida. Nunca perdió su personalidad. Pero tenía el cáncer instalado en el pecho y no pudieron derrotarlo. Lo apaciguaron, pero regresó. El tratamiento fue doloroso, y consumió sus riñones. Mi hermano Mike, el mejor amigo de Steven, se ofreció para donarle uno de sus riñones, pero él le contestó:

—No te molestes. También lo echaría a perder.

En 1979, el año en que yo estaba saliendo adelante después del divorcio e iniciando mis estudios, Steven llevaba más tiempo con vida que ningún otro habitante de Iowa que hubiera sido diagnosticado de un linfoma de Hodgkin en fase cuatro. Los médicos le habían administrado tanta quimioterapia que la sangre ya no le llegaba a las extremidades. La quimioterapia ya no presentaba más esperanzas, de modo que Steven decidió someterse a un tratamiento experimental en un centro de Houston. Lo programamos para que empezara en enero, pero antes de emprender el viaje quería celebrar una Navidad Jipson a lo grande, sin ningún tipo de restricciones. Steven quiso la sopa de cangrejo que mi padre siempre preparaba para Nochebuena. Quiso que yo preparara sus palomitas de maíz al caramelo favoritas. Se sentó tapado con una manta y no dejó de sonreír mientras la Banda de la Familia Jipson tocaba con sus instrumentos caseros. Fue una Nochebuena a veinticinco grados bajo cero; Steven no podía ni tenerse en pie de lo debilitado que estaba, pero insistió en que fuéramos todos juntos a la misa de Gallo. En su última noche en casa de mis padres, a las dos de la mañana me pidió que lo llevara en coche a casa de tía Marlene para despedirse de ella. Después, quiso que me quedara a su lado para ver con él *La canción de Brian*, una película sobre un jugador de fútbol americano que padece un cáncer.

—No, gracias, Steven. Ya la he visto.

Pero insistió, de modo que me quedé con él. Se quedó dormido a los cinco minutos.

Una semana después, el 6 de enero, Steven despertó a su mujer a las cinco de la mañana y le pidió que le ayudara a bajar las escaleras para sentarse en el sofá. Cuando ella volvió a bajar, unas horas después, no pudo despertarlo. Después descubrimos que no se había apuntado al programa de tratamiento experimental en Houston. El día antes de Acción de Gracias, los médicos le habían dicho que ya no le quedaban alternativas de tratamiento. No lo había comentado con nadie porque antes de morir quería una última Navidad típica de la familia Jipson, sin lágrimas ni pena.

Mis padres llevaron muy mal la muerte de Steven. La muerte puede llegar a separar a dos personas, pero en este caso unió más aún a mi padre y a mi madre. Lloraron juntos. Hablaron. Se apoyaron el uno en el otro. Mi padre se convirtió al catolicismo, la religión de mi madre, y empezó a acudir a la iglesia con regularidad por vez primera desde que era un adulto.

Y adoptaron un gato.

Tres semanas después de la muerte de Steven, mi padre le compró a mi madre un persa azul al que pusieron de nombre Max. Fueron días terribles para ellos, simplemente terribles, pero Max era un cielo de gato, con mucha personalidad, aunque muy tranquilo. Dormía en el interior del lavabo y, exceptuando cuando se acurrucaba junto a mi madre, aquel lavabo era su lugar favorito de la casa. Si algún gato ha cambiado una pareja, ése fue Max. Subió la moral a mis padres. Les hizo reír. Les hizo compañía en una casa vacía. Los niños adoraban a Max por su personalidad, y nosotros lo queríamos más todavía por ocuparse de nuestros padres.

Mi hermano mayor, David, mi querido amigo y mi inspiración, se quedó también profundamente afectado por la muerte de Steven. David había abandonado la universidad seis semanas antes de la graduación y, después de varios falsos inicios, acabó en Mason City, Iowa, a ciento cincuenta kilómetros al este de Spencer. Pero cuando pienso en David, pienso en Mankato, Minnesota. En Mankato estábamos los dos muy unidos. Pasamos juntos una época maravillosa, simplemente maravillosa. Pero una noche, poco después de que abandonara los estudios y se marchara, llamó a mi puerta a la una de la madrugada. Estábamos a veinte bajo cero y había caminado quince kilómetros.

—Me pasa alguna cosa, Vicki. Es en mi cabeza. Creo que tengo una depresión. Pero no comentes nada a papá y a mamá. Prométeme que nunca les dirás nada —me dijo.

Yo tenía diecinueve años, era joven y estúpida, y se lo prometí. Nunca hablé con nadie de aquella noche, pero ahora sé que las enfermedades mentales suelen atacar a hombres jóvenes, sobre todo a hombres especialmente brillantes y llenos de talento de en torno a los veinte años, como David. Sé que David estaba enfermo. Estaba tan enfermo como Steven, pero no era tan evidente. Al no seguir ningún tipo de tratamiento, su enfermedad le hizo caer en picado. En cuestión de pocos años se había convertido en otra persona. No aguantaba en ningún puesto de trabajo. No reía, ni siquiera conmigo. Empezó a tomar fármacos para combatir la depresión, sobre todo sedantes. Tuvo una hija sin casarse. Me llamaba de vez en cuando y hablábamos durante horas, pero con el paso de los años fui teniendo menos noticias de él.

Cuando Steven murió en enero de 1980, David combatió su dolor con drogas. Dijo que no podía vivir sin ellas. Su hija Mackenzie tenía cuatro años y su madre le negó cualquier contacto con ella hasta que se desintoxicara. Ocho meses después de la muerte de Steven, David me llamó en plena noche para decirme que había perdido a su hija.

—No has perdido a Mackenzie —le dije—. Si te pones bien, podrás visitarla. Pero si estás enganchado no puedes. Así de sencillo.

Pero él no lo entendía. Aquella noche hablamos de un millón de cosas, pero nada de lo que le sugerí era posible. Se había impuesto una pared delante de él. No veía ningún futuro. Yo estaba muerta de miedo, pero él me juró que no haría nada hasta que volviéramos a hablar. Quería mucho a su hija, me aseguró, y nunca la abandonaría. Pero aquella misma noche, o a primera hora de la mañana siguiente, mi hermano David, mi héroe de la infancia, cogió una pistola y apretó el gatillo.

Mi amiga Trudy me acompañó en coche a Hartley a las dos de la madrugada. Apenas podía respirar, y me habría resultado imposible conducir. Mis padres no estaban mejor que yo. Ninguno de nosotros quería enfrentarse a la muerte de David, sobre todo cuando hacía tan poco que había muerto Steven, pero allí estaba, lo quisiéramos o no. Unos días después del funeral, el casero de David empezó a llamar a casa de mis padres y a darles la lata. Decía que fuéramos a recoger las cosas que había dejado y a limpiar el apartamento para poder alquilarlo de nuevo. Era un recordatorio más de que David no vivía en el mejor barrio del mundo, ni se relacionaba con la mejor gente.

Nos desplazamos a Mason City en dos vehículos. Mi padre, mi hermano Mike y dos de los viejos amigos de David en un coche. Mi madre, mi hermana Val y yo detrás, en un camión. Cuando llegamos, mi padre y Mike nos esperaban en la acera.

—Mejor no entréis —dijo mi padre—. Esperad. Lo sacaremos todo nosotros.

No lo supimos hasta que mi padre abrió la puerta, pero nadie había tocado nada del apartamento desde la muerte de David. El resultado de lo que había hecho estaba repartido por todas partes. Mi padre y Mike lo limpiaron todo antes de sacar las cosas para subirlas al camión. Aún veo las manchas. Las pertenencias de David eran escasas, por decirlo de alguna manera, pero el traslado nos llevó todo el día. Mi padre y Mike no dijeron ni una palabra, pero desde entonces nunca volvieron a hablar de aquel día. Cuando le dije a mi padre que estaba escribiendo este libro, me pidió que no mencionara a David. No era por vergüenza, ni por secretismo. Me lo dijo con los ojos llenos de lágrimas. Incluso después de tanto tiempo, le resulta demasiado doloroso hablar de ello. Pero debemos hacerlo.

Dos semanas después de la muerte de David, llegó el momento de castrar a Max. El veterinario le administró la anestesia y salió diez minutos para esperar a que hiciese efecto. Por desgracia, no retiró el recipiente con agua que tenía en el interior de la jaula. En el recipiente había tan sólo un dedo de agua, pero Max cayó allí y se ahogó.

Dio la casualidad de que yo estaba en casa cuando llegó el veterinario. Conocía a mi familia. Sabía lo que mis padres estaban pasando. Y ahora tenía que decirles que había matado a su gato. Nos quedamos mirándolo casi un minuto, sin habla.

—Amaba con pasión a ese gato —dijo por fin mi padre, con un tono de voz tranquilo pero firme—. Eres un hijo de puta. —Dio media vuelta y subió al piso superior. No pudo seguir hablándole. Ni siquiera consiguió mirarle. Mi padre se siente muy mal cuando piensa en aquella reacción, pero la muerte de Max fue demasiado. Simplemente, demasiado.

* * *

Cuando en la primavera de 2003 le fue diagnosticada una leucemia a mi madre, ella y mi padre adoptaron un gatito. Hacía veinte años que mi madre no tenía un gato persa, desde la muerte de Max. Pero en lugar de adoptar un persa, como era su intención, regresaron a casa con un himalaya, un cruce entre persa y siamés. Era una belleza gris de suaves ojos azules, la réplica exacta de Max en cuanto a su personalidad extrovertida y cariñosa. Le pusieron de nombre Max II.

Max II fue la admisión de que mi madre iba a morir. No por parte de mi padre. Mamá era tan fuerte que mi padre la creía capaz de sobrevivir a cualquier cosa. La aceptación de los hechos vino por parte de mi madre. Sabía que aquella enfermedad sería la que acabaría con ella y no quería que mi padre se quedase solo.

Mi madre era una fuerza de la naturaleza. Supongo que empezó a huir de la vida desde muy pequeña, con un padre alcohólico y con las muchas horas que trabajaba en el restaurante de la familia desde los cinco años. Cuando mi abuela se divorció, ella y mi madre se pusieron a trabajar en una tienda de confección. Aquélla era su vida, su futuro, hasta que conoció a mi padre.

Después de conocer a Verlyn Jipson, Marie Mayou cambió, y a partir de aquel momento empezó a correr hacia la vida. Mis padres se querían muchísimo. Su amor era tan grande que no cabría ni en éste ni en ningún libro. Amaban a sus hijos. Les gustaba cantar y bailar. Querían a sus amigos, a su ciudad, a su propia vida. Eran estupendos en las fiestas. Organizaban una celebración con motivo de cualquier logro o hecho importante. Mi madre se levantaba temprano para meterse en la cocina y permanecía en pie hasta las tres de la mañana, hasta que se marchaba el último invitado. A las seis de la mañana se ponía a limpiar. A las ocho la casa estaba impecable. La casa de mi madre siempre estaba impecable.

A principios de la década de los setenta le diagnosticaron a mi madre un cáncer de mama. Los médicos no le dieron ninguna probabilidad de seguir con vida pero ella lo derrotó. Lo derrotó no sólo una vez, sino cinco, en dos ocasiones en un pecho y en tres en el otro. Lo derrotó a base de mucha fuerza y de mucha fe. Mi amiga Bonnie y yo solíamos llamar a mi madre «la católica número dos del mundo». Cuando Jodi tenía ocho años, estábamos las dos paseando en bicicleta por Hartley cuando pasamos por casualidad por delante del pequeño edificio de la iglesia católica de St. Joseph. Mi madre había formado parte del comité de planificación para la construcción del nuevo edificio y los dos árboles que había delante habían sido plantados en recuerdo de Steven y David. Jodi miró el viejo edificio de madera y me dijo:

—Mamá, cuando tú eras pequeña, ¿estaba la abuela tan locamente enamorada de esta iglesia como lo está ahora?

—Sí —le respondí—, seguro que sí.

La fe de mi madre provenía de la iglesia, pero su fuerza era interior. No se daba por vencida con nada, así de simple. Ni por el dolor, ni por el cansancio, ni por la pena. Cuando mi madre luchó contra su tercer cáncer de mama, Lucille, su madrastra, estuvo llevándola a diario a Sioux City durante ocho semanas, un viaje de ida y vuelta en coche de cuatro horas. En aquella época, la radioterapia era mucho peor que hoy. Te radiaban hasta que tu cuerpo ya no aceptaba nada más. Mi madre se quedó chamuscada. En la axila tenía una herida abierta de casi un palmo, tan fea que mi padre se mareaba cada vez que le cambiaba los vendajes. Después de más de veinte años en Hartley, mis padres habían decidido jubilarse y mudarse a una casa en el lago. Mi padre quería retrasar el traslado, pero mi madre no quiso ni oír hablar del tema. Cada noche volvía a casa después de estar en Sioux City y cocinaba, limpiaba, y luego preparaba cajas hasta que se iba a dormir, agotada. En pleno tratamiento de radioterapia, organizó una subasta para liquidar la mayoría de las posesiones que ella y mi padre habían ido acumulando a lo largo de toda una vida. La subasta se prolongó durante dos días y mi madre estuvo presente para despedirse hasta de la última cuchara.

Mi madre me crió para que yo también tuviera su fuerza. Sabía que en la vida no existen las promesas. Que incluso cuando las cosas iban bien, nunca nada era fácil. Mi madre crió a seis hijos y en su casa no hubo un baño ni agua corriente hasta que llegó el quinto, mi hermana Val. Tenía una energía inagotable, pero el tiempo siempre es limitado.

Tenía que hacer las tareas de la casa, comida que preparar, una casa llena de niños, su negocio con los pollos y los huevos, y una comunidad entera de niños del pueblo que la consideraban como si fuera su madre. Mi madre nunca rechazó a nadie. Si un niño necesitaba un plato de comida, lo sentaba en la mesa con nosotros. Si una familia pasaba por momentos difíciles y sabía que al más pequeño de ellos le gustaba la mantequilla de cacahuete, el bote de mantequilla de cacahuete desaparecía de la despensa. En su corazón había espacio para todo el mundo, lo que no dejaba mucho tiempo para cada persona. El tiempo que estuve al lado de ella cuando era pequeña lo pasé casi siempre trabajando. Era su álter ego, su otra mitad, lo que significaba tanto un tesoro como una carga. Cuando mi hermana Val llegó a casa después de la muerte de Steven, mis padres corrieron a abrazarla y lloraron juntos. Cuando llegué yo, mi padre me abrazó y lloró, pero mi madre me abrazó y me dijo:

—No llores. Tienes que ser fuerte.

Mi madre estaba segura de que si yo era fuerte, ella también podría serlo. Y yo sabía que eso era lo que se esperaba de mí.

Mamá decía que siempre me quiso. De eso no cabe duda. Papá era el sentimental, mientras que mi madre demostraba su amor a través del orgullo. Lloró cuando me licencié en la universidad al ver mi banda de sobresaliente cum laude. Se sentía orgullosa de mí porque me había liberado de todas mis ataduras, me había levantado y había seguido adelante. La que veía allá arriba era a su hija adulta y, en cierto sentido, la que estaba allí también era ella. Una licenciada universitaria. Y con honores.

Mi padre no pudo presenciar mi ceremonia de licenciatura porque estaba trabajando, de modo que mis padres organizaron una fiesta en Hartley para celebrarlo a la que asistieron doscientas personas. Mi padre había estado trabajando un mes para hacerme un delantal con cien billetes de dólar. Cien dólares era una cantidad de dinero muy grande para mis padres. En aquella época, podías considerarte rico si tenías dos billetes de cinco dólares que poder frotar cara con cara. El detalle del delantal me encantó. Igual que había sucedido con las lágrimas de mi madre, representaba el amor y el orgullo de mi padre. Pero pronto volví a ser pobre, pues en una semana lo deshice y me lo gasté.

Nadie se sorprendió cuando mi madre superó la leucemia. Había sobrevivido al cáncer de mama en cinco ocasiones y era una luchadora. Había estado en radioterapia durante años y los tratamientos nunca habían conseguido destrozarla. Cuando la radiación dejó de funcionar, pasó a la inmunoglobulina, un tratamiento por el cual se inyectan en el organismo determinadas partículas del sistema inmunitario de otra persona. Pasó buenas épocas, pero al final se hizo evidente que esta vez no iba a salir vencedora. Tenía casi ochenta años y sus fuerzas empezaban a flaquear.

Mi madre quería celebrar una gran fiesta con motivo de su aniversario de boda, para el que aún quedaban unos meses. Las mayores fiestas fueron siempre los aniversarios de boda de mis padres. Los cuatro hijos que quedábamos con vida empezamos a cavilar. No creíamos que nuestra madre fuera a llegar al aniversario y, además, con su enfermedad, celebrar una gran fiesta no tenía sentido. Decidimos celebrar una pequeña fiesta con motivo de su setenta y nueve cumpleaños, que era tres días después del ochenta cumpleaños de mi padre, sólo con la familia y los amigos más íntimos. La Banda de la Familia Jipson se reunió una última vez y tocó el *Johnny M'Go*. Los niños escribieron poemas en honor a mamá y papá. Los poemas son una tradición en la familia

Jipson. Mi padre era un sentimental; escribía poesías en menos que canta un gallo. Nos reíamos de él por ello, pero él conservaba sus poemas enmarcándolos y colgándolos en las paredes de nuestras casas o guardándolos en nuestros cajones, siempre a mano.

Los niños acordaron entre ellos que fueran poemas graciosos. Éste es el poema que yo escribí para mi padre, que se remonta a la época en que rompí mi compromiso matrimonial al salir del instituto.

Recuerdos de papá

Rompí mi compromiso,
John y yo no nos casaríamos jamás.
Era la decisión más difícil que había tomado en mi vida,
Llena de sentimientos y aterradora.
Mamá se enfadó bastante,
¿Qué dirían los vecinos?
Yo me encerré en mi habitación
Para sofocar el dolor con lágrimas.

Papá escuchó mi llanto;
Y éste fue el consuelo que me dio,
Con la mano en el pomo de la puerta, me dijo:
«Cariño, ¿quieres venir a ver cómo me afeito?».

Pero me costaba escribir un poema gracioso para mi madre. Había hecho muchas cosas por mí, había muchas cosas que decir. ¿Tendría otra oportunidad? Me vine abajo y escribí el tipo de poema por el que mi padre se hizo famoso, torpemente sentimental.

RECUERDOS DE MAMÁ

Cuando me puse a elegir un recuerdo,
Un día, un incidente, una charla,
Me di cuenta de que el recuerdo al que más cariño le
tengo
Tenía más sustancia que todo eso.

Los setenta significaron la pérdida de mi matrimonio,
La pérdida de todo,
Mi vida seguía adelante.
Estaba deprimida y luchaba,
Perdía la cabeza, literalmente.

Los amigos y la familia me ayudaron a superarlo
Pero con una hija de menos de cinco años,
Jodi pagó por todo el dolor
De mi lucha por la supervivencia.

Gracias a Dios que estaba mamá.
Su fuerza me demostró que podía recuperarme,
Pero el papel más importante que entonces jugó
Fue el de segunda madre para Jodi.

Cuando yo ya no tenía nada más que dar,
Cuando luchaba por salir de la cama cada día,
Mi madre cogía a Jodi entre sus brazos
Y alimentaba su alma.

El amor incondicional y la estabilidad
En aquella casa de Hartley;
Clases de natación, juegos tontos,
Jodi no tenía que estar sola.

Mientras reconstruía mi vida,
Estudiaba, trabajaba y encontraba mi camino,
Mamá le dio a Jodi lo que yo no podía,
Su atención especial cada día.

Cuando criaba a Jodi estaba confusa,
Pero cuando ella caía, tú la recogías.
Así que gracias, mamá, por encima de todo,
Por ayudarme a modelar *a nuestra hija.*

Dos días después de la fiesta, mi madre despertó a mi padre a medianoche y le dijo que la llevara al hospital. No podía seguir resistiendo el dolor. Unos días después, cuando la estabilizaron y la enviaron a Sioux City para realizarle unas pruebas, descubrimos que mi madre tenía un cáncer colorrectal. Su única posibilidad de supervivencia, aunque no garantizada, era extraerle el colon casi por completo. Tendría que pasar el resto de su vida atada a una bolsa de colostomía.

Mamá ya sabía que alguna cosa iba muy mal. Posteriormente nos enteramos de que llevaba más de un año con supositorios y laxantes y que había estado sufriendo un dolor constante. Pero no había querido que nadie se enterase. Por primera vez en su vida, mi madre no había querido plantarle cara a su enemigo.

—No quiero someterme a esa operación. Estoy cansada de luchar —afirmó.

Mi hermana Val estaba desolada.

—Mamá es así, Val. Dale tiempo —le dije yo.

Y así fue. Cinco días después, mi madre nos comunicó:

—No quiero seguir así. Me voy a operar.

Mi madre sobrevivió a la intervención y vivió ocho meses más. No fueron meses fáciles. Volvió a casa y Val y mi padre se turnaron para ocuparse durante todo el día de ella. Val fue la única que aprendió a manejar la bolsa de la colostomía, ni siquiera la enfermera conseguía cambiarla tan bien. Yo iba por las noches y les preparaba la cena. Momentos difíciles, pero también pueden contarse entre los mejores de mi vida. Mamá y yo aprovechamos para hablar de todo. No quedó nada por decir. No quedaron risas que no compartiéramos. Entró en coma casi al final, pero incluso entonces sabía que seguía oyéndome. Nos oía a todos. Nunca estuvo muy lejos. Murió como vivió, a su manera, con la familia a su lado.

En verano de 2006, unos meses después de su muerte, coloqué una pequeña escultura en honor a mi madre en el exterior de la ventana de la biblioteca infantil. Es la escultura de una mujer con un libro en la mano, preparada para leer a los niños que se reúnen ansiosos para escucharla. Para mí, esta escultura representa a mi madre. Siempre tenía alguna cosa que dar a los demás.

Capítulo 24

LA DIETA
DE DEWEY

Papá dice que Max II, su querido gato himalayo, le sobrevivirá. Esta sensación de certidumbre le consuela. Pero para la mayoría convivir con un animal significa comprender que experimentaremos su muerte. Nuestros animales no son niños, rara vez viven más que nosotros.

Me había estado preparando mentalmente para la muerte de Dewey desde que él tenía catorce años. Según el doctor Esterly, su enfermedad de colon y su vida pública hacían poco probable que Dewey viviera más de doce años. Pero Dewey poseía una extraña combinación de genes y actitud. Cuando cumplió diecisiete años, ya casi había dejado de pensar en su muerte. La había aceptado no tanto como algo inevitable, sino como un punto crucial más en el camino. Y como no sabía exactamente dónde estaba ese punto, ni qué aspecto tendría cuando llegáramos a él, decidí que no merecía la pena perder el tiempo preocupándome al respecto. Es decir, decidí disfrutar de los días que pasábamos juntos y no mirar más allá de la mañana siguiente cuando nos separábamos cada noche.

Me di cuenta de que Dewey empezaba a perder el oído cuando dejó de responder a la palabra «baño». Durante años, la palabra «baño» significaba salir corriendo. Podíamos estar hablando entre las empleadas y alguien decir:

—Anoche tuve que limpiar el baño.

Y Dewey salía corriendo. Siempre.

—¡Que no va por ti, Dewey!

Pero no escuchaba. Si alguien pronunciaba la palabra «baño» —o «cepillo», «peine», «tijeras», «médico» o «veterinario»—, Dewey desaparecía. Sobre todo si éramos Kay o yo quienes decíamos esas temidas palabras. Cuando yo me ausentaba por motivos relacionados con la biblioteca o porque estaba de baja por enfermedad, como solía suceder a menudo con un sistema inmunitario como el mío debilitado después de tantas intervenciones, Kay se ocupaba de Dewey. Si necesitaba alguna cosa, incluso consuelo o cariño, y yo no estaba por allí, acudía a Kay. Tal vez fuera distante al principio, pero después de todos aquellos años se había convertido en su segunda madre, que lo quería, pero no toleraba sus malas costumbres. Cuando estábamos Kay y yo juntas, sólo con pensar incluso en la palabra «agua» Dewey se marchaba corriendo.

Pero entonces, un día, alguien pronunció la palabra «baño» y Dewey no salió corriendo. Seguía huyendo cuando yo *pensaba* en «el baño», pero no al oír la palabra. De modo que empecé a observarlo. Era evidente que había dejado de marcharse a toda velocidad cada vez que un camión pasaba rugiendo por el callejón de detrás de la biblioteca. El sonido de la puerta trasera abriéndose solía enviarlo corriendo a olisquear las cajas nuevas que entraban por allí, pero ahora ya no se movía. Tampoco saltaba sorprendido ante los ruidos fuertes repentinos, como cuando alguien dejaba caer sin cuidado un libro voluminoso, y tampoco se acercaba a los clientes siempre que lo llamaban.

Eso, sin embargo, podía no tener mucho que ver con el oído. Cuando te haces mayor, las cosas más sencillas dejan de ser tan sencillas. Un poco de artritis, el dolor muscular. Vas achicándote y adquiriendo rigidez. Tanto en los gatos como en los humanos, la piel se vuelve menos elástica, lo que significa más descamación y más irritación, y menos capacidad de curación. Y eso no es moco de pavo cuando tu trabajo consiste, básicamente, en dejarte acariciar todo el día.

Dewey seguía recibiendo a todo el mundo en la puerta. Seguía investigando regazos, pero a su aire. Tenía artritis en la cadera izquierda y empujarlo por el lado malo o cogerlo de forma inadecuada podía llevarlo a cojear de dolor. Cada vez más, a última hora de la mañana y por la tarde, solía sentarse en el mostrador de préstamos, donde se sentía protegido por las empleadas. Confiaba tremendamente en su belleza y su popularidad, sabía que los clientes irían a él. Se le veía tan majestuoso, que parecía un león supervisando su reino. Incluso se sentaba como un león, con las patas delanteras cruzadas delante de él y las traseras recogidas debajo, un ejemplo de dignidad y elegancia.

El personal empezó a sugerir a los clientes que fueran delicados con Dewey, que tomasen más conciencia de lo que podía molestarle. Joy, que pasaba la mayor parte de su tiempo con la clientela, era muy protectora. Solía traer a sus sobrinos a visitar al gato, incluso cuando tenía el día libre, de modo que sabía perfectamente lo brusca que la gente podía llegar a ser.

—Últimamente —explicaba a los clientes habituales—, Dewey prefiere una caricia delicada en la cabeza.

Incluso los niños de enseñanza primaria comprendían que Dewey era mayor y se mostraban sensibles a sus necesidades. Era su segunda generación de niños de Spencer, los hijos de los niños que Dewey había conocido siendo pequeñito, de modo que los padres procuraban siempre que sus hijos se portasen bien. Cuando los niños lo acariciaban con delicadeza, Dewey se recostaba contra sus piernas o, si estaban sentados en el suelo, se acomodaba en su regazo. Pero se mostraba más cauteloso que antes, y los ruidos fuertes o las caricias acababan ahuyentándolo.

—No pasa nada, Dewey. Lo que tú quieras.

Después de muchos años de prueba y error, habíamos encontrado por fin una cama aceptable para nuestro quisquilloso gato. Era pequeña, forrada con piel falsa de color blanco y con un calefactor eléctrico en su fondo. Lo que más le gustaba a Dewey era gandulear en su camita, instalada en la seguridad que le suponía la zona de empleados, con el calefactor en marcha a la máxima temperatura. En invierno, cuando estaba encendida también la calefacción, acababa calentándose tanto que tenía que acabar rodando por el suelo para refrescarse. Tenía el pelo tan caliente que ni siquiera podías tocarlo. Luego se acostaba boca arriba durante diez minutos, con las patas extendidas, descargando el calor. Si los gatos jadean, Dewey debía de hacerlo. Y en cuanto se había refrescado, volvía a su cama e iniciaba de nuevo el proceso.

Pero el calor no era la única indulgencia de Dewey. Tal vez yo había sido muy permisiva con sus caprichos, pero Donna, la secretaria de la biblioteca infantil, lo mimaba aún más que yo. Si Dewey no comía su comida enseguida, se la calentaba en el microondas. Si seguía sin comerla, la tiraba y le abría una lata nueva. Donna no confiaba en los sabores normales. ¿Por qué tenía que comer Dewey mollejas y patas? Iba hasta Milford, a veinticinco kilómetros de aquí, para comprarle comida exótica para gatos que vendían en un pequeño establecimiento. Recuerdo lo del pato. A Dewey le encantó durante una semana. También lo intentó con el cordero, pero, como era su costumbre, no había nada que le gustase durante mucho tiempo. Pero Donna siguió intentándolo con distintos sabores, una lata tras otra. Quería a ese gato con locura.

Pero pese a todos nuestros esfuerzos, Dewey estaba adelgazando, de modo que en su siguiente visita a la doctora Franck, ésta le recetó medicamentos para que engordara. Es verdad, pese a las advertencias acerca de su salud, Dewey sobrevivió a su antiguo veterinario, el doctor Esterly, que se jubiló a finales de 2002 y donó su consulta a una asociación sin ánimo de lucro para la defensa de los animales.

Junto con las pastillas, la doctora Franck me dio un dispensador de pastillas que, en teoría, tenía que mandar las pastillas al fondo de la garganta de Dewey, para que el gato no las escupiera. Pero Dewey era inteligente. Se tomaba la pastilla con tanta tranquilidad que yo pensé: «Estupendo, lo hemos conseguido. Ha sido fácil». Pero después buscaba un rincón detrás de cualquier estantería y las devolvía. Acabé encontrando pastillitas blancas por toda la biblioteca.

No forcé a Dewey con los medicamentos. Tenía ya dieciocho años; si no quería medicinas, que no las tomara. Lo que hice, en cambio, fue comprar yogur y darle a lamer un poco cada día. Eso le estimulaba el apetito. Kay empezó a darle trocitos del fiambre de sus bocadillos. Joy empezó a compartir con él su bocadillo de jamón, y Dewey a seguirla hasta la cocina en cuanto la veía entrar por la puerta con una bolsa en la mano. Un día, Sharon dejó un bocadillo sin envolver sobre su mesa. Cuando volvió, sólo un minuto después, la rebanada de pan superior había quedado delicadamente retirada a un lado. La rebanada de pan inferior estaba intacta, en su lugar. Pero el embutido había desaparecido.

Después del día de Acción de Gracias de 2005, descubrimos que a Dewey le encantaba el pavo, de modo que las empleadas decidimos reunir todos los restos de la comida de la fiesta. Intentamos congelarlos, pero Dewey siempre adivinaba cuando el pavo no estaba recién hecho. Nunca perdió el sentido del olfato. Por eso me reí el día en que Sharon le ofreció a Dewey un poco de pollo al ajillo, su comida favorita para calentar al microondas.

—De ninguna manera, Dewey no comerá nada que lleve ajo —le dije.

Pero se lo comió todo. ¿Qué le pasaba a aquel gato? Había pasado dieciocho años comiendo únicamente marcas y sabores concretos de comida para gatos. Y ahora, de repente, comía de todo.

Le compré *braunschweiger*, una salchicha hecha con hígado ahumado y especias que mucha gente por aquí considera una exquisitez y cuya composición tiene un 80 por ciento de grasa. Si algo tenía que engordar a Dewey, sería la *braunschweiger*. Ni la tocó.

Pero lo que a Dewey le gustaba de verdad eran los bocadillos de ternera asada con queso de Arby's. Se los zampaba casi enteros. Los olía de lejos. Ni siquiera masticaba la ternera, la engullía. No sé qué tendrían aquellos bocadillos, pero en cuanto empezó a comerlos, la digestión de Dewey mejoró. El estreñimiento disminuyó de manera asombrosa. Empezó a comer dos latas de comida para gatos al día, y como la comida rápida era tan salada, empezó a tragarse también un recipiente entero de agua. Incluso empezó a acercarse él solito a la caja de arena.

Pero Dewey no tenía sólo un par de dueñas, tenía cientos de dueños, y la mayoría no apreciaba su mejoría. Lo único que veían era que el gato al que tanto querían estaba cada vez más delgado. Dewey no dudó en ningún momento en resaltar su afección. Se sentaba en el mostrador de préstamos y, siempre que se acercaba alguien para acariciarlo, maullaba. La gente caía en la trampa.

—¿Qué sucede, Dewey?

Los acompañaba hasta la entrada a la zona de empleados, donde la gente veía su plato de comida. Dewey miraba
melancólicamente la comida, luego miraba al cliente en cuestión, y con una inmensa mirada de pena dejaba caer la cabeza.

—¡Vicki! ¡Dewey tiene hambre!

—Tiene una lata de comida en su plato.

—Pero no le gusta.

—Es el segundo sabor que probamos esta mañana. Hace sólo una hora que acabo de tirar la otra lata.

—Pero está gimoteando. Míralo. Acaba de dejarse caer
en el suelo.

—No podemos pasarnos el día dándole latas de comida.

—¿Y si probamos con otra cosa?

—Esta mañana ya se ha comido su bocadillo de Arby's.

—Míralo, está muy flaco. Tenéis que alimentarlo mejor.

—Nos ocupamos de él a la perfección.

—Pero está tan delgado. ¿No podrías darle alguna cosa por mí?

Podía, pero Dewey ya había hecho exactamente lo mismo el día anterior. Y el otro. Y el otro. De hecho, ésa era la
quinta persona que había caído en su trampa de gato hambriento en lo que iba de día.

¿Y cómo se lo explicaba al cliente? Siempre acababa
claudicando, lo que, naturalmente, no hacía más que fomentar
su mala conducta. Pienso que Dewey saboreaba más la comida cuando sabía que yo no quería dársela. Digamos que
saboreaba su victoria.

Capítulo 25
LA REUNIÓN

C uando Dewey entró en la vejez, la amabilidad de los clientes de la Biblioteca Pública de Spencer se hizo patente de verdad. Tanto amigos como visitantes se mostraban más delicados cuando estaban con él. Le hablaban más y estaban atentos a sus necesidades, de un modo similar a lo que sucedería con un pariente anciano en una reunión familiar. De vez en cuando, alguien podía comentar que se le veía débil, delgado o que parecía sediento, pero yo sabía que su preocupación no era más que una manifestación de su amor.

«¿Qué le sucede en el pelo?» era, seguramente, la pregunta más habitual.

—Nada —les respondía yo—. Simplemente que ya es viejo.

Y era verdad, el pelaje de Dewey había perdido su brillo. Ya no tenía aquel color naranja luminoso, sino que era de un color cobrizo apagado. Además, cada vez se le enredaba más, hasta que llegó un momento que con un simple cepillado no pude solucionar el problema. Llevé a Dewey a la doctora Franck, quien me explicó que cuando los gatos envejecían, las púas de su lengua se gastaban. Aunque siguieran lamiéndose con regularidad, ya no podían peinarse correctamente porque no había nada que los ayudara a separar los pelos. Los nudos y el pelo enmarañado no era más que otro síntoma de su avanzada edad.

—Pero en cuanto a esto —dijo la doctora Franck, estudiando el trasero lleno de nudos de Dewey—, es necesario aplicar medidas drásticas. Pienso que lo mejor sería un rasurado.

Después de aquello, el pobre Dewey se quedó peludo por un extremo y pelado por el otro. Parecía que llevase un enorme abrigo de visón, pero sin pantalones que lo acompañasen. Algunas empleadas se echaron a reír al verlo, porque la verdad es que era un espectáculo gracioso, pero las risas no duraron mucho rato. La humillación que mostraba la carita de Dewey acabó con todo. Odiaba aquello. Lo odiaba de verdad. Dio unos cuantos pasos rápidos y se sentó enseguida para intentar esconder su trasero. Entonces se levantó, volvió a dar unos cuantos pasos rápidos y se sentó de nuevo. Caminar, pararse. Caminar, pararse. Finalmente llegó a su cama, hundió la cabeza entre las patas delanteras y se acurrucó debajo de su juguete favorito, Marty Mouse. Durante muchos días, lo encontramos siempre con la mitad superior de su cuerpo asomando en un pasillo, y la mitad inferior escondida en una estantería.

Pero la salud de Dewey no era para tomársela a broma. El personal no quería hablar del tema, pero yo sabía que todo el mundo estaba preocupado. Temían llegar una mañana y encontrarse a Dewey muerto en el suelo. Me di cuenta de que lo que les angustiaba no era la muerte, sino la idea de tener que afrontarla. O incluso peor, de tener que tomar una decisión en un momento de crisis. Entre mis problemas de salud y mis viajes a Des Moines para asuntos de la biblioteca, solía ausentarme con frecuencia del edificio. Dewey era mi gato, y todo el mundo lo sabía. Lo último que querían era tener en sus manos la vida de mi gato.

—No os preocupéis —les dije—. Simplemente haced lo que creáis que es mejor para Dewey No podeis hacer nada mal.

No podía prometerles que no pasaría nada mientras yo estuviera ausente, pero les dije:

—Conozco a este gato. Sé cuando está sano, un poco enfermo, y enfermo de verdad. Si está enfermo de verdad, creedme, irá al veterinario. Haré todo lo necesario.

Además, Dewey no estaba enfermo. Seguía saltando hasta el mostrador de préstamos y desde él, de modo que eso me daba a entender que su artritis tampoco estaba tan mal. Su digestión funcionaba mejor que nunca. Y seguía encantándole hacer compañía a los clientes. Pero cuidar de un gato anciano requería paciencia y, francamente, entre el personal, había quien pensaba que aquello no formaba parte de su trabajo. Poco a poco, a medida que Dewey fue haciéndose mayor, el apoyo fue desapareciendo: primero la gente de la ciudad que siempre tenía otras cosas que hacer, luego estaban los que no se mojaban nunca, después algunos clientes habituales que sólo querían un gato atractivo y activo y, finalmente, las empleadas que no querían la carga que suponía el cuidado geriátrico. Por desgracia, es un proceso en el que caeremos todos.

Esto no significa que no me cogiera por sorpresa la reunión de la junta rectora de la biblioteca celebrada en octubre de 2006. Esperaba la típica discusión sobre el estado de la biblioteca, pero la reunión se convirtió enseguida en un referéndum sobre Dewey. Una clienta había mencionado que Dewey no tenía buen aspecto. A lo mejor, sugirió la junta, tendríamos que proporcionarle algún tipo de ayuda médica.

—En su último y reciente chequeo —les expliqué—, la doctora Franck descubrió que tenía hipertiroidismo. No es más que otro síntoma de la edad, como la artritis, la sequedad cutánea y las manchas oscuras que tiene en los labios y las encías. La doctora Franck me recetó una medicación que, gracias a Dios, no tiene que administrarse por vía oral. Se la froto en la oreja. Dewey se ha reanimado. Y no os preocupéis —les recordé—, pagamos la medicación con las donaciones y con dinero de mi bolsillo. Nunca hemos gastado ni un solo céntimo del dinero de la ciudad para atender a Dewey.

—¿Es grave el hipertiroidismo?

—Sí, pero recibe tratamiento.

—¿Servirá el medicamento para mejorar su pelaje?

—La falta de brillo no es ninguna enfermedad, va en función de la edad, como el pelo canoso en el ser humano.

—Deberían entenderlo. En toda la sala no había ni una sola cabeza que no tuviera algunas canas.

—¿Y su peso?

Les expliqué en detalle la dieta que seguía, desde la obsesión con que Donna y yo habíamos ido cambiándole su comida de gato hasta los bocadillos de ternera y queso de Arby's.

—Pero no tiene buen aspecto.

Volvieron a ello. A que Dewey no tenía buen aspecto. A que Dewey estaba perjudicando la imagen de la biblioteca. Yo sabía que lo hacían con buena intención, que les interesaba dar con la mejor solución para todo el mundo, pero no conseguía comprender qué pretendían. Era cierto, Dewey ya no estaba tan atractivo. Todo el mundo envejece. La gente de ochenta años no tiene el mismo aspecto que la de veinte, y así es como tiene que ser. Vivimos en una cultura de «usar y tirar», que arrincona a los mayores e intenta no mirarlos. Tienen arrugas. Tienen manchas de la edad. No caminan bien y les tiemblan las manos. Tienen la mirada acuosa, o babean cuando comen, o «eructan en sus pantalones» en exceso (una frase de Jodi de cuando tenía dos años). Y todo eso no queremos verlo. Incluso los ancianos más capaces, o las personas que nos entregaron toda su vida, los queremos lejos de nuestra vista y de nuestra cabeza. Pero tal vez la gente mayor, y los gatos mayores, tengan alguna cosa que enseñarnos, si no sobre el mundo, sí sobre nosotros mismos.

—¿Por qué no te llevas a Dewey a vivir a casa contigo? Sabemos que en vacaciones te lo llevas.

Lo había pensado, pero hacía tiempo que había descartado la idea. Dewey nunca se sentiría feliz viviendo en mi casa. Estaba mucho fuera, entre el trabajo y las reuniones. Y a él no le gustaba para nada estar solo. Necesitaba estar rodeado de gente, necesitaba la biblioteca, ser feliz.

—Hemos tenido quejas, Vicki, ¿no lo entiendes? Nuestro trabajo consiste en hablar por boca de los ciudadanos de esta ciudad.

Era como si la junta rectora estuviese a punto de decir que la ciudad ya no quería a Dewey. Sabía que aquello era ridículo porque yo veía a diario el amor que la comunidad sentía por el gato. No ponía en tela de juicio que la junta hubiese recibido algunas quejas, ya que las quejas siempre habían existido. Ahora, con Dewey con un aspecto algo deteriorado, las voces se alzaban con más fuerza. Una cosa que había aprendido con los años era que la gente que amaba a Dewey, la gente que realmente lo quería y lo necesitaba, no era precisamente la que más alzaba la voz. Eran a menudo los que ni siquiera tenían voz.

Me percaté de que si aquélla hubiese sido la junta rectora veinte años atrás, nunca habríamos podido adoptar a Dewey. «Gracias a Dios», pensé para mis adentros. «Gracias, Dios mío, por las antiguas juntas rectoras».

E incluso, aunque los miembros de la junta pensasen que era cierto, aunque la mayoría de la ciudad le hubiese dado la espalda a Dewey, ¿no teníamos todos el deber de permanecer a su lado? A pesar de que sólo fuéramos cinco las personas interesadas, ¿no era eso suficiente? Y aunque no le interesase a nadie, la realidad era evidente: Dewey amaba a la ciudad de Spencer. Siempre amaría a Spencer. Nos necesitaba. No podíamos echarlo porque al verlo más viejo y más débil ya no nos hiciera sentirnos orgullosos.

Pero había además otro mensaje de la junta rectora, un mensaje que se hizo oír alto y claro: «Dewey no es tu gato. Es el gato de la ciudad. Hablamos en nombre de la ciudad, de modo que la decisión es nuestra. Sabemos lo que es mejor».

No iba a discutir una realidad. Dewey era el gato de Spencer. Una verdad como un templo. Pero era también mi gato. Y además, al fin y al cabo, Dewey era *un* gato. En aquella reunión me di cuenta de que, para mucha gente, Dewey había pasado de ser un animal de carne y hueso, con ideas y sentimientos, a convertirse en un símbolo, una metáfora, un objeto que podía ser propiedad de alguien. Los miembros de la junta rectora querían a Dewey como gato —Kathy Greiner, la presidenta, siempre llegaba con algún antojito para Dewey en el bolsillo—, pero no podían separar el animal de su legado.

Y tenía que admitirlo, por mi cabeza empezaba a pasar también otro pensamiento: «Yo también me estoy haciendo vieja. Mi salud no es estupenda. ¿Me echará esta gente también a mí?».

—Sé que estoy muy unida a Dewey —le dije a la junta—. Sé que he pasado un mal año, con la muerte de mi madre y con mis propios problemas de salud, y que intentáis protegerme. Pero yo no necesito protección. —Aquí me detuve. No era eso lo que pretendía decir—. A lo mejor pensáis que quiero demasiado a Dewey —continué—. Quizá pensáis que el amor que siento por él obnubila mi mente. Pero confiad en mí. Cuando llegue el momento, lo sabré. He tenido animales toda mi vida. Los he ayudado a morir. Es duro, pero puedo hacerlo. Lo último que quiero, lo último que quiero, de verdad, es que Dewey sufra.

Una reunión de la junta rectora puede ser como un tren de mercancías, y aquélla me dejó de lado, como una vaca junto a las vías. Alguien sugirió la creación de un comité que tomase las decisiones sobre el futuro de Dewey. Sabía que la gente de ese posible comité estaría cargada de buenas intenciones. Sabía que se tomarían en serio sus responsabilidades y que harían lo que consideraran mejor. Pero no podía permitir que eso sucediera. No podía.

La junta estaba discutiendo cuánta gente debería integrar este «Comité de Vigilancia de la Muerte de Dewey», cuando una de sus miembros, Sue Hitchcock, tomó la palabra:

—Esto es ridículo —dijo—. No puedo creer que estemos discutiendo esto. Vicki lleva veinticinco años en la biblioteca. Lleva diecinueve años con Dewey. Sabe lo que hace. Todos deberíamos confiar en el buen hacer de Vicki.

Gracias a Dios que existe Sue Hitchcock. En cuanto tomó la palabra, el tren se puso de nuevo en marcha y la junta cedió.

—Sí, sí —murmuraron—, tienes razón... es demasiado pronto, demasiado... si su situación empeora...

Yo estaba destrozada. Me dolía en el corazón que aquella gente se hubiese atrevido a sugerir la posibilidad de quitarme a Dewey. Y podrían haberlo hecho. Tenían poder para hacerlo. Pero no lo hicieron. En cierto sentido, habíamos conseguido una victoria: para Dewey, para la biblioteca, para la ciudad. Y para mí.

Capítulo 26
EL AMOR
DE DEWEY

Siempre recordaré la Navidad de 2005, el año antes de aquella horrible reunión, cuando Dewey tenía dieciocho años. Jodi y su esposo Scott estaban en casa. Habían tenido gemelos, Nathan y Hannah, que ya tenían un año y medio. Mi madre aún seguía con vida y se puso sus mejores galas para estar con los gemelos cuando abriesen sus regalos. Dewey se tumbó en el sofá, pegado a la cadera de Jodi. Era el final de una etapa, el inicio de otra. Pero durante aquella semana, estuvimos todos juntos.

El amor de Dewey hacia Jodi no había disminuido. Ella seguía siendo su gran amor romántico. Aquella Navidad se pegaba a su lado siempre que tenía oportunidad de hacerlo. Pero con tanta gente por allí, sobre todo los niños, y con tanta actividad, él estaba más que feliz como simple espectador. Se llevaba bien con Scott, ni pizca de celos. Y amaba a los gemelos. Cuando nacieron mis nietos, sustituí la mesita de cristal del café por un diván acolchado. Hannah y Nathan podían corretear y acariciarlo. A aquellas alturas, Dewey se andaba con cautela con los niños pequeños. En la biblioteca desaparecía en cuanto se le acercaban. Pero con los gemelos se quedaba sentado, incluso cuando lo acariciaban de forma inadecuada y le alborotaban el pelo. Hannah le daba cien besos al día, Nathan le daba golpes sin querer en la cabeza. Una tarde, Hannah le dio un golpe en la cara a Dewey intentando acariciarlo. Dewey ni siquiera reaccionó. Era mi nieta, la hija de Jodi. Dewey nos quería a nosotras y, por lo tanto, también quería a Hannah.

Aquel año Dewey estuvo muy tranquilo. Ésa era la gran diferencia en el viejo Dewey. Sabía cómo evitar los problemas. Seguía asistiendo a las reuniones, pero conocía perfectamente hasta qué punto presionar y qué regazo elegir. En septiembre de 2006, sólo unas semanas antes de la reunión de la junta rectora, uno de los programas que celebrábamos en la biblioteca significó la llegada de un centenar de personas. Me imaginé que Dewey se escondería en la zona de empleados, pero allí estaba, mezclándose con la gente, como siempre. Era como una sombra moviéndose entre los invitados, pasando a menudo desapercibido, pero siempre al alcance de la mano de un cliente cada vez que alguien deseaba acariciarlo. Sus relaciones tenían un ritmo que parecían lo más natural y lo más bello del mundo.

Finalizada aquella sesión, Dewey saltó a la camita que seguía encima de la mesa de Kay, agotado. Kay se acercó y le acarició con delicadeza la barbilla. Yo conocía aquella caricia, aquella mirada tranquila. Era una señal de agradecimiento, la que le das a un viejo amigo o a tu pareja después de haberla visto aparecer en el otro extremo de una sala y haberte dado cuenta de lo maravillosa que es, y de lo afortunado que eres de tener a esa persona en tu vida. Casi esperaba que Kay le dijese: «Con eso ya basta, con eso ya basta», como el granjero en la película de *Babe, el cerdito valiente,* pero, en aquella ocasión, Kay dejó sus palabras sin pronunciar.

Dos meses después, en noviembre, los andares de Dewey se hicieron algo inestables. Empezó a hacer mucho pipí, a veces en el papel que había rodeando su caja de arena, algo que no había hecho en su vida. Pero no se escondía. Seguía saltando y subiendo y bajando del mostrador de préstamos. Seguía relacionándose con los clientes. No parecía que le doliese nada. Llamé a la doctora Franck y me dijo que no era necesario que lo llevara a la consulta, pero que lo observara de cerca.

Entonces, una mañana, hacia finales de mes, Dewey no me saludó. En todos aquellos años, podría contar con los dedos de una mano las veces que Dewey no me había saludado cuando yo llegaba por la mañana. Dewey estaba junto a la puerta, esperándome, simplemente. Lo llevé a su caja de arena y le di su lata de comida para gatos. Comió un poquito y luego me acompañó a realizar nuestra ronda matutina. Yo estaba ocupada con la preparación de un viaje a Florida —se casaba la hija de mi hermano Mike, Natalie, y toda la familia iba a reunirse para la celebración—, de modo que dejé a Dewey con las empleadas durante el resto de la mañana. Como siempre, entró mientras yo estaba trabajando para olisquear la rendija de la ventilación de mi despacho y asegurarse de que yo estaba sana y salva. Cuanto más mayor se hacía, más protegía a sus seres queridos.

A las nueve y media salí a buscar el desayuno de Dewey de aquel momento, una pasta con bacon, huevo y queso de Hardee's. Cuando regresé, Dewey no vino corriendo. Me imaginé que el pobre viejecito sordo no había oído la puerta. Lo encontré durmiendo en una silla junto al mostrador de préstamos, así que balanceé la bolsa delante de él unas cuantas veces, enviándole el olor a huevo. Saltó de la silla y vino a mi despacho. Deposité en una bandeja de papel la mezcla de huevo y queso y comió tres o cuatro bocados antes de venir a acurrucarse en mi regazo.

A las diez y media, Dewey asistió a la hora del cuento. Como era habitual, saludó a todos los niños. Una niña de ocho años se sentó en el suelo con las piernas cruzadas, al estilo indio. Dewey se acurrucó entre sus piernas y se puso a dormir. La niña lo acarició y los demás se turnaron para acariciarlo también. Todo el mundo se quedó satisfecho. Después de la hora del cuento, Dewey saltó a su camita forrada de piel que había delante del radiador, que funcionaba al máximo, y allí se quedó cuando al mediodía salí de la biblioteca. Iba a comer a casa, luego recogería a mi padre e iríamos en coche hasta Omaha para coger un avión a la mañana siguiente.

Cuando llevaba diez minutos en casa, sonó el teléfono. Era Jann, una de las empleadas.

—Dewey está haciendo tonterías.

—¿A qué te refieres con «tonterías»?

—Maúlla y camina de una forma muy graciosa. E intenta esconderse en los armarios.

—Voy enseguida.

Dewey estaba escondido debajo de una silla. Lo cogí en brazos y noté que temblaba como la mañana que apareció. Tenía las pupilas dilatadas, estaba segura de que sentía mucho dolor. Llamé a la consulta del veterinario. La doctora Franck había salido, pero su marido, el doctor Beall, sí que estaba.

—Ven enseguida.

Envolví a Dewey en su toalla. Era un día frío de finales de noviembre. Dewey se acurrucó inmediatamente contra mí.

Cuando llegamos a la consulta del veterinario, Dewey había saltado al suelo del coche para ponerse al lado de la salida de la calefacción; temblaba de miedo. Lo abracé y lo acerqué a mi pecho. Fue entonces cuando noté que le colgaba una caquita del trasero.

¡Qué alivio! No era nada grave. Era estreñimiento.

Le comenté el problema al doctor Beall. Se llevó a Dewey a la habitación de atrás para vaciarle el colon y los intestinos. Le limpió también el trasero, de modo que Dewey volvió mojado y helado. Saltó de los brazos del doctor Beall a los míos y me miró con ojos suplicantes. *Ayúdame.* Algo seguía sin ir bien.

—He palpado un bulto. No son heces —dijo el doctor Beall.

—¿Qué es?

—Tendremos que hacerle una radiografía.

Diez minutos después, el doctor Beall volvía con los resultados. Dewey tenía un tumor muy grande en el estómago que presionaba sus riñones y sus intestinos. Por eso hacía más pipí últimamente, y seguramente era el motivo por el cual había orinado fuera de la caja de arena.

—No lo tenía en septiembre —dijo el doctor Beall—, lo que significa que probablemente se trata de un cáncer agresivo. Pero tendremos que realizar pruebas invasivas para estar seguros.

Nos quedamos en silencio, mirando a Dewey. Nunca había sospechado que tendría un tumor. Jamás. Lo sabía todo sobre Dewey, todos sus pensamientos y sus sentimientos, pero aquello me lo había ocultado.

—¿Le duele?

—Sí, sospecho que sí. El tumor crece con mucha rapidez, de modo que sólo irá a peor.

—¿Puede darle alguna cosa para el dolor?

—No, la verdad es que no.

Tenía a Dewey en brazos, lo acunaba como un bebé. Hacía dieciséis años que no me dejaba cogerlo de aquella manera. Y ahora ni siquiera se resistía. Simplemente me miraba.

—¿Cree que el dolor es constante?

—No puedo imaginarme otra cosa.

La conversación estaba destrozándome, desconcertándome, me sentía sin fuerzas, desanimada, agotada. No podía creer lo que estaba oyendo. En cierto sentido, había creído que Dewey viviría eternamente.

Llamé a la biblioteca y les dije a las empleadas que Dewey no volvería a casa. Kay estaba fuera de la ciudad. Joy tenía el día libre. La localizaron en Sears, pero demasiado tarde. Las que pudieron vinieron a despedirse de él. Pero Sharon, en lugar de dirigirse a Dewey, vino y me abrazó. Gracias, Sharon, lo necesitaba. Entonces abracé a Donna y le di las gracias por querer tanto a Dewey. Donna fue la última en despedirse.

—No sé si quiero estar aquí cuando lo duerman —comentó alguien.

—No pasa nada —dije—. Preferiría estar a solas con él.

El doctor Beall se llevó a Dewey a la sala de atrás para ponerle la vía intravenosa, luego me lo trajo de nuevo envuelto en una mantita limpia y lo colocó entre mis brazos. Hablé unos minutos con Dewey. Le dije lo mucho que lo quería, lo mucho que había significado para mí, que no deseaba su sufrimiento. Le expliqué qué sucedía y por qué. Lo envolví bien en la mantita para que se sintiese cómodo. ¿Qué más podía ofrecerle sino comodidad? Lo acuné entre mis brazos de un lado a otro, cambiando de pie, una costumbre que había iniciado cuando era un gatito diminuto. El doctor Beall le puso la primera inyección, seguida al momento por la segunda.

—Voy a comprobar el latido —me dijo.

—No es necesario. Lo veo en su mirada —repliqué.

Dewey se había ido.

Capítulo 27

QUERIDO DEWEY

E stuve ocho días en Florida. No leí el periódico. No vi la televisión. No atendí ninguna llamada telefónica. Era el mejor momento para estar ausente porque la muerte de Dewey fue dura. Muy dura. Me derrumbé en el avión que partía de Omaha y lloré todo el camino hasta llegar a Houston. En Florida pensé muy a menudo en Dewey, a solas, en silencio, pero también rodeada de la familia que siempre me había apoyado.

No tenía ni idea de hasta qué punto se había extendido la noticia de la muerte de Dewey. A la mañana siguiente, mientras yo lloraba en el avión rumbo a Houston, la emisora de radio local dedicó el programa de la mañana a recordar a Dewey. El *Sioux City Journal* publicó un largo artículo y una esquela. No sé si ésta fue su fuente, pero Associated Press captó la noticia y la difundió en todo el mundo. En cuestión de horas, la muerte de Dewey apareció en el boletín de noticias de la tarde de la CBS y en la MSNBC. La biblioteca empezó a recibir llamadas. Si hubiese estado en la biblioteca, habría pasado días respondiendo a las preguntas de los periodistas, pero ninguna de las empleadas se sentía cómoda para hablar con los medios. La secretaria de la biblioteca,

Kim, ofreció una breve declaración, que acabó en lo que ahora considero el obituario público de Dewey, pero eso fue todo. Fue suficiente. En el transcurso de las semanas siguientes, ese obituario apareció en más de doscientos setenta periódicos.

La respuesta de las personas conmovidas por la muerte de Dewey fue igualmente abrumadora. La gente de la ciudad recibió llamadas de amigos y familiares de todo el país que se habían enterado de la muerte de nuestro gato a través de su periódico local o del programa de radio de su ciudad. Una pareja de Spencer se encontraba fuera del país y se enteró de la noticia por un amigo de San Francisco, que la había leído en *The San Francisco Chronicle*. Los admiradores montaron una vigilia en la biblioteca. Las empresas de la ciudad enviaron flores y regalos. Sharon y Tony me dieron un dibujo que Emma, su hija, había hecho de Dewey. Eran dos círculos de color verde en el centro del papel con líneas partiendo en todas direcciones. Era bonito, y Emmy estaba radiante cuando vio que lo colgué en la puerta de mi despacho. Aquel dibujo era la mejor manera para que las dos lo recordásemos.

Gary Roma, director del documental sobre gatos de biblioteca, me escribió una larga carta. Decía, en uno de sus párrafos: «No sé si te lo había dicho alguna vez, pero de los muchos gatos de biblioteca que he conocido en todo el país, Dewey Lee Más Libros era mi favorito. Su belleza, su encanto y su carácter juguetón eran únicos».

Tomoko, de la televisión pública japonesa, escribió para decirnos que la muerte de Dewey había sido anunciada en Japón y que mucha gente nos enviaba el pésame por su fallecimiento.

Marti Autton, el autor del artículo para *American Profile*, escribió para decir que la historia de Dewey seguía siendo su favorita. Habían pasado muchos años, y Marti se había convertido en redactor de *The Los Angeles Times*. Me parecía imposible que después de los cientos de artículos que había escrito Marti siguiera acordándose de un gato, y aún más que le tuviera cariño. Pero así era Dewey. Llegaba a lo más profundo del corazón de la gente.

Cuando regresé a mi despacho, la mesa estaba cubierta por una montaña de cartas y tarjetas que superaba el metro de altura. En mi bandeja de entrada me esperaban más de seiscientos mensajes de correo electrónico sobre Dewey. Muchos eran de gente que sólo lo había visto en una ocasión y nunca lo había olvidado. Algunos cientos más eran de gente que nunca lo había conocido personalmente. Durante el mes posterior a su muerte, recibí más de mil mensajes de correo electrónico de todo el mundo hablándome de Dewey. Tuvimos noticias de un soldado que estaba en Irak a quien la muerte de Dewey había conmovido, aun viendo la muerte a diario… o quizá debido a ello. Recibimos una carta de una pareja de Connecticut cuyo hijo iba a cumplir once años; su deseo para aquel cumpleaños era lanzar un globo al cielo en honor a Dewey. Recibimos numerosos regalos y donaciones. Una bibliotecaria del Museo de Historia Naval, por ejemplo, donó cuatro libros en su recuerdo. Había seguido la historia de Dewey a través de publicaciones de la biblioteca y había leído su esquela en *The Washington Post*. Nuestra página web, www.spencerlibrary.com, pasó de veinticinco visitas mensuales a 189.222 en diciembre, y la intensidad no disminuyó en casi un año.

Mucha gente de la ciudad quería que celebrásemos un funeral. Yo no quería un funeral, ninguna empleada lo quería, pero teníamos que hacer alguna cosa. De modo que un frío sábado de mediados de diciembre los admiradores de Dewey se reunieron en la biblioteca para recordar por última vez, al menos oficialmente, al amigo que tanto impacto había tenido sobre sus vidas. El personal intentó que fuese una cosa sencilla: yo conté la historia del murciélago, Audrey contó la historia de las lámparas, Joy recordó los paseos en carrito, Sharon contó cómo Dewey le robaba el embutido del bocadillo… pero pese a todos nuestros esfuerzos, hubo muchas lágrimas. Dos mujeres, en particular, se pasaron todo el acto llorando.

Varias televisiones filmaron aquel evento. En teoría parecía una buena idea, pero las cámaras estaban fuera de lugar allí. Todo aquello eran pensamientos íntimos compartidos entre amigos, no queríamos hacer partícipe al resto del mundo de nuestro estado de ánimo. Nos dimos cuenta también, allí reunidos, de que las palabras no conseguían describir nuestros sentimientos hacia Dewey. No había una forma fácil de decir lo especial que era nuestro gato. Estábamos allí, las cámaras estaban allí, el mundo seguía girando a nuestro alrededor. Aquello transmitía más emociones que cualquier palabra. Finalmente, una maestra dijo:

—La gente dice que a qué viene tanto revuelo, que no era más que un gato. Pero ahí es donde se equivocan. Dewey era mucho más.

Todo el mundo sabía exactamente a qué se refería.

Mis momentos con Dewey eran cada vez más escasos. Las empleadas habían retirado su comida y sus recipientes mientras yo estaba fuera, pero yo tuve que deshacerme de sus juguetes. Tuve que despejar su estantería: la vaselina para las bolas de pelo, el cepillo, la madeja de lana roja con la que había jugado toda la vida. Tenía que aparcar el coche y acercarme cada mañana a la biblioteca sin que Dewey me saludara desde la puerta. Cuando las empleadas regresaron a la biblioteca después de ver a Dewey por última vez, el calefactor delante del cual se instalaba cada día no funcionaba. Aquella misma mañana, Dewey había estado pegado a su lado, y funcionaba sin ningún problema. Era como si su muerte se hubiese llevado también su razón de ser. ¿Puede un electrodoméstico estropeado partirte el corazón? Pasaron seis semanas sin que pudiera plantearme reparar aquel calefactor.

Hice incinerar a Dewey con uno de sus juguetes favoritos, Marty Mouse, para que no estuviese solo. El crematorio ofrecía una caja de ébano y una placa de bronce, sin cargo alguno, pero no me pareció correcto exhibirlo. Dewey regresó a su biblioteca en un sencillo recipiente de plástico en el interior de una bolsa de terciopelo azul. Dejé el recipiente en una estantería de mi despacho y seguí trabajando.

Una semana después del funeral, salí de mi despacho media hora antes de que la biblioteca abriese, mucho antes de que empezaran a llegar los clientes, y le dije a Kay:

—Ha llegado el momento.

Era diciembre, otra mañana de Iowa brutalmente fría. Igual que aquella primera mañana, y que muchas más entre aquélla y ésta. Estábamos próximos al día más corto del año y el sol no había salido todavía. El cielo seguía de un tono azul profundo, casi morado, y no había tráfico en las calles. El único sonido era el del gélido aire procedente de las llanuras canadienses, azotando las calles y los desnudos maizales.

Movimos algunas piedras en el jardincito de delante de la biblioteca, buscando un lugar donde el suelo no estuviese completamente congelado. Pero la tierra estaba helada por todas partes y Kay tardó un buen rato en cavar el agujero. El sol asomaba por encima de los edificios del lado más alejado del aparcamiento, proyectando las primeras sombras, cuando deposité los restos mortales de mi amigo en la tierra y dije, simplemente:

—Estarás siempre con nosotros, Dewey. Ésta es tu casa.

Entonces, Kay arrojó el primer puñado de tierra, enterrando las cenizas de Dewey para siempre delante de la ventana de la biblioteca infantil, a los pies de la bella escultura de una madre leyéndole un libro a su hijo. La escultura de mi madre. Mientras Kay depositaba de nuevo las piedras sobre el lugar de descanso eterno de Dewey, levanté la vista y vi a todo el personal de la biblioteca en la ventana, observándonos en silencio.

Epílogo
ÚLTIMOS PENSAMIENTOS
DESDE IOWA

En el noroeste de Iowa no han cambiado muchas cosas desde que murió Dewey. Con el etanol como la máxima novedad, la tierra da más maíz que nunca, pero no hay más trabajadores para cultivarlo, simplemente mejor tecnología y más máquinas. Y, naturalmente, más tierra.

En Spencer, el hospital sumó a sus filas su primer cirujano plástico. Cleber Meyer, que ahora tiene ochenta años, perdió las elecciones y regresó exclusivamente a su gasolinera. El nuevo alcalde es el marido de Kim Petersen, la secretaria de la biblioteca, pero es tan poco lector como Cleber. La planta de Eaton, en las afueras de la ciudad, que se dedica ahora a la fabricación de piezas para maquinaria, ha trasladado una parte a Juárez, México. Se perdieron con ello ciento veinte empleos. Pero Spencer sobrevivirá. Como siempre.

La biblioteca sigue funcionando, ahora sin gato, después de haberlo tenido desde los tiempos en que Ronald Reagan era presidente. Tras la muerte de Dewey, recibimos casi un centenar de ofertas de gatos, incluso de Texas, transporte incluido. Los animalitos eran monísimos, y en su mayoría tenían historias de supervivencia conmovedoras, pero no había el entusiasmo necesario para quedarnos con uno. La junta rectora de la biblioteca impuso sabiamente una moratoria de dos años sobre gatos en la biblioteca. Necesitan tiempo, dicen, para reflexionar sobre el tema. Yo ya lo he reflexionado todo. El pasado no puede recuperarse.

Pero el recuerdo de Dewey seguirá vivo, eso lo sé seguro. Tal vez en la biblioteca, donde su retrato cuelga junto a la puerta de entrada por encima de una placa de bronce que relata su historia, un regalo de uno de los muchos amigos de Dewey. Tal vez en los niños que lo conocieron, que hablarán de él en las próximas décadas a sus hijos y a sus nietos. Tal vez en este libro. Al fin y al cabo, por eso lo escribo. Por Dewey.

En 2000, cuando Grand Avenue entró a formar parte del Registro Nacional, Spencer encargó la formación de una muestra de arte público que sirviera como una declaración de nuestros valores y como punto de acceso a nuestro centro histórico. Dos artistas de Chicago, especialistas en mosaicos de cerámica, Nina Smoot-Cain y John Atman Weber, pasaron un año en la zona, hablando con nosotros, estudiando nuestra historia y observando nuestra forma de vida. Hablaron con los artistas más de quinientos setenta habitantes, desde niños hasta abuelos. El resultado es una escultura en mosaico titulada: *El encuentro: del tiempo, de la tierra, de muchas manos.*

El encuentro está compuesta por cuatro columnas decorativas y tres murales pictóricos. El mural sur se titula *La historia de la tierra.* Es la representación de una granja, con maíz y cerdos, una mujer tendiendo a secar un edredón de cuadros y un tren al fondo. El mural norte es *La historia del ocio al aire libre.* Se centra en los parques East y West Lynch, nuestras principales áreas recreativas, los terrenos de la feria al noroeste de la ciudad y los lagos. El mural oeste se titula *La historia de Spencer*. Muestra tres generaciones reunidas en casa de la abuela, la ciudad combatiendo el incendio, y una mujer fabricando un recipiente de cerámica, una metáfora que significa que nosotros creamos nuestro propio futuro. Hacia la izquierda de la parte central, en la mitad superior del mural, aparece un gato de color naranja sentado sobre las páginas abiertas de un libro. La imagen está basada en un dibujo realizado por un niño.

La historia de Spencer. Dewey forma parte de ella, entonces, ahora y para siempre. Vivirá mucho tiempo, lo sé, en la memoria colectiva de una ciudad que nunca olvida dónde ha estado, aun mirando siempre hacia dónde va.

Cuando Dewey tenía catorce años, le dije a Jodi:

—No sé si querré seguir trabajando en la biblioteca cuando Dewey ya no esté.

Era una premonición, pero ahora comprendo a qué me refería. Hasta donde alcanza mi memoria, siempre que llegaba cada mañana a la biblioteca estaba viva: llena de esperanza, de amor, con Dewey esperándome en la puerta. Ahora vuelve a ser un edificio muerto. Siento el frío en los huesos, incluso en verano. Hay mañanas en las que no quiero mortificarme. Pero entonces enciendo las luces, y la biblioteca cobra vida. Llegan las empleadas. Las siguen los clientes: los de edad madura buscando libros, los hombres de negocios a por las revistas, los adolescentes se acercan a los ordenadores, los niños vienen a por los cuentos, los mayores buscan un poco de ayuda. La biblioteca está viva y tengo el mejor trabajo del mundo, al menos hasta que me preparo para marcharme a casa y no hay nadie que me suplique quedarme un rato más para jugar al escondite.

Un año después de la muerte de Dewey, mi salud pudo de nuevo conmigo. Había llegado el momento, lo sabía, de dar otro paso en la vida. La biblioteca sin Dewey era distinta, y no quería terminar mis días de aquella manera: vacía, en silencio, solitaria de vez en cuando. Cuando veía pasar el carrito de los libros, el carrito donde solía pasearse Dewey, se me partía el corazón. Lo echaba muchísimo de menos, y no sólo de vez en cuando, sino cada día. A mi fiesta de jubilación asistieron más de ciento veinticinco personas, incluyendo muchas con quienes hacía años que no había hablado. Mi padre leyó uno de sus poemas, mis nietos se sentaron a mi lado mientras yo recibía los buenos deseos de todo el mundo, se publicaron dos artículos en *The Spencer Daily Reporter* agradeciendo mis veinticinco años de servicio. Como Dewey, era afortunada. Viviría según mis propias condiciones.

Encuentra tu lugar. Siéntete feliz con lo que tienes. Trata bien a todo el mundo. Vive una buena vida. No se trata de cosas materiales, se trata de amor. Y el amor nunca puede predecirse.

Todo esto lo aprendí de Dewey, por supuesto, pero, como siempre, son respuestas que parecen muy fáciles. Todas las respuestas, excepto que amé a Dewey con todo mi corazón, y que él me amó a mí de la misma manera, parecen muy fáciles. Pero voy a intentarlo.

Cuando yo tenía tres años, mi padre se compró un tractor John Deere. El tractor llevaba adosada una cosechadora en su parte delantera, un artilugio que consiste en una hilera de cuchillas en forma de pala, seis por cada lado. Las cuchillas quedan a unos centímetros por encima del nivel del suelo. Cuando se acciona la palanca hacia delante, las cuchillas se acercan al suelo, horadan el terreno y expulsan la tierra sobrante de los surcos. Un día, estaba yo jugando con barro junto a la rueda delantera de ese tractor, cuando llegó el hermano de mi madre después de comer, apretó el embrague y lo puso en marcha. Mi padre lo vio y echó a correr, pero mi tío no podía oírlo. La rueda me derribó en el suelo y me propulsó hacia las cuchillas. Me vi empujada entre ellas, pasé de un lado a otro, hasta que mi tío giró el volante y la cuchilla interna me impulsó hacia el conducto, haciéndome caer de bruces por la parte trasera del tractor. Mi padre me recogió rápidamente y me llevó en brazos al porche. Me miró pasmado y me tuvo en brazos durante el resto del día, acunándome en nuestro viejo balancín, llorando sobre mi hombro y diciéndome:

—No pasa nada, no pasa nada, todo irá bien.

Al final, lo miré y le dije:

—Me he hecho un corte en el dedo. —Le mostré la sangre. Tenía contusiones, pero aquel corte diminuto era la única herida importante.

Así es la vida. Todos pasamos entre las cuchillas del tractor de vez en cuando. Todos nos damos golpes, y todos nos cortamos alguna vez. Los afortunados salen de ello con unos cuantos rasguños, un poco de sangre, y nada más. Lo importante es tener a alguien que te recoja, que te abrace y que te diga que todo irá bien.

Durante años, hice esto por Dewey. Ésa era la historia que tenía que contar. Y eso es lo que he hecho. Cuando Dewey estaba herido, muerto de frío y gimiendo, yo estuve allí. Lo abracé. Me aseguré de que todo iba bien.

Pero esto es sólo un pedacito de la verdad. La verdad es que, durante todos estos años, los días malos, los días buenos y todos los días sin recordar que constituyen las páginas del auténtico libro de nuestra vida, Dewey estuvo abrazándome.

Y sigue abrazándome ahora. De modo que gracias, Dewey. Gracias. Dondequiera que estés.

Vicki Myron nació en una granja a quince
millas de Spencer, Iowa. A los treinta y cuatro
años, tras un matrimonio fracasado, siendo
madre soltera, y habiendo pasado un período
bajo asistencia social, se gradúa Summa Cum
Laude de la Universidad Estatal de Mankato
y obtiene un título de maestría de la Universidad
Estatal de Emporia. Trabajó en la Biblioteca
Pública de Spencer durante veinticinco años,
los últimos veinte como directora.
Vive en Spencer, Iowa.

Bret Witter es editor literario y escritor
profesional. Criado en el norte de Alabama,
actualmente vive en Louisville, Kentucky con
su esposa, sus dos hijos y Kiki, un gato de
catorce años. Su otro gato, Feasor, murió
cuatro días después de haberse terminado
este libro.

Suma de Letras es un sello editorial del Grupo Santillana

www.sumadeletras.com

Argentina
Avda. Leandro N. Alem, 720
C 1001 AAP Buenos Aires
Tel. (54 114) 119 50 00
Fax (54 114) 912 74 40

Bolivia
Avda. Arce, 2333
La Paz
Tel. (591 2) 44 11 22
Fax (591 2) 44 22 08

Chile
Dr. Aníbal Ariztía, 1444
Providencia
Santiago de Chile
Tel. (56 2) 384 30 00
Fax (56 2) 384 30 60

Colombia
Calle 80, 9-69
Bogotá
Tel. (57 1) 635 12 00
Fax (57 1) 236 93 82

Costa Rica
La Uruca
Del Edificio de Aviación Civil 200 m al Oeste
San José de Costa Rica
Tel. (506) 22 20 42 42 y 25 20 05 05
Fax (506) 22 20 13 20

Ecuador
Avda. Eloy Alfaro, 33-3470 y Avda. 6 de
Diciembre
Quito
Tel. (593 2) 244 66 56 y 244 21 54
Fax (593 2) 244 87 91

El Salvador
Siemens, 51
Zona Industrial Santa Elena
Antiguo Cuscatlan – La Libertad
Tel. (503) 2 505 89 y 2 289 89 20
Fax (503) 2 278 60 66

España
Torrelaguna, 60
28043 Madrid
Tel. (34 91) 744 90 60
Fax (34 91) 744 92 24

Estados Unidos
2023 N.W 84th Avenue
Doral, FL 33122
Tel. (1 305) 591 95 22 y 591 22 32
Fax (1 305) 591 74 73

Guatemala
7ª Avda. 11-11
Zona 9
Guatemala C.A.
Tel. (502) 24 29 43 00
Fax (502) 24 29 43 43

Honduras
Colonia Tepeyac Contigua a Banco Cuscatlan
Boulevard Juan Pablo, frente al Templo
Adventista 7º Día, Casa 1626
Tegucigalpa
Tel. (504) 239 98 84

México
Avda. Universidad, 767
Colonia del Valle
03100 México D.F.
Tel. (52 5) 554 20 75 30
Fax (52 5) 556 01 10 67

Panamá
Vía Transísmica, Urb. Industrial Orillac,
Calle Segunda, local 9
Ciudad de Panamá
Tel. (507) 261 29 95

Paraguay
Avda. Venezuela, 276,
entre Mariscal López y España
Asunción
Tel./fax (595 21) 213 294 y 214 983

Perú
Avda. Primavera, 2160
Surco
Lima 33
Tel. (51 1) 313 40 00
Fax. (51 1) 313 40 01

Puerto Rico
Avda. Roosevelt, 1506
Guaynabo 00968
Puerto Rico
Tel. (1 787) 781 98 00
Fax (1 787) 782 61 49

República Dominicana
Juan Sánchez Ramírez, 9
Gazcue
Santo Domingo R.D.
Tel. (1809) 682 13 82 y 221 08 70
Fax (1809) 689 10 22

Uruguay
Constitución, 1889
11800 Montevideo
Tel. (598 2) 402 73 42 y 402 72 71
Fax (598 2) 401 51 86

Venezuela
Avda. Rómulo Gallegos
Edificio Zulia, 1º – Sector Monte Cristo
Boleita Norte
Caracas
Tel. (58 212) 235 30 33
Fax (58 212) 239 10 51